한국현대소설과 주체의 호명

한국현대소설과 주체의 호명

한국현대 소설과 주체의 호명

김 정 숙

도서출판 역락

❚ 책머리에

작은 시골 동네에 정숙이라고 호명되는 세 여자 아이가 있었습니다. 양지뜸 정숙이, 작은 정숙이, 뒷집 정숙이가 그들입니다. 양지뜸 정숙이로 호명되던 나, 어린 마음에도 내가 가진 이름이 너무 흔한 것 같아 좀 더 근사한 이름을 갖고 싶었습니다.

아홉 살, 〈옹고집전〉 독후감 대회 수상자 명단에서 내 이름이 호명되어 운동장 교단 앞에 섰을 때는 잠시 뿌듯하기도 했습니다. 권선징악의 해피엔딩이 아닌, 누군가가 또 다른 누군가로 대체된다는 사실의 놀라움에 대해 썼던 것 같습니다. 열네 살 때, 국군 아저씨에게는 전래동화의 위장술에 힘입어 스스로 작명한 이름으로 위문편지를 보냈습니다. 삼년 동안이나 내가 아닌 타자로서 군인 아저씨와 즐겁게 소통했습니다. 중·고등학교를 거치는 동안 나는 북한의 여성인물과 동일시되기도 했습니다. 처음에는 울었고, 나중에는 흔한 것은 친근한 것이라고 스스로를 위로했습니다.

호명에 관한 나의 관심은 그런 것에서 연원합니다. 사소한 일들이 반복되다 보니 '부른다는 일'이 나에게 중요한 관심거리가 되었습니다. 소설을 공부하면서는 작중 인물들의 이름과 불리는 방식, 그리고 호명된 인물을 둘러싼 현실에 대해 관심을 갖게 되었습니다. 이 글은 2004년 박사논문으로 썼던 「한국현대소설의 호명 시학」을 책의 형태로 다시 불러낸 것입니다. 그 소박한 결과물이 『한국현대소설과 주체의 호명』입니다.

1장과 2장에서는 호명 연구의 필요성과 소설의 호명 연구를 위한 방법론을 검토하였습니다. 알튀세르의 이데올로기 호명과 주체 형성의 테제는 무의식과 이데올로기 개념을 결부시킴으로써 이데올로기가 개인을 주체로 만들어내며, 개인은 그 이데올로기에 동화된다는 중요한 통찰을 제공해 주었습니다. 또한 페쇠의 동일시, 반동일시, 비동일시의 주체의 모습과 들뢰즈와 가타리의 여러 개념들을 경유해서 새로운 주체 생산의 가능성을 모색해 보았습니다. 3장에서는 '농민' '노동자'가 형상화된 이문구와 조세희의 소설을 중심으로 70년대의 호명 양상과 탈구의 방식을, 4장에서는 노동소설과 광주의 문제를 다룬 소설에서의 주체 형성의 과정을 살펴보았습니다. 5장에서는 개별 텍스트뿐만 아니라 민중문학과도 연관되는 90년대 여성소설에 나타난 정체성 형성의 맥락을 분석하였고, 마지막 장에서는 공시적·통시적 관점에서 주체 형성과 담론의 정치학을 아우르는 호명 시학의 가능성을 기술하였습니다.

세상의 모든 것에는 고유한 이름이 있습니다. 설령 지금은 이름이 없다 해도 미지의 대상은 어떤 식으로든 타자에게 호명되어 새롭게 태어납니다. 부르는 일, 불리는 일은 관계의 시작입니다. 그것은 새로운 생명으로 태어나는 축복인 동시에 부자유에 갇히는 틀이 되기도 합니다. 호명은 언어를 통해 주체와 타자를 구성하는 것이며, 현실과 관계 맺는 이데올로기의 발현입니다. 그 과정에는 원심력과 구심력의 팽팽한 대결과도 같은 억압과 탈주의 동시적 힘이 작용합니다. 그 힘은 때로 고통스럽지만 창조적인 주체로 변화시키는 생산적인 것입니다.

나는 누구입니까? 호명은 스스로에게도 질문을 하게 합니다. 나는 농부의 자식으로, 여성으로 살아왔습니다. 부족함에도 문학을 전공하는 지식인으로, 학생들을 더 나은 삶으로 인도하는 교육자로 불려야 하는 일이 쑥스럽습니다. 그래서 더욱 이 순간에 감사할 분들이 참 많습니다. 공부의 길로 이끌어주신 김병욱 선생님, 정 깊으신 모교 은사님들, 따뜻하게 둥지를 틀 수 있게 품어주신 청주대학교 선생님들께 감사합니다. 같은 시

공간에서 지적 사유를 나누고 있는 선후배님, 그리고 이 연구를 준비하는 동안 도움을 받은 많은 저자들께 지면을 빌려 고마운 마음을 전합니다. 이 세상에 존재할 수 있게 해 주신 부모님, 감사하고 사랑합니다. 돌아가 쉴 수 있는 고향 같은 가족, 함께 아끼고 사랑하고 존중하리라는 믿음을 준 그가 고맙습니다. 어려운 여건에도 이 책을 세상으로 나올 수 있게 도와주신 역락출판사 선생님들께 감사의 마음을 전합니다.

　　사람과 문학은 내 사랑입니다. 그들에게 내가 어떻게 호명되어야 할지, 진지하고 성실하게, 스스로에게 물으며, 천천히 다가가겠습니다.

2006. 6
우암산 자락에서
김정숙

한국현대 소설과 주체의 호명

<h1>한국현대 소설과 주체의 호명</h1>

한국 현대 소설과 주체의 호명

제 1 장

소설과 호명

1. 호명과 주체 형성의 상관성

소설은 문학적 형상화를 통해 인생의 가치를 추구하고 인간형의 탐구를 지향하는 장르이다. 소설을 이루는 제 요소 중에서 소설 속의 인물은 다른 어떤 종류의 재현보다도 은유적이고, 사건의 의미망을 형성하는 주체이자 욕망을 대리 충족하고 확산시키는 매개체이다. 서사에 유기적 질서를 부여하는 가장 핵심적인 요소이자 의미를 생산하는 담론 생성의 주체인 서술자 혹은 작중인물은 발화행위를 체현하는 주체라고 할 수 있다. 서술자 혹은 작중인물은 자신들과 직접 혹은 간접적으로 체험된 서사를 자신의 정향에 따라 선택하고 배열하며, 장르적 특성과 사회역사적 상황들의 모습을 수용하면서 그들의 담론을 형성해 나간다.

특히, 문학 작품에서 주인공을 비롯한 작중인물에 대한 명명은 작품 전체를 지배하는 중요한 시발점이 될 수 있다는 의미에서 주목을 요한다. 더욱이 단순히 이름을 부르고 불리는 수준을 넘어 그 속에 작동하고 있는 이데올로기를 구명하는 작업은 문학과 이데올로기, 그리고 주체와의 관계를 밝히는 데 유용하다. 본 연구는 이러한 문제의식에서 출발하여 소설 속에 나타난 호명 행위에 대해 살펴보고자 한다.

기존의 문학과 이데올로기의 관련성 연구는 사실 작품 외부의 현실을 그 작품의 현실로 전사(轉寫)하는 경향이 지배적이었기 때문에, 기호나 언술 체계, 그리고 담론으로 이루어진 텍스트 내적인 이데올로기에 대한 연구는 부족한 실정이다. 그런 이유로 소설 내적인 담론과 이데올로기로부터 출발하려는 문제의식은 그동안의 연구를 좀더 확장하는 의미를 지니게 된다.

주지하듯, 이름을 부르는 행위는 나와 나 이외의 것과의 특별한 관계의 형성됨을 의미한다. 연애시로 불려지곤 했던 김춘수의 「꽃」은, 그러나 애정시 그 이상의 의미를 지니고 있는데, 바로, '관계 맺음'과 이름 부르기가 지닌 상징적 의미 때문이다. 이름을 부르고 불려진 후에야 비로소 '나'와 '그' 사이에 의미 있는 관계가 성립될 수 있는 이러한 원리는 사람과 사람 사이에는 물론 사람과 대상 세계 사이에도 적용된다. 사물에 대하여 올바른 이름을 붙이기 위해서는 무엇보다도 먼저 그 대상과 친숙한 관계를 맺어야 하고 나아가서는 그 사물의 본질에 대하여 정확하고 올바르게 알아야 한다. 그렇지 못할 경우, 다시 말하여 사물의 실상과 이름이 서로 합치되지 못할 경우 인간과 사물 사이의 진정한 관계는 성립될 수 없고, 그 사물은 미지의 어둠 속에 숨어버리며 혼돈과 혼란만이 남게 된다. 따라서 '그'의 이름을 부르는 행위는 '그'를 미지의 어둠 속에서 불러내어 '나'와의 전면적인 관계 속으로 끌어들이는 것을 의미한다. 이렇듯 인간이 세상에서 원하든 그렇지 않든 주체로 인정되는 때는 누군가로부터 '이름'이 불려지는 때일 것이다. 즉 주체는 그 시작부터 타자의 부름에 의해 형성되며, 그 맥락에는 타자의 이데올로기가 작용하고 있다.

그런데 위의 시에서처럼 주체와 타자의 관계 맺음이 실제 현실 속에서 그리 간단하지만은 않다. 왜냐하면 관계 맺는 일련의 과정은 주체가 발 딛고 있는 사회역사적 여건, 다시 말해 이데올로기1)라는 조건을 떠나서는 온전한 이해라고 할 수 없기 때문이다. 곧 알튀세르(L. Althusser)와 라캉(J. Lacan)처럼 "주체가 구성된다"고 할 때, 주체 형성의 과정을 이해하고자 할 때에는 가장 중요한 구성 요인인 이데올로기에 의한 호명(呼名 · Interpellation)의 과정을 이해해야 한다. 그런 이유로 소설 속에서의 '부르는' 행위는 시에서보다 좀더 복잡한 맥락을 상정해야 한다는 것을 함축한다. 다시 말하자면, 시속에 나오는 이름 부르기 행위가 개인적인 실존의 관계 맺음과 형이상학적 물음에 가깝다면, 소설에서의 이름 부르기 행위는 정치사회적 맥락에서의 접근을 요한다고 할 수 있다. 물론, 시와 희곡에도 이데올로기는 드러난다. 그러나 시는 이데올로기의 명료성이 소설에 비해 부족하다는 점에서, 그리고 희곡은 시공간의 무대적 제약으로 현실의 총체적인 복원이 어렵다는 점에서 소설에 비해 이데올로기와의 관련에서 강밀도가 떨어진다고 할 수 있다. 주체가 구성된다는 인식은 우리가 흔히 믿고 있듯이 보편적이고, 자연적이고, 당연한 것이 아니라, 다른 외적 조건에 의해 그렇게 생각하도록 만들어진 것이며, 따라서 우리가 생각할 수 있는 한계 밖의 다른 가능성들도 항상 열어 놓아야 된다는 인식을 수반하게 된다. 그러므로 주체가 구성된다고 말하는 것은 동시에 최종적 준거점으로서의 '나'라는 과정이 시작되었다는 것을 의미하는 것이기도 하다.2)

---

1) 알튀세르에 의하면, 이데올로기란 빈 공간, 혹은 알 수 없는 충동과 에너지의 덩어리를 어떤 가치와 규범에 따라 움직이고, 무언가 되고 싶어 하고, 때로는 무엇을 보고 분개하고, 그것이 속해 있는 공동체의 삶의 모습에 대한 특정한 이해를 하게 하는 것을 칭한다.

개인에게 부여된 이름은 개인정체성의 대체물이라고 할 수 있으며, 이름이 없는 존재는 자기 존재를 결여할 수밖에 없다. 이름이 등재되는 경로를 따라가면 한 인간의 일생이 확인되며 그와 함께 그의 정체성 형성 과정, 그가 자신은 어떤 존재라고 여기는 확인의 과정이 수반된다. 여기서 호명 행위는 정체성을 부여해 주는 것의 상징으로 읽을 수 있으며, 그것을 통해 나의 존재의 근원과 이 세상에서의 나의 자리가 어디인가를 반추해 볼 수 있게 한다.

현대의 인식의 흐름은 존재란 무엇인가에 대한 질문으로 회귀하는 듯 보인다. 이러한 존재론에 대한 탐색은 새로운 언어의 전회(linguistic turn)를 전제하는데, 언어적 전회는 언어, 언어의 구조, 언어의 근원들을 인식의 기능에 대한 모든 탐구에 있어서 선험적인 것[3]으로 전제한다. 즉, 주체가 태어나기도 전에 이미 존재하고 있는 사회적 조건으로서 가장 먼저 고려해야 할 대상이 바로 언어인 셈이다. 그만큼 존재에 대한 새로운 접근은 근대를 담지했던 언어와는 다른 언어를 필요로 함을 알 수 있다.

호명과 이데올로기를 밝히는 일은 궁극적으로 주체를 이해하는 방법이다. 이러한 주체는 담론이나 이데올로기, 혹은 기호나 텍스트에 의해 구성되기도 한다. 그런 의미에서 "주체는 이름들을 산출하며 더 나아가 진술들을 산출하는 주체이다. 그리고 주체가 이름들과 진술들을 산출하는 사실은 곧 주체는 동시에 언어-주체이기도 하다는 것을 의미한다."[4] 특히 지배 이데올로기는 단순히 강요되는 관념이 아니라 하나의 강력한 체계로서 우리의 무의식 속에 강하게 육화된다. 이때

---

2) 여건종, 「알튀세-이데올로기와 무의식」, 2001년 겨울 비평이론학교에서 사용된 강의 참고 논문.
3) 알랭 바디우 저(박정태 역), 『들뢰즈-존재의 함성』, 이학사, 2001, 65면.
4) 알랭 바디우 저(박정태 역), 위의 책, 322면.

구성된 주체가 사회 역사적 맥락에서 어떻게 주체화되며 그때에 주체는 이데올로기 아래에서 어떠한 입장을 취하는가를 밝히는 일은 주체를 이해하는 틀을 제공해줄 것이라 생각한다. 특히 개개인은 이데올로기에 의해 호명됨으로써, 즉 그 이름이 부여되고 불리어짐으로써 비로소 주체가 된다. 내가 이 세상에서 나로서 존재할 수 있는 것, 나라는 정체성을 가지고 그것에 의거해 행동할 수 있는 것은 이데올로기가 나를 그렇게 불러줌으로써, 혹은 이데올로기가 나를 그렇게 각인해 줌으로써 가능해지는 것이다. 요약하자면, 이데올로기에 의한 주체 구성, 즉 호명의 테제를 문제틀로 하여 주체성의 구성을 이데올로기와 관련짓는 문제의식은 인간주체 형성 문제와 결부5)되어 있다.

그간 소설 속에서 작중인물에 대한 성격화 및 역할에 대해서는 다양한 연구가 진행되어 왔다. 그 논의들은 대개 작중인물 혹은 주인공을 그 역할이 비중 있든 그렇지 않든 작품을 이루는 구성요소로 다루어 온 게 사실이다. 그러나 작품 내에서 작중인물에 대한 호명 행위가 어떤 이데올로기와 관련되고 있는지, 그리고 호명된 주체들이 어떠한 입장을 취하고 있는가에 대한 연구는 깊이 이루어지지 않은 듯하다. 이 같은 문제제기는 전통 서사학적 논의에서 작중인물을 주제의식을 구현하는 한 요소로 바라보는 관점에서 '주체'의 자리로 옮겨감을 의미

---

5) 주체가 선험적으로 주어진 존재가 아니라, 만들어지는 존재라는 생각은 두 가지 방향, 즉 소위 '언어 패러다임'과 니체가 말한 '습속의 도덕'이라는 개념에 근거를 두는 것에서 다루어져 왔다고 할 수 있다. 사회의 모든 사람들은 어떤 행동을 해야 하는지에 대한 규칙을 가지고 있고, 그 규칙대로 행동한다면 우리는 사회가 어떻게 움직이는지 합리적으로 예측할 수 있을 뿐만 아니라, 그것을 통해 사회를 보다 쉽게 통제할 수 있을 것이다. 니체는 이렇게 동등하고 규칙적인 그리고 결과적으로 산출가능하도록 인간이 길들여지는 것을 습속의 도덕이라고 부른다. 문아영, 「언어와 주체의 문제에 관한 연구」, 서울대학교 사회학과 대학원 석사논문, 1997, 1, 17면. '언어 패러다임'의 문제는 본 논문의 입론으로서 본문에서 상세히 기술될 것이다.

하는 것이며, 그 주체들이 생성해내는 이질적인 담론의 차원을 주목함으로써 개인성에서 벗어나 '주체성'을 살펴려는 것이다. 따라서 호명과 주체에 대한 깊이 있는 천착은 문학 분야뿐만 아니라 사회학적으로도 활용할 수 있을 것으로 보인다. 그리고 문학과 이데올로기의 관계에 대해서도 다른 시각을 제공해 줄 것이라 생각된다. 이런 의미에서 각 시대의 호명의 과정과 탈구의 방식을 밝히는 일은 곧 각 시대의 지배적인 이데올로기를 밝히는 일이라고도 할 수 있다. 따라서 이데올로기와 주체간의 호명 현상에 대한 표면적인 이해를 넘어 이데올로기 호명과 담론 내에서의 주체 형성의 관점을 수립하여 상징적 질서와 호명에 대해 반응하는 각 주체들의 변별적인 차이들과 틈에 대한 세밀한 연구를 수행하고자 한다. 앞으로 본 연구는 면밀한 텍스트 분석을 바탕으로 소설에 형상화된 호명의 의미를 공시적·통시적으로 밝히고, 궁극적으로 호명 시학을 수립해 보고자 하는 데 연구 목적이 있다.

2. 서사 형식과 담론 분석

소설에서의 이데올로기 호명과 주체의 탈구(脫臼, dislocation) 양상을 살펴보기 위해 본 연구에서 택한 텍스트는 1970-90년대에 창작된 단편소설이다. 본 연구에서 개별 작품들의 분석을 통해 호명의 과정과 탈구의 방식에 대해 검토하고자 할 때, 통시적·공시적으로 작품들을 두루 다루어야 한다는 점은 주지의 사실이다. 본 연구의 연구 시기 및 대상은 주체화와 이데올로기와의 관계가 텍스트에 구체적으로 형상화된 1970년대부터 1990년대에 이르는 시기인데, 이는 다시 1970년대와 1980년대에는 소위 리얼리즘 계열로 불리는 소설을 살펴보고,

1990년대는 여성소설을 중점적으로 살펴볼 것이다. 이 시기의 텍스트를 연구 대상으로 삼은 이유는 근대 자본주의가 급속하게 진행되면서 파생된 현실의 제반 모순들이 표면화되는 시기라는 점과 다양한 이데올로기와 주체의 문제가 이전 시기보다 역동적으로 나타나기 때문이다. 이는 제임슨(F.Jameson)의 주된 과제이었던 '정치적 무의식'6)의 측면을 문제적으로 형상화한 텍스트가 대거 생산된 시기라는 점에서도 그 선정 이유를 찾을 수 있다.

문학적 경험은 제임슨의 말을 빌면, 텍스트화한 현실에 대한 경험이다. 이때 현실은 실제 경험이 아니라 작가의 안목과 세계관에 의해 다시 재현된다는 의미에 있어 이차적인 현실이다. 텍스트에 재현된 현실은 현실 경험의 특수한 발언이기 때문에, 그 현실을 해석하기 위해서는 매개된 언어가 함의하고 있는 제반 특성을 우선적으로 이해해야 한다.7)

소쉬르 이래의 구조주의 언어학에서 언어는 기표와 기의가 결합된 기호로 인식되어 왔다. 이때 기호와 기의는 자의적으로 결합하는 순수한 기호로 간주된다. 또한 이 관계에서 실재 대상은 사라지고 청음(voice)과 의미만이 남게 된다. 이러한 언어의 순수성은 곧 부동(R. Boudon) 등의 비판적 합리주의자들이 말하는 가치중립적, 가치판단의 배제 원칙과 맥을 같이 한다.

그렇다면 언어활동이 과연 가치중립적인 대상인가. 만약 그렇다면 우리가 사용하는 명령-어(order-words)라는 의미는 그 가치를 상실하고 만다. 언어가 중립적·순수한 기호라는 인식은 언어의 이데올로기

---

6) F. Jameson, *The Political Unconscious: Narrative as a Socially Symbolic Act*, Ithaca University Press, 1981. 35면 참조.
7) 박수연, 「김수영 시 연구」, 충남대학교 대학원 박사논문, 1999, 1면 참조.

성을 주장하는 바흐찐을 비롯해서 텍스트사회학자들에 의해 비판을 받게 된다. 언어는 순수한 기호체계가 아니라 이데올로기의 재현체이자 발화자에 따라 상이한 명령어의 전달을 수반하고 있다. 언어가 이데올로기적이라는 점은 본 연구의 기본 전제사항이기도 하다. 달리 말하면 기호로서의 언어가 아니라 언어가 사용되는 맥락, 곧 텍스트를 형성하는 담론(지마(P. V. Zima)에 따르면, 술화)이 문제인 것이며, 그 술화를 통해 텍스트 속의 개인들은 비로소 주체로 변이하게 되는 것이다. 그렇기 때문에 역사는 오직 텍스트의 모습으로만 우리에게 다가오며, 현실은 텍스트를 통해 이데올로기적으로 재해석됨으로써 그 의미를 특수한 모습으로 제한적으로만 드러낸다. 이런 역사가 드러나는 문화, 문학 텍스트를 제임슨은 서사(Narrative)라고 규정하는데, 여기서 서사형식이란 공시적 구조 개념을 통시적 차원으로 열어주는 개념이다. 이 서사란 개념이 갖는 장점은 역사 자체가 있는 그대로는 접근 불가능한 실재로 존재하는 대신 그것을 텍스트화해서 우리에게 가시화해 주는 것이며, 그러면서도 구조주의적 공시적 언어적 모델을 지양하는 통시성을 동시에 지니고 있다는 점이다. 서사를 중심으로 이데올로기와 욕망, 무의식, 재현, 역사, 문화생산 등의 범주들을 재구조화하는 일이 제임슨의 '정치적 무의식'의 주된 과제인 것이다. 특정의 역사적 국면이 서로 충돌하는 생산양식간의 혼합체인 구조적 복합체(structural combinatoire)로—그러면서도 유토피아적 미래로 열려 있는—파악되어야 하듯이 거기에 상응하는 서사양식에는 동일하게 서로 충돌하는 이데올로기, 욕망, 무의식 등이 서로 층을 이루며 '공시적 비공시성'(synchronic nonsynchronicity)의 형태로 각인되어 있다.

각 계기의 서사양식도 순수한 욕망의 이데올로기적 재현물이 아니라, 혼재된 욕망과 충돌적인 이데올로기의 공존태로, 이른바 '이데올로기적 절합'(ideological closure)의 형태(알튀세르적인 의미에서 모순의 중층결정된 모습)로 존재한다. 서사에 드러나는 이 이데올로기적 절합은 특정한 역사적 국면의 이데올로기적 봉쇄와 미래로의 유토피아적 기투가 혼융되어 있는 결절점이면서, 동시에 해석의 실마리를 제공하는 봉합선이기도 하다. 이런 서사형식의 독법에서 강조되어야 할 점은 이데올로기적 절합에 드러난 상상적 해결, 혹은 이데올로기적 해결이 일종의 유토피아적 성격을 내포하고 있는 점이다. 요컨대, 공시적 통시성의 영역인 서사형식에서 현실적 모순의 상상적 해결은 이데올로기적 봉쇄와 유토피아적 미래에 대한 희구가 동시에 진행되는 결절점인 것이다.8)

이데올로기들의 각축장인 소설에서 인물에 주어진 이름은 그의 대명사처럼 어떠한 구체적 묘사 없이도 우리에게 그에 대한 정보의 실마리를 마련해 주는 요소이다. 1970년대와 1980년대는 이데올로기적인 측면에서 작중인물에 대한 호명의 양상을 환유적으로 보여준 시기라는 점에서, 그리고 1990년대는 여성작가들의 단편소설이 그들의 짧은 글쓰기 이력에도 불구하고 다른 시대보다도 유독 어린 시절에 부여받은 여성서술자의 이름 및 여성의 문제에 천착하고 있다는 점에서 눈여겨 볼만하다.

여기에서 70년대와 80년대의 민중문학과 90년대의 여성문학 사이에 괴리감이 일견 보일 수도 있고 여성소설을 리얼리즘 소설로 볼 수 있는가의 물음도 제기될 수 있다. 그러나 70년대와 80년대의 거대 서사가 쇠퇴한 90년대는 일상과 파편화된 자본주의, 가상공간 등의 미소 서사를 다루는 다양화되고 세분화된 소설들이 주로 생산된 시기이다. 소설이 현실을 반영하는 장르이고 현실의 구성물이 달라졌음을 인정한다면 90년대 여성소설들은 작중인물의 의식을 내면화하는 가부장

---

8) 서강목, 「프레드릭 제임슨의 비평이론 연구」, ≪이론≫, 1993 참조.

제 이데올로기와 가족주의를 여전히 문제 삼는다는 점에서 리얼리티를 충분히 담고 있다고 보아 리얼리즘 소설로 볼 수 있다. 좀더 넓게 보면 민중문학과 여성문학 양자는 근대의 역사적 모순을 비판하면서 집단적 정체성을 구성하는 것을 미학적·전략적 기반으로 삼는다는 점에서 공통분모를 갖는다고 할 수 있다. 즉, 권명아의 지적대로,

> 민중문학과 여성문학의 연속성에 관한 담론은 주로 주변부적 존재로서의 '민중'과 여성의 유비적 관계를 통해 시작되는데, 이 경우 민중과 여성은 주변부적 존재라는 집단적 주체성을 중심으로 사유된다. 페미니즘을 집단적 주체성의 기획으로 설정한다면 민중문학은 여성문학에 좋은 전범이 될 수 있다. 민중문학은 주변부적 존재로서의 정체성을 부인하고 민중이라는 집단적 주체성을 통해 정체성을 재정립한다. 동시에 집단적 주체성을 통해 재명명된 주체들이 만들어갈 새로운 세계를 서사화하는 '전통'을 형성한다. 또한 민중문학과 여성문학은 주변부적 존재들의 서사를 통해 근대 기획의 모순을 비판하고 재검토하는 새로운 '정체성의 서사'를 지향한다는 점에서 공통분모를 지닌다.9)

이는 '리얼리즘'적 논의에서, 작중인물은 행동의 과정을 통하여 그들이 살고 있는 세계로부터의 일종의 독립성을 획득하고 있으며, 작중인물의 무의식적 동기를 파고 들어감으로써 텍스트 속에 명세화되어 있는 범위를 넘어서서 작중인물의 과거와 미래를 재구성해내려는 시도와 맥락을 같이 하는 것이다. 리얼리즘 소설은 현실을 재현함으로써 현실을 더욱 극명하게 제시하고, 이에 더 나아가 현실을 넘어서는 새로운 현실을 직접적으로 혹은 암시적으로 드러낸다. 그리고 이 현실의 구체적인 양상은 인물과 세계의 관계를 통해 형성되며, 소설텍스트의 현실성이란 곧 인물의 현실성이며, 인물이 설정되어 있는 상황의 현실

---

9) 권명아, 『가족이야기는 어떻게 만들어지는가』, 책세상, 2000, 82면.

성에 다름 아니다.10) 특히 리얼리즘 소설은 상황 자체의 현실성과 인물이 취하는 입장 자체의 현실성으로 말미암아 그 관계의 이데올로기적 성격을 더욱 선명하게 제시해 준다.

본고에서 분석을 위한 텍스트의 수는 가급적 제한될 터인데, 그 이유는 다수의 작품이 선정될 경우, 분류의 차원에 그칠 수 있다는 점과, 텍스트의 이해에 목적을 두고 있기 때문에 불가불 몇몇 텍스트에 한정될 수밖에 없다. 여러 작품을 독해한 결과로 그중에서 본고의 분석대상으로 선택된 텍스트는 주체구성의 담론과 이데올로기의 관계가 역동적으로 드러나는 텍스트들11)이다. 이들 시기의 작품들은 이데올

---

10) 김상욱, 앞의 논문, 21면.
11) 본고에서 분석하고자 선택된 텍스트들은 다음과 같으며, 본문에 인용되는 부분은 작품명과 면수(面數)만을 기입하기로 한다.

〈1970년대 소설〉
이문구, 「해벽」, 창작과비평사, 1974.
_____, 『관촌수필』(문학과지성사, 1977)에 수록된 연작 8편.
_____, 『우리동네』(민음사, 1981(2002 개정판4쇄))에 수록된 연작 9편.
조세희, 『난장이가 쏘아올린 작은 공』(문학과지성사, 1978(1997 25쇄))에 수록된 12편.

〈1980년대 소설〉
김영현, 「벌레」, 『내딛는 첫발은』, 문학과비평, 1988.
방현석, 『내일을 여는 집』(창작과비평사, 1991(2001 5쇄))에 수록된 5편.
윤정모, 「밤길」, 『80년대 대표소설』, 현암사, 1989.
정화진, 「쇳물처럼」, 『내딛는 첫발은』, 문학과비평, 1988.
정도상, 「십오방 이야기」, 『내딛는 첫발은』, 문학과비평, 1988.
홍희담, 「깃발」, 『80년대 대표소설』, 현암사, 1989.

〈1990년대 소설〉
박완서, 「그 살벌했던 날의 할미꽃」, 『그 살벌했던 날의 할미꽃』, 이레, 1997.
배수아, 「바람 인형」, 『바람인형』, 문학과지성사, 1996.
오정희, 「새」, 문학과지성사, 1996.

로기적 봉쇄와 그것에서 벗어나고자 하는 탈주의 욕망을 미학적으로 형상화하고 있는데, 또한 주체에게 동일화될 것을 요구하는 현실과 거리를 두면서 그 현실에 끊임없이 타자의 흔적을 남겨놓는다는 '정치적 무의식'을 따라, 동일화하는 근대 이성에 의해 억압되고 배제되어 있던 것을 의식의 표면 위로(텍스트의 표면 위로) 끌어올리는 기능을 풍부하게 보여준다. 물론, 많은 텍스트 독해를 요하지만, 선택된 작품들을 통해 다양한 이데올로기와 호명의 작용이 '난장이'·'농민'·'노동자'로 대표되는 주체에, 그리고 여성의 삶에 어떠한 영향을 미치는가를, 그 속에서 각 개인들이 어떻게 주체화되어 정체성을 형성해 가는가를 살피고자 한다.

70·80년대 소설가가 하나의 문제에 초점을 두고 연작 형태로 작품 활동을 했다면, 90년대 여성소설가인 경우에는 여성과 관련된 다양한 문제제기를 작품 형태로 보여주었다는 것을 예상할 수 있다. 또한 통시적인 접근을 통해 문학과 민중문학을 계급적 측면에서 함께 고려해볼 수 있다. 곧 위의 작품들은 이데올로기와 주체 형성의 모습이

은희경, 「불임 파리」, ≪현대문학≫, 1997년 4월호.
전경린, 「염소를 모는 여자」, 『염소를 모는 여자』, 문학동네, 1996.
______, 「새는 언제나 그곳에 있다」, 『염소를 모는 여자』, 문학동네, 1996.
______, 「평범한 물방울 무늬 원피스에 관한 이야기」, 『바닷가 마지막 집』, 생각의 나무, 1998.
______, 「거울이 거울을 볼 때」, 『바닷가 마지막 집』, 생각의 나무, 1998.
______, 「환과 멸」, 『바닷가 마지막 집』, 생각의 나무, 1998.
______, 「세 번째 묘지·세 번째 폭포·세 번째 계곡」, ≪현대문학≫, 1997년 4월호.
차현숙, 「나비의 꿈, 1995」, 『나비, 봄을 만나다』, 문학동네, 1997.
______, 「나비, 봄을 만나다」, 『나비, 봄을 만나다』, 문학동네, 1997.
______, 「나비학개론」, 『나비, 봄을 만나다』, 문학동네, 1997.
______, 「삼십삼 세」, 『나비, 봄을 만나다』, 문학동네, 1997.
최　윤, 「하나코는 없다」, 『1994년 이상문학상 수상작품집』, 문학사상사, 1994.

선명하게 드러난 본 연구의 목적에 맞춰 '호명된' 텍스트들인 셈이며, 언어와 존재 사이의 상관성을 연구한다는 점에서 근대적 명제를 다룬 텍스트라고 할 수 있다.

최근 몇몇 학자들에 의해 소설과 이데올로기, 그리고 주체의 문제가 논의되고 있다. 소설 속에 형상화된 현실을 구명함에 있어 외부의 현실에서 그 이유를 구명하지 않고 텍스트 내적인 담론 차원에서 살펴본 점은 전통적 문학사회학을 넘어 텍스트사회학의 관점이라고 할 수 있다. 담론과 주체형식이라는 주제에 대한 기존의 연구는 전례가 그리 많지 않기 때문에 기존의 연구 성과를 토대로 논의를 펼쳐나가는 데는 다소 어려움이 따른다.12)

---

12) 본 연구와 직접적인 관련은 적지만 본 연구의 전제로 삼은 담론과 이데올로기, 주체와 욕망에 관해 연구한 논의들을 살펴보면 다음과 같다.

서사텍스트의 담론분석에 주력한 연구로 그레마스의 기호론적 사각형을 적용해 소설의 세계관을 검토한 박대호(「소설의 세계관 이해와 그 문학교육적 적용 연구」, 서울대학교 대학원 박사논문, 1988.), 리얼리즘 소설의 중심범주인 전형을 교육의 실제 속에 재구성하고자 한 논의를 기반으로 어떻게 이데올로기가 소설의 담론 속에 구성되고 있는가를 살핀 김상욱(「소설담론의 이데올로기적 해석 방법 연구」, 서울대학교 대학원 박사논문, 1992.)의 논의가 있다. 김동환(「소설의 다성성과 소설교육」, 「소설교육에 있어서 언어의 문제」, 『소설교육론』(우한용 외), 평민사, 1993.)은 바흐찐의 소설의 다성성과 담론에 주목함으로써 소설이 궁극적으로 언어와 관련을 맺고 있음을 드러내고 있다. 담론에 대한 또 다른 적용으로 채만식 소설과 리얼리즘 소설의 담론 특성을 연구한 우한용(「리얼리즘 小說의 文學敎育的 解釋」, ≪국어국문학≫114집, 1994; 「채만식 소설의 담론 특성 연구」, 서울대학교 대학원 박사논문, 1992.)의 연구가 있다. 그리고 1950년대 소설이 지배이데올로기에 침윤되는 과정과 지배이데올로기를 극복하는 과정을 담론과 주체형식을 통해 살핀 박훈하(「1950년대 소설담론의 주체형식 연구」, 부산대학교 대학원 박사논문, 1997.)의 연구가 있다.

주체와 욕망에 관한 최근의 논의를 살펴보면, 우선 최인훈 소설의 의미층위에 대한 분석을 통해 소설담론과 이데올로기와의 관련성을 찾은 후에 그것이 어떻게 서술구조로 나아가는가를 살핀 김인호의 논문(「최인훈 소설에 나타난 실제로 기존 논의들에서 소설 속에서 이데올로기와 주체의 관계를 작중인물의 명명과 담론 행위와 관련하여 살펴본 논의는 거의 없는 실정이다. 기실 최근의 문학 담론의 키워드라고 할 수 있는 '주체'라는 말은 개인, 작중인물 등과 혼재되어 내용에 따라 편의상 쓰이는 경우가 많다. 그런데 근대를 추동했던 명징한 이성을 신뢰하는 주체에서 그 주체가 하나의 환상에 지나지 않는다는 의미로 언급되는 '주체'라는 용어는 근대성을 논하는 부분에서 새롭게 부각된 비교적 최근의 일이라고 할 수 있다. 따라서 소설 속에서 주체를 논할 때에 작중인물에 대한 검토를 시작으로 진행되어야 한다는 점은 텍스트에서 실행하고 주체화되는 과정이 작중인물을 둘러싸고 이루어진다는 점을 전제하는 것이다. 또한, 앞서 밝힌 것처럼 기존의 논의에서 담론의 차원을 언급하는 경우에도 당대의 현실과의 유비를 통해 텍스트를 해석하는 경향이 짙게 나타나는데, 여기에서는 텍스트 내적인 담론을 검토하는 텍스트사회학적 작업이 될 것이다. 두 가지 이유로 본 연구에서는 그간 구조주의적인 작중인물의 의미를 넘어 이데올로기에 의해 주체화되고 또 그것에서 벗어난, 살아있는 주체로서의 작중인물을 중심으로 살피고자 한다.

바흐찐(M. M. Bakhtin)은 언어와 담론이 이데올로기의 복합물임을 인정하고 있지만, 그와 동시에 그것도 이데올로기의 틈새에서 여전히 불확정적인 채로 남아있는 그 어떤 것으로 파악한다. 이데올로기의 봉

주체성 연구」, 동국대학교 대학원 박사논문, 1999.)이 있다. 이화경(「이상문학에 나타난 주체와 욕망 연구」, 전북대학교 대학원 박사논문, 2000. 8.)은 능동적이고 창조적으로 '주체'와 '욕망'의 개념을 정립한 들뢰즈와 가타리의 이론을 원용하여 이상(李箱) 텍스트에 나타난 주체와 욕망의 양상을 살피고 있다. 문재원의 논문(「동일성 담론으로 본 1970년대 소설연구」, 부산대학교 대학원 박사논문, 2003. 2.)은 동일성과 반동일성의 관점에서 1970년대에 활발하게 활동한 조세희, 황석영, 이청준, 최인호의 소설을 분석하였다.

쇄와 틈새의 지점에서 작중인물들은 자신들이 처한 위치를 자각함으로써 주체화 과정에 들어서게 된다. 그간 소설에서의 '호출' 또는 '소환' 행위에 관해 체계적으로 밝힌 연구가 많이 이루어지지 않은 현 시점에서 이데올로기가 '주체'를 만들어내는데 어떠한 결정적인 역할을 하며, 호명된 주체가 어떻게 그러한 주체생산 양식으로부터 벗어나고 있는가를 검토하는 일은 작중인물에 대한 확대된 관점, 이데올로기와 주체 형성의 관계 등을 포괄적으로 묻는 것이다.

주체는 타자든 이데올로기든 '표상'과의 동일시를 통해 형성되는 것이다. 모든 사람의 경험은 우리가 의식하건 하지 않건 간에 이러한 "역사적으로 특정한" 주체의 구성 과정에 깊숙이 침윤되어 있다. '주체화의 문제설정'이란 실제로, 자기비판 이후의 이데올로기에 의한 주체 구성, 즉 호명의 테제 속에서 이미 사고되기 시작해왔다고 할 수 있다. 여기에서 소설 속에서 이름을 부르는 행위는 호칭, 이름을 붙이고 부르는 것을 포함하여 사회적 질서 이데올로기에 의한 주체 구성에 관여한다는 의미에서의 호명 행위를 말한다. 곧 본 연구에서 '호명'이라는 개념은 그 사회적 질서가 개인을 주체로 강제해내는 의미가 강하기 때문에 지배적 질서의 지배 메커니즘13)이라는 의미로 쓰인다. 다시 말하면, 호명 기제는 주체 형성의 인지 기제이다. 또한 넓은 의미에서 독자 역시 소설텍스트의 이데올로기와 스스로 동일시하거나 차별화해 나가는 과정에서 또 다른 주체로서 자신을 구성할 수 있는 가능성이

---

13) 호명은 라캉의 상징적 동일화와 비슷한 의미라고 할 수 있다. 상징적 동일화는 상징적 질서 내에서 나에게 주어진 자리 혹은 장소에 대한 동일화이다. 이것은 내가 택하는 것이 아니라 타자가 나를 바라보는 관점에서 그 자리를 떠맡는 것이다. 이러한 상징적 동일화를 통해 주체는 사회적으로 부여된 상징적 위임을 떠맡게 되고 그것을 통해 자아실현을 하게 된다.(J.Lacan, *Ecrits : A Selection*, trans. by A. S.heridan, Norton, 1977, 22-23면.)

있다는 점에서 이데올로기적 효과로 형성된 주체라고 할 수 있다.

본 연구에서 기본적인 연구 방법의 전제는 당대의 지배이데올로기가 작품에 어떻게 개입되었는가의 문제가 아닌, 작품에 드러난 담론의 양상을 통해 그 시대의 다양한 이데올로기를 밝혀내는 방식이다. 총체적 발화내용, 즉 주제라고 하는 담론의 결과물이 아니라 담론을 통해 주체가 형성되는 과정에 주목하는 것이다. 다시 말하자면 이데올로기가 언어를 통해 어떻게 작용하는가의 문제와도 연관되는 것으로, 이러한 규범 질서에 속한 언어가 억압적인 힘으로 강요될 때 그 속에 융화되지 못한 갇힌 목소리가 어떻게 전복적인 힘을 갖게 되고 파열되는지 그 파열의 지점을 주목하는 것이다. 최종적인 주제를 추수할 경우 다양하고 이질적인 이데올로기 지도-그리기는 어려우며, 그만큼 문학 현상에 대한 투명한 인식이 어려울 것이다. 이는 물론 결론은 유사하게 나오더라도 특정 시기의 이데올로기로 작품을 해석하려는 방법론과는 역방향의 것이라 할 수 있다. 텍스트의 발화내용 뿐만 아니라 발화방식에 주목함으로써 담론 차원의 이데올로기의 흐름을 살필 터인데, 이는 마치 이방인이 특정 시기의 작품을 읽을 경우 텍스트를 통해 그 시기의 다양한 이데올로기와 주체의 관계를 알 수 있게 되는 것과 같은 의미이다.

문학의 논의에서 주체라는 용어는 다양하게 기술되고 있다. 그런 만큼 용어의 의미 규정 또한 명확하지 않는 경우가 있는데, 2장에서는 본 연구의 논의를 위한 예비적 고찰로서, 서사학에서의 작중인물관과 그 한계를 살핀 후, 언어와 주체와의 상관성, '호명'의 의미와 호명된 주체가 새로운 주체로 나아갈 가능성에 대해 고구해 보고자 한다. 이러한 논의를 전제로 3장에서는 1970년대 문학의 호명 기제와 그것으로부터의 탈구 양상을, 4장에서는 1980년대 작품의 그것을, 5장에서는 1990년대 여성소설들을 분석하여 주체 형성과 탈구 양상을 살핀 후 마지막으로 6장에서는 앞선 논의들을 정리한 후 호명 시학의 가능성을 점검해 보기로 한다.

제 2 장

소설의 호명 연구를 위한 이론적 검토

1. 서사학의 작중인물론의 한계와 변환가능성

　인물(character)이라는 용어는 문학작품에 등장하는 사람이나 인격을 가리키는 용어로, 문학에 등장하는 인물에 관한 연구는 주체(subject)라는 보다 일반적인 문제, 그리고 개인주의(individualism)의 정치학과 관련이 있다. 특히 리얼리즘 소설은 인물 설정을 중심으로 하는 경우가 빈번하기 때문에 리얼리즘 소설의 역사는 주체 문제 및 개인주의의 정치학과 하나로 묶여 있다[1]고 할 수 있다.

　이처럼 소설 속에서 이데올로기와 주체에 대한 물음의 시작은 작중인물로부터 시작된다고 해도 과언이 아니다. 그런데 본 연구에서 중요한 위치로 부각되는 작중인물은 작중인물 논의의 근간을 이루는 아리스토텔레스(Aristoteles)의 『詩學』 이래로 서사학 분야에서는 중요한 위치를 점하지 못하였다. 아리스토텔레스는 작중인물을 성격(Character)

---

1) 조셉 칠더즈·게리 헨치 저(황종연 역), 『현대문학·문화비평 용어사전』, 문학동네, 1998, 105면.

으로 간주하면서 성격을 "비극의 주인공의 '고귀성'은 전문적인 의미에서의 성격의 일부가 아니라 그가 연루되어 있는 행동의 부산물"로, 6장에서는 플롯이 구성되고 난 후에 행위자에게 첨가되는 것이라는 점을 강조함으로써 성격의 개념을 정리하였다. 또한, 14장에서는 비극의 주인공은 전래 전설에 나오는 이름에서 따온 개인의 "이름"을 가져야 한다는 것, 그리고 비극적 행위 이후나 이전에 자신의 희생자가 누군지를 알아차려야 한다는 것 등을 시사했다.[2] 아리스토텔레스적인 작중인물은 드라마나 서사물의 작품 속에 나오는 행동의 체계인 플롯을 수행하는 부수적인 요소에 지나지 않는 셈이다. 에이브럼즈(M.H Abrams) 역시 『문학용어사전』에서 보듯이 작중인물을 '사람들'의 범위로 한정시키고 있다. 이에 대해, 채트먼(S. Chatman)은 "인공적이고 구성적인 플롯의 성격("행동의 체계")은 명백히 한정된 그 순간에, 작중인물(character)은 "사람들"(people)이니 "인물"(person)이니 하는 식으로 안이하게 설명이 되었다"[3]고 비판하였다.

형식주의자들과 (일반)구조주의자들의 견해는 놀랄 만큼 아리스토텔레스의 견해와 유사한데, 그들 역시 작중인물은 플롯의 소산이며 그 지위를 "기능적"인 것으로 본다. 작중인물은 인물(personnage)이라기보다는 참여자(participant) 또는 행위자(actant)이며 실재하는 존재로 간주하는 것은 잘못이라고 주장한다. 즉, 서사 이론은 심리적인 본질은 피해야 하는 것으로, 작중인물의 여러 국면들은 오직 기능(functions)일 뿐이라는 것이다. 그들은 작중인물의 본질-어떤 외적인 심리학적 또는 도덕적 척도에 의해 규정될 수 있는 본질-이 아니라, 한 이야기

---

2) Leon Golden 저 · O.B.Hardison, Jr 해설(최상규 역), 『아리스토텔레스의 詩學』, 예림기획, 1997, 325-326면 참조.
3) 시모어 채트먼 저(최상규 역), 『원화와 작화』, 예림기획, 1998, 143면.

속에서 작중인물이 하는 일을 분석하려고 한다. 러시아 민담을 구조화한 프롭(V. Propp)에게 있어서도 작중인물은 주어진 구조 내에서 수행해야만 하는 일의 소산일 뿐이었고, 토마세프스키(B. Tomachevski)에게 있어서도 작중인물들은 무수한 세부 사항 속에서 방향을 찾게 해주는 역할, 그리고 특정 동기들을 분류하고 순서를 정하는 보조 수단에 불과할 뿐이었다. 또한 프랑스의 서사학자들도 "작중인물이란 이야기의 목적이 아니라 수단"으로 간주하였다. 한마디로, 작중인물은 이차적이며, 플롯의 파생적 소산에 불과한 것이었다.4)

이처럼, 전통적 구조주의에 있어 작중인물의 정체는 "인물(person)"이나 "사람들(people)", 그리고 "기술을 통해 묘사되는 것"이라고 규정한 것 외에 별로 얻는 바가 없다. 다시 말하자면, 서사 이론은 심리적인 본질은 피하고, 작중인물의 여러 국면들을 오직 기능(function)에 초점을 맞춤으로써, 그리고 한 이야기 속에서 작중인물이 '하는 일'을 중시했기 때문에, 작중인물의 본질, 그리고 본질을 밝혀줄 어떤 외적인 심리학적 또는 도덕적 척도에 의해 규정될 수 있는 본질에 대한 국면은 배제되었다. 다음에 인용되는 단락은 그간 소설 속에서 작중인물에 대한 의미가 얼마나 축소되고 왜곡되어 왔는지를 단적으로 보여준다.

> 현대비평은 대체로 작중인물을 소홀히 다루어 주위의 중심 밖에 두었고, 기껏해야 마지못해 고개나 끄떡하는 정도였으며, 많은 경우에 그것을 오도되었다거나 오도적인 추상으로 간주했다. 아직도 그러한 적의의 손쉬운 대상 노릇이나 할 '인물 스케치'가 많이 쏟아져 나오고 있다. 그러나 좀더 알차고 현명하게 작중인물을 다룬 책을 나의 학생들에게 전하고 싶어도, 벌써 30여 년 전에 E. M. Foster가 이 문제를 기만적으로 가볍게 다룬 이후로 별로 나온 것이 없다.5)

---

4) 시모어 채트먼 저(최상규 역), 앞의 책, 147면.

위에서 보는 것처럼, 소설 속의 작중인물들에 대한 논의는 주로 포스터(E. M. Foster)의 성격화 및 행위기능에 초점이 맞추어졌고 소설적 주제화를 파악하는데 있어 많은 부분 적용되었음을 알 수 있다. 주동인물과 반동인물, 입체적 인물과 평면적 인물, 전형적 인물과 개성적 인물 등의 구분을 통해 작중인물이 손쉽게 다루어지긴 했지만, 작중인물의 다양한 양상을 포착하는 데는 한계를 띠는 것이 사실이다. 특히 1990년대 이후 젊은 작가들에 의해 씌어진 소설 속 인물들은 사회문화적인 맥락에서 고려해야 할 만큼 문제적인 인물(김영하 소설의 인물들)이거나, 엽기적인 인물들(백민석 소설의 인물들)이다. 버크(K. Burke)가 말하는 바와 같이 "작중인물"과 "사람들"이 동질적인 것이라 할지라도, 과연 그것이 공리인가 하는 것을 결정할 필요성을 주장한 사람은 한 사람도 없었고, 그런 이유로 서사 이론이 이 관례에 대해 적어도 숙고를 해야만 한다는 지적은 서사이론에서 작중인물론에 관한 타당한 비판이라고 할 수 있다.

그러나 이러한 인물에 대한 논의를 정치하게 다루기 위해서는 서사 맥락 속에서의 논의에 앞서 인물에 부여된 고유한 이름과 명명에 대한 이해가 이루어져야 한다. 즉 이름에 함의된 의미를 파악하면 그 인물의 성격뿐만 아니라 그 작품이 전달하고자 하는 메시지와도 연관될 수 있겠기 때문이다.

그런데 흥미롭게도 형식주의자들을 포함한 구조주의자들은 작중인물의 부재를 역설했음에도 불구하고 작중인물의 고유 이름에 대한 의미와 가치에 대해 암시적으로 환기해 주고 있다. 즉, 사람(person)으로서가 아니라 특성(trait), 의소(semes)의 집합체로 상정함으로써 이름에 대한 새로운 연구의 가능성을 제시해 주고 있다. 구조주의자 바르

---

5) 시모어 채트먼 저(최상규 역), 앞의 책, 142면.

트(R. Barthes)도 후기로 갈수록 작중인물이 단순히 구조의 파생물이거나 부수적인 역할을 넘어 중요하게 다루어질 수 있음을 감지하고 있다. 그는, 아직 명명이 되지 않은 특성들은 미지의 나머지로써, 작중인물의 고유한 이름을 통해 지속되어 나간다는 흥미 있는 시사를 했다. 특성들이 명칭을 얻게 되는 과정을 고찰해 보는 것과 함께, 이름 역시 문화적 규약의 지배를 받는다는 심리학자들의 관심에서 작중인물의 본질을 이해하는데 중요한 시사점을 얻을 수 있다.

이러한 작중인물의 이름에 대한 언급은 몇몇 학자들에 의해 언급되고 있다. 그 중 채트먼은 인물의 고유명사를 아이덴티티 혹은 자아의 정수로 보았다. 그는 이름을 개성의 궁극적인 잉여물로서, 성질이 아니라 성질의 장소이며, 그 성질들에 의해 결코 고갈되지 않는 서사적 명사인 것으로 여겼다.6) 또한 인물을 이름 속에 그 인물의 특징적 자질과 정체성의 정수를 함축하고 있는 것으로 보고 인물의 특징적 자질과 성격은 이름이라는 명명 공간 안에서 비로소 존재의 의의를 갖는다고 말했다. 왜냐하면, 성격이란 사람들의 이름에 덧붙여진 특성들의 집합으로, 이름 안에 성격과 자질이 내재되어 있기 때문이다.

웰렉(R. Welleck)은 서사이론에서 인물 구성이 특정한 이름에 대해서 특성들을 조합시키는 것이기 때문에 이름은 그 특성들의 대체물 역할을 할 수 있다고 보았다. 그는 "성격창조의 가장 간단한 형식은 이름을 붙이는 것이다. appellation, 즉 命名이라고 하는 것은 한 개체에 생명을 부여하는 것, 정령화하는 것, 개별성을 주는 것"이라며 서사이론에서 명명법의 중요성에 대해 지적한 바 있다.7) 이처럼 서사물

---

6) 시모아 채트먼 저(최상규 역), 앞의 책, 2장 참조. 채트먼은 이러한 논의를 통해 열린 작중인물을 모색하고 있다.

7) 르네 웰렉·오스틴 웨렌 공저(김승철 역), 『문학의 이론』, 을유문화사, 1982 참조.

에서 인물을 구성하는데 필수요소인 고유명사는 인물의 특성을 집약시
켜 주며, 이것은 다양한 인물들 사이에서 역동적인 성격을 띨 뿐만 아
니라 개개의 인물들을 구체적이며 역동적으로 표현해 준다. 또한 이것
은 인물들 각각의 이름이 독립적인 성격을 띠는 것이 아니라, 인물들
사이에서 순환하며 자신들의 특성을 개성 있게 발휘하기에 가능한 것
이다. 특히 한 가족 구성원들 간의 충돌과 화해를 다루고 있는 가족
서사에서 이름은 인물들 간의 순환성과 집단성이 발휘되는 대표적인
기호8)라고 할 수 있다.

　이름은 각 개인의 특수한 주체성을 언어로 표현한 것이다.9) 도체
르티(T. Docherty)는 읽기 과정에서 나타나는 이름의 의미를 다음과
같이 세 가지 범주로 나누었는데, "첫째, 이름은 어떤 종류의 권위, 그
것은 의식(儀式)의 권위(가족이나 조상의 이름)이거나, 역사의 권위 혹은
일종의 존재론적 권위를 가리킨다. 이러한 권위 안에서 이름은 실제
역사적인 이름과 함께 사용된다. 둘째, 이름은 인물화가 실재로 일어
나는 장소이다. 특성과 자질이 고유명사에 부여되고 따라서 명명된 인
물이 만들어진다. 셋째, 이름은 전체소설에 대한 시점을 독자에게 전
적으로 제공한다. 그것은 독자에게 거주할 위치와 소설의 세계와 다른
인물들을 보는 '위치'를 제공한다. 이 '위치'는 본래부터 상대론적이다."
작중인물에게 부여되는 이름은 가족이나 조상의 이름, 사회문화적인
기대욕망, 그리고 이데올로기가 중첩되고 흔적으로 남는 언어의 재현
체이며, 개인은 주체로 전유되면서 역사적인 의의로 자리잡게 된다.
곧, 이름을 통해 우리는 "각 사회적 시대가 그 시대에 한정된 기준과

---

8) 오세은, 「여성 가족사 소설의 '命名法과 權力 移動'」, ≪시학과 언어학≫ 1호,
　　2001, 423면. 논자는 박경리의 『토지』를 분석하면서 성(姓)의 이동(박길상에
　　서 최길상으로의)이 가문의 권력과 경제권에 따라 변화되었음에 주목하고 있다.
9) 이언 와트 저(전철민 역), 『小說의 發生』, 열린책들, 1988, 29면.

관심의 견지에서 인간성을 묘사하려는 경향이다. 역사적으로, 특성의 이름을 알리는 것은 아주 놀랄 정도로 이 문화적 결정의 원리를 따르는 것으로 보일 수 있음"10)을 알 수 있게 된다.

인물의 '고유명사'와 '이름짓기'에 대한 관심을 부각시키면서, 소설에서 특성들이 어떻게 '이름'을 얻게 되는가를 살펴보는 것은 흥미로운 일이다. 앞서 언급한 것처럼, 일반적으로 특성을 명명할 때, 우리는 그것을 문화에 의해 인지된 것으로 동일시하게 된다. 독자는 인물의 이름을 통해 시대정신과 기준에 근거하여 인간에 대한 묘사의 의도를 파악할 수 있는데, 다시 말하면 이름은 그 시대를 말해주는 준거 중의 하나가 될 수 있게 된다.

이런 이유로 토도로프(V. Todorov)와 바르트는 초기의 입론을 전회하여 편협한 기능적 작중인물관으로부터 심리적인 것과 유사한 작중인물관으로 귀환했다. 그는 "특성"과 "개성"을 중시하면서 서사물을 읽는다는 것은 바로 "명명(命名)의 과정"이며 명명을 해야 하는 한 요소가 특성이라고 주장하고 열린 작중인물의 이론을 모색하고 있다. 여기서 특성(traits)이란 허구적 인물의 최소 특질로서, "한 개인이 또 하나의 개인으로부터 구별될 수 있는, 구별 가능하고 어느 정도 지속력이 있는 방법"이다. 한 개인의 반응적 본성의 개념적 속성 또는 한정의 방식으로, 크게 정체 규정(identification)이나 명명을 하는데 충분한 중요성을 갖는 것으로 사회가 간주하는 특징과 개인의 성립 본성의 표현으로 간주되는, 즉 "그 근원에 있어서 생득적인 것이든 습득된 것이든, 한 개인의 특징을 이루고 그를 다른 종류들로부터 변별케 해주는"11) 방식을 말한다.

---

10) 시모아 채트먼, 앞의 책, 148면.
11) 시모어 채트먼 저(최상규 역), 위의 책, 161면.

이처럼 이름은 문화적 규약의 지배를 받는다. 인간의 특질을 그 시대의 표준이나 관심에 비춰 규정하는 것은 사회적 시대마다의 경향으로, 역사적으로 훑어보면 특성 명칭의 도입은 문화적·이데올로기적 결정의 원칙을 놀라울 정도로 준수하고 있음을 알 수 있다.[12] 따라서 특성의 명칭을, "결코 본성의 깊은 곳에서 실질적으로 진행되고 있는 것을 완벽하게 지시할 수는 없는 것이지만, 사회적으로 창안된 기호(sign)"라고 간주하는 채트먼의 주장은 타당하다. 그런 이유로 명명을 할 때 우리는 문화 혹은 이데올로기에 의해 인정된 특성의 본질을 확인한다.

라구시스(M. Ragussis)도 소설이 일련의 복잡한 명명 행위를 통해 인물의 이름짓기를 재현하거나 혹은 이름짓기 플롯을 드러낸다고 주장한다. 라구시스에게 명명 플롯이란 그 이름의 담지자를 지칭하는 '이름,' 즉 개인적인 정체성에 대한 추구와 이미 주어진 조건이 되어버린 가족의 성(姓)을 화해시키려고 노력하는 과정을 말한다. 서사의 운명적 플롯 안에서 이름이 인물의 운명을 형성하는데 유용하며, 그것은 서술자의 정신에 있는 사상을 의미한다[13]고 보면서 소설과 인물의 이름 사이의 긴밀한 상관성에 대하여 연구한 바 있다.

이상으로 서사이론에서 언급되는 작중인물에 대해 살펴보았다. 작중인물에 대한 논의가 초기의 플롯에 부속된 행동의 체계로부터 점차 특정 시대의 심리적, 문화적 이데올로기를 담지하는 열린 구조로 이행되고 있음을 알 수 있다. 이는 '사람'의 한정된 범주에서 사람을 포함한 다른 대상도 함께 고려해야 한다는 것을 의미하며, 작중인물로서가

---

12) 시모어 채트먼 저(최상규 역), 앞의 책, 163쪽.
13) Michael Ragussis, *Acts of Naming*, Oxford Univ., 1986, 4-10면; 오세은, 앞의 논문에서 재인용.

아니라 주체의 범주로 옮아가고 있음을 말해주는 것이다. 다시 말하자면, 작중인물을 목적이 아닌 수단으로 보는 기존의 인식은 문학을 현실과 단절되거나 분리된 자족체로 보는 소설관과 무관하지 않다. 이와 반대로 작중인물을 플롯과 독립적으로 분리시켜 연구해야 한다는 입장도 있지만, 그러나 이 또한 작중인물을 사람(person)의 범주에 귀속시킴으로써 작중인물에 대한 본격적인 논의라고 보기 어렵다. 즉 그간의 논의들이 작품의 구조와 원화와 작화 수준과의 맥락 하에서만 이루어져왔기 때문에 작중인물에 대한 구체적이고 분석적인 연구가 이루어지지 않은 듯하다. 그러나 문학은 현실과의 긴장관계를 형상화하고 있으며 그 현실의 장에서 작품 속의 인물들은 보조적인 수단이나 수동적인 존재에 그치지 않는다. 특히 근대의 관점에서 작중인물은 주체 형성 과정에 대한 문제설정과 그 맥을 같이할 만큼 중요하게 다루어져야 할 연구 대상이다.

2. 명명(命名)과 호명(呼名)으로의 확대가능성

앞서 살핀 것처럼 행위 중심 혹은 기능 중심 이론은 인물들이 생성된 맥락과 언어에 의해 주체화되는 과정을 설명해내기 어렵다는 한계를 지니고 있다. 작중인물이 충분히 다루어질 필요가 있다는 데에는 한 목소리이지만 그러나 이것을 다룰 최선의 방법을 안다는 가정 하에서 그러하다는 채트먼의 언급은 작중인물을 알 수 있는 최선의 방법이 그간 부재했다는 현실과 그 연구의 지난함을 동시에 알려준다. 이러한 논의들이 갖는 한계는 작품에 어떠한 방식으로 명명(호명 행위)과 이름이 부여되었는지에 대한 좀더 근원적인 분석이 없었다는 데에 기인한다. 이는 문학을 '자율성' 내지 '자족체'로 보는 형식주의적 관점과 무관하지 않으며, 그 자체로 작중인물 연구에 관한 한 하나의 한계이기도 하다.

오늘날의 서사 시학에 있어서 스토리를 구성하는 사건들이나 그 사건들 사이의 연관성에 대한 연구는 상당히 진척되었지만 작중인물에 대한 연구는 그렇지 못하다. 작중인물의 죽음에 대한 선언과 관련하여 롤랑 바르트는 "오늘날의 소설에서 퇴화해 없어진 것은 소설가가 아니라 작중인물이다. 이제 더 이상 씌어질 수 없는 것은 고유명사다"14)라고 말하고 있다.

그렇다면, 작중인물의 존재 양식은 사람인가, 말인가. 이 물음은 연극이나 소설 속에 작중인물이 어떻게 존재할 수 있는가 하는 문제와 관련된다. '순수파'의 논의에서는 작중인물은 작중인물을 뒷받침하고 밀고 나가는 이미지나 사건들의 일부로서밖에는 전혀 존재하지 않으며, 작중인물을 그 맥락에서 떼 내어 마치 실재하는 인물인 양 논한다는 것은 문학의 본성에 대한 감상적인 오해라고 지적하고 있다. 그와 반면에 '리얼리즘'적 논의에서, 작중인물은 행동의 과정을 통하여 그들이 살고 있는 세계로부터의 일종의 독립성을 획득하며, 그 맥락으로부터 어느 정도 분리해서도 유용한 논의 대상이 될 수 있다고 주장한다.15) 이 같은 리얼리즘적 접근 방식은 작중인물의 무의식적 동기를 파고 들어가며, 텍스트 속에 명세화되어 있는 범위를 넘어서서 작중인물의 과거와 미래를 구성해내려는 시도로까지 보인다.

작중인물에 대한 본격적인 연구라는 관점에서 작중인물의 이름 자체에 대한 연구는 이러한 의미에서 유의미하다. 다시 질문을 해보면,

---

14) 시모어 채트먼, 앞의 책, 49면에서 재인용.
15) 시모어 채트먼, 위의 책, 52-53면.

특정 작품이 씌어진 시대에 그 인물은 왜 태어났으며, 그때에 그 인물의 고유 호명은 어떤 의미를 지니는가? 각 인물들을 둘러싼 담론의 이데올로기는 무엇이며, 이데올로기적 국가장치에 의해 인물들은 어떻게 주체를 형성해 가는가? 만약 위의 물음에서 주체는 지배이데올로기의 호명대로 위치 지워지는가? 그러면 호명된 주체의 정해진 자리에서 탈구(탈주)하는 다른 주체의 가능성은 없는가? 등의 물음이 제기된다. 이 지점에서 본 연구는 작품 구조 내의 작중인물에 대한 연구를 넘어서 주체 형성 과정에서 호명의 의미를 밝히는 일이 될 것이며, 또한 인물의 독자적 특질을 통해 각각의 자아로 변별함으로써 주체와 타자를 인정하는 일이 될 것이다.

이러한 주체의 문제는 언어의 문제라고 할 수 있다. 그만큼 언어를 매개로 하는 소설에서 이데올로기와 주체는 언어를 떠나서는 존립할 수 없다고 해도 과언이 아니다. 대개 서사학의 연구에서 언어는 기표와 기의가 임의적, 자의적으로 관계 맺고 있는 소쉬르(F. Saussure)적인 중립성의 기호체계를 말한다. 이 때문에 언어의 이데올로기적이며 현실 내의 투쟁이나 갈등 상황을 담고 있는 성격이 간과되고 만다. 언어는 바흐찐이 말한 이데올로기의 집합적 장소이자, 현실의 재현체이다. 다시 말하자면, 온전한 '나'의 말이란 없으며, 타자의 말, 공인된 말, 사회적 말이 끊임없이 가시적-비가시적으로 침투해 옴으로써 '나'의 말은 온전하지 못하게 된다. 온전하다고 항변하더라도 그 말에서 '나'는 지워져 있다. 그때에 소유대상을 지시하는 '-의'가 가까스로 인정되는 셈이다. 그런 까닭에 '나'의 말은 꿰매지고 파열되고 그 위기에 더께를 대어 봉합된 존재로 남게 되는 것이다.16)

소설가는 언어로 세계를 드러내고 자신의 절박한 심경들을 다양한

---

16) 박훈하, 앞의 논문, 36면.

창작방법을 통해 드러내는 언어의 연금술사이다. 소설 속의 존재의 문제는 따라서 언어의 문제로 귀결된다. 언어, 특히 담론의 이데올로기적 성격에 관한 관심은 볼로쉬노프(V. N. Volosinov)로부터 비롯된다.

하나의 기호는 단순히 현실의 일부로서 존재하는 것은 아니다. 그것은 자신 이외의 다른 현실을 반영하고 굴절시킨다. 그러므로 기호는 현실을 왜곡할 수도 있고, 현실에 충실하기도 하며, 더러는 현실을 특정한 시각으로 인식할 수도 있다. 따라서 모든 기호는 이데올로기적인 가치평가의 기준을 적용시킬 수 있는 것이다. 이데올로기의 영역과 기호의 영역은 일치한다. 따라서 그것들은 서로 등가 관계이다. 기호가 나타나는 곳 어디에서나 역시 이데올로기도 나타난다. 모든 이데올로기적인 것은 기호적인 가치를 지닌다.[17]

바흐찐도 자아와 타자가 불가분리하게 연관되어 있다고 보고, 이러한 관계의 매개체를 언어로 규정한다. 언어를 통해서 자의식은 획득되며, 언어를 통과해서야 자아와 타자의 관계 또한 규정된다. 즉, 존재는 언어를 통해서 드러나며 역으로 언어 또한 존재를 규정한다.[18] '토대'의 '반영'으로서의 유물론적 관점의 언어가 아닌, 단어의 물질성

---

17) 미하일 바흐찐·볼로쉬노프 저(송기한 역), 『마르크스주의와 언어철학』, 한겨레, 1988, 15면.
18) 테리 이글튼의 다음과 같은 언급도 이와 맥락을 같이한다.
  만약 이데올로기가 기호와 분리될 수 없다면 기호는 사회적 상호작용의 구체적인 형식으로부터도 고립될 수 없다. 바로 이 내부에서만 기호는 '살아간다.' 기호와 그 기호의 사회적 상황은 서로 불가분리하게 융합되어 있으며, 이러한 상황이 발화의 형식과 구조 내부에서부터 규정한다. 결과적으로 여기에서 우리는 경제적 '토대'의 '반영'으로 이데올로기를 환원하지 않고, 단어의 물질성과 그것이 포착하는 담론적 맥락의 물질성에 그 정당한 몫을 승인하는 유물론의 개요를 획득하게 되는 것이다(테리 이글튼, *Ideology: An Introduction*, Verso, 1991, 195면, 김상욱, 앞의 논문 31면에서 재인용).

과 그것이 포착하는 담론적 맥락의 물질성이 중요한 것이다.

그런데 우리가 통칭해서 말하는 언어는 데카르트(R. Descartes)의 코기토(cogito) 개념에 대해 틀 지워진 이분법적 사유체계에 닿아 있으면서 소쉬르와 라깡식의 시니피에(기의·파롤)·시니피앙(기표·랑그)의 구조에서 기표를 중시하는 것을 의미한다. 이 시니피앙은 기호로 드러내는 것으로서 그 안의 시니피에, 즉 기의들을 억압하거나 제거시켜 버린다. 그러나 기표 안에 갇힌 기의의 세밀하고 조야한 의미들은 탈근대적 담론과 해체주의, 그리고 다양성을 강조하는 시대상과 맞물려 기표의 틈 사이로 유출되고 있다. 바흐찐은 그의 저작에 걸쳐 지배이데올로기의 권력에 의해서만 말이 고정된 것으로 그치지 않고, 기존의 혹은 신생의 이데올로기들이 상호교환하고 타협조정하는 형태임을 인식하고 있다. 특히, 소설 장르는 지배이데올로기를 그대로, 모두 수용하는 것이 아니라, 이질적이고 다양한 목소리가 섞이는 대립적 장, 혹은 대화의 장이 될 수 있는 것이다. 이와 같은 바흐찐의 소설에 대한 신뢰는 소설장르가 미완의 과정이고, 낡은 지배를 파기할 수 있는 힘을 실어준다. 곧 소설장르가 지배이데올로기를 무한정 수용하는 것이 아니라 타자들의 담론까지 수용하는, 다시 말하자면 지배이데올로기에 대한 방어를 실천하는 제도적 장치일 수 있음을 뚜렷이 드러내고 있는19) 양가적인 장르이다. 바흐찐과 볼로시노프의 비판은 말과 글이 생성되는 모태가 추상적이고 비역사적인 언어 체계라기보다는 언어적으로 매개된 사회적 갈등이 지배하는 사회언어적 상황임을 깨닫게 해준다.20) 인물들에 부여된 고유명사 형태의 이름이나 별칭 등을 소쉬

---

19) 박훈하, 앞의 논문, 36면.
20) 페터 V. 지마 저(허창훈·김태환 역), 『이데올로기와 이론』, 문학과지성사, 1996, 359면.

르나 촘스키(N. Chomsky) 등의 추상적인 랑그 혹은 언어능력에 관계되는 기호적 차원으로 본다면, 그 속에 내재된 사회의 언어적 상황, 즉 파롤이나 언어수행과 같은 점을 간과하게 된다. 기표의 틈으로 유출된 섬세한 기의를 찾아가는 일, 그것이 특정한 시대의 소설을 읽어내는 독법이다. 바르트의 지적대로 이름을 붙여준다는 것은 이름이 아닌 신비적 속성인 잉여적으로 관여되어진 특성을 부여하며, 그 이름은 또한 기질을 드러내는 핵심이 되며, 우리는 인물에 대한 비평 기준으로써 그 특징을 제안할 수가 있다. 인물에 주어진 이름은 곧 그의 대명사가 되는 것으로써 어떠한 구체적인 묘사 없이도 우리에게 그에 대한 정보의 실마리를 마련해 주는 요소이다. 그러므로 작가는 이름을 통해서 한 인물의 성격을 암시적으로 드러내며 나아가서 이들 인물 상호간의 연관성과 사건 구조를 보다 선명하게 하거나 예시할 수가 있다.

사실 언어의 문제는 랑그와 파롤 그 자체의 문제는 아니다. 거기에서 중요한 것은 언어를 누가(여성/남성/노동자/자본가) 어떻게(거대/소사) 다루느냐의 문제이다. 왜냐하면 랑그는 파롤의 크고 작은 다양성을 하나로(표준 혹은 대표라고 믿는) 대표화 시키고, 더욱이 상징계를 거친 '아버지의 언어'로 군림하고 있다는 점에 문제의 기원이 있기 때문이다. 이것은 곧 이데올로기가 언어를 통해 어떻게 작용하는가의 문제로 확대된다. 요약하자면, 인간 조건을 이해할 수 있는 작중인물의 이름이나 술화가 언어로 매개된다는 점, 그리고 그 언어는 근본적으로 중립적이지 않은, 이데올로기의 속성을 지니고 있다는 점에서 언어-이데올로기-주체는 하나의 범주쌍이다.

3. 이데올로기의 담론적 구성과 주체 호명

서사이론가들이 언어의 갈등성과 이데올로기의 주체 형성의 문제에 침묵했거나 그 필요성에도 불구하고 간과한 사이 포스트맑스주의자들 중 알튀세르는 이데올로기에 의한 주체 호명의 문제에 대해 정식화하는데 경주하였다. 알튀세르의 "이데올로기는 개인을 주체로 불러준다"는 호명 테제는 문학 텍스트에서 주체의 문제와 이데올로기의 관계를 구명하는데 유용한 문제틀을 제공한다. 바흐찐에 이어 페터 지마도 언어는 이데올로기의 산물이며 이러한 관점에 따라 언어의 집합물인 소설도 이데올로기의 관계물로 전제하면서 술화 차원의 주체의 담론에 주목하였다. 따라서 작중인물들은 현실이든 작가든 그들에 의해 이데올로기적으로 호명된다.

이름과 권력 관계의 관련성에 대한 논의를 보면, 일차적으로 이름은 개인의 정체성을 의미하기도 하지만, 더 나아가 집단의 권력을 상징해주는 표지이기도 하다. 왜냐하면 명명행위는 권력을 행사하는 것21)이기 때문이다. 우리는 식민지 시대에 창씨개명의 억압 아래에서 이름이라는 아이덴티티의 박탈이 개인에게는 죽음에 이르는 길과 동일한 차원의 것이었음을 알고 있다. 이름에 대한 박탈은 인간 존재의 근원적인 뿌리를 단절시키는 것이다. 정체성의 상실은 인간의 위기이고 그것의 보존은 인간의 필수 요건22)이라고 할 때, 자아의 정수로서 이름은 인간의 본질적인 존재 기호이자 역사적 흔적이다.

알튀세르에게 이데올로기란 자신이 지시하는 현실과는 다른 현실에

---

21) 이소영·정정호 공편, 『페미니즘과 포스트모더니즘』, 한신문화사, 1992, 228면.
22) 크리스테바 외 저(김열규 외 공역), 『페미니즘과 문학』, 문예출판사, 1988, 223면.

대한 징후다. 알튀세르는 1960년대 말 그람시의 헤게모니론을 바탕으로 이데올로기 문제를 새롭게 정식화하면서, 이데올로기가 제도 속에서, 즉 국가에 의해 관리되고 있는 사회 생활 영역 속에서 어떤 기능을 수행하고 있는가 하는 질문을 제기했다. 1970년에 발표된 알튀세르의 유명한 논문 「이데올로기와 이데올로기적 국가 장치」에는 네 가지 상호 연관된 테제가 제시되어 있다. 구체적인 내용을 살펴보면, 첫째, 자본주의 또는 자본주의 이전 사회에서 지배 계급의 권력을 지탱해주는 것은 (군대나 경찰 같은) 억압적 기구뿐만 아니라 더욱 중요한 것은 현존하는 생산 관계의 기반을 강화해 주는 이데올로기적 국가 장치(교육 제도, 교회, 예술)일 거라는 점, 둘째, 국가 장치로서의 이데올로기는 특정 국가 기관(특히, 교회의 경우) 내지 국가의 지원을 받는 기관에서 규정하는 물질적 형태(의식, 설교, 기도)를 취하며, 셋째, 이데올로기는 언제나 무의식적인 것이며, 라캉이 말하는 상상적인 것의 영역에 속하기 때문에, 이데올로기는 시간이 없고, 역사를 갖지 않는다는 점, 마지막으로 주체 개념은 이데올로기의 중심적 개념이며, 전형적인 이데올로기적 개념이다. 요컨대 이데올로기는 개인을 주체로 호명하며 개인의 존재·당위·(무의식적) 욕망은 모두 이데올로기로부터 나온다.23) "주체가 구성된다"는 것은 맑스주의, 정신분석, 구조주의라는 별개의 지적 전통을 통해 전개되어온 인간 이해가 만나는 지점이며, 바로 이 세 전통의 교차점에 알튀세르의 이데올로기24)가 자리하고 있다. 이러한 입장은 이데올로기를 구체적인 제도와 결부시킨다는 점에서, 그리고 이데올로기를 언어 구조로 파악하고 있다는 점에서 문학과

---

23) 페터 V. 지마 저, 앞의 책, 275-301면 참조. 알튀세르 저(김동수 역), 『아미앵에서의 주장』, 솔, 1981. 참조.
24) 여건종, 앞의 논문, 301면.

긴밀하게 관련될 수 있음을 시사해 준다.

이데올로기가 언어 및 비언어 기호로 이루어진 기호 체계라는 사상은 이데올로기에 대한 정확한 개념을 제공해준다. 이 체계의 틀 내에서 사회적 실천의 일부가 이루어지며, 사회적 실천은 —역사적 상황의 변화에 따라— 이데올로기라는 기호 체계에 변화를 가져온다. 반면에 이데올로기의 틀 속에서 행동하는 사람들은 이데올로기를 의식하지 못한다는 주장은 타당하다.

이와 같은 맥락에서 개인에게 미치는 이데올로기 작용은 사회적인 터부와 개인의 심리적 억압이 반성과 비판의 장애 요인으로 보는 정신분석학적 무의식 개념과의 소통가능성을 짐작해 볼 수 있다. 알튀세르는 무의식과 이데올로기 개념을 결부시킴으로써 이데올로기가 개인을 주체로 만들어내며, 개인은 자기를 지배하고 있는 이데올로기에 자발적으로 (무의식적으로) 동화된다는 중요한 통찰을 제공해 주었다. 모든 이데올로기가 구체적인 개인을 주체로 구성하는 기능을 수행하는 한에서 주체 개념은 모든 이데올로기의 초석이 된다. 또한 이데올로기는 개인과 집단을 주체로 만들어냄으로써 그들에게 사회적 환경 속에서 방향 감각을 가지고 행동할 수 있는 조건을 제공한다. 주체성과 이데올로기의 관계에 대해서도 이데올로기는 개인을 주체로 구성한다. 많은 사람들은 이데올로기가 개인 바깥에 존재하는 어떤 것이라고 생각하거나 주체 속에 '뿌리내린' 어떤 현실일 것이라고 믿고 있다. 그러나 이데올로기란 "실제로 개인을 주체로 빚어내는 것"[25]이라고 할 수 있다. 알튀세르는 우리가 항상 이데올로기 속에 살고 있음을 시사하고 아이의 탄생을 둘러싼 기대의 의식을 예로 들고 있다.

호명(소환 召喚)은 이데올로기가 인간 개체에게 주체로서의 정체성을

---

25) 페터 V. 지마, 앞의 책, 195면.

배정하는 중심 작용을 가리킨다. 소환한다는 것은 무엇보다도 공식적인 말걸기나 일련의 질문으로 어떤 사람을 제지하거나 방해하는 것을 의미한다. 하지만 알튀세르의 이론에서 소환의 과정은 인식의 순간으로서, 문자 그대로의 것이든 아니든 이 과정에서 불려진 사람은 불려진 것이 바로 자신임을 인식한다. 즉 권위의 힘으로 불려진 그 개인은 자기도 모르게 돌아서고, 그렇게 해서 자신의 주체로서의 정체성을 승인하는 것이다. 명명(命名)은 호명의 맥락에서 우선적으로 이루어지는 과정이라고 할 수 있다. 우스펜스키(B. Uspensky)는 어법 차원에서 이루어지는 명명에 대해 설명한 바 있는데, 그에 따르면 명명은 그를 부르는 사람들이 이름이 불려지는 사람들에 대해 갖는 거리와 관련되어 있다. 어떤 인물에 대해 명명법상의 변화가 일어났을 경우 그것은 그에 상응하는 태도의 변화를 반영26)하는 것을 의미한다. 호명이 불려진 사람과 부른 사람 사이의 주체와 타자의 관계가 성립되는 과정인 반면에 명명은 돌아보지 않아도 되는 한 주체로서의 정체성을 스스로 인지하지 않는다는 점에서 호명과 변별된다. 즉, 주체의 이데올로기가 작용되는 점에서는 유사하지만 호명이 '돌아섬'을 통해 주체로 인지되는 과정에 이른다면 명명은 그러한 과정을 필히 수반하지는 않으며 부르는 사람의 태도에 관련된다고 할 수 있다. 그러나 부르는 사람의 이

---

26) 보리스 우스펜스키 저(김경수 역), 『소설구성의 시학』, 현대소설사, 1992, 45-68면 참조. 우스펜스키는 시점(視點)을 연구하면서 어법상에서의 시점과 명명에 대해 기술하였다. 그는 '나폴레옹 보나파르트'에 대한 다양한 명명을 통해 한 편의 문학작품에서, 한 사람의 인물은 여러 개의 다른 이름과 다양한 직함들에 의해 지칭될 수 있으며, 이는 작중인물에 대한 작가의 태도를 반영하는 것으로 보았다. 기본적으로 그 태도는 주인공을 명명하는 방법에서 드러나는데(고유명사의 다양한 형식들은 이러한 관점에서 특징적이다), 주인공의 이름의 변화는 작가가 그를 명명하는 방법상의 변화들에 의해 표시된다고 보았다.

데올로기를 통해 직접적, 간접적으로 주체에 작용한다는 점에서 크게 구별되는 개념은 아니다. '명명'을 포괄하는 '호명'의 양상을 살피려는 것인 만큼, 고유명이나 어휘 수준에서 이루어질 경우에는 '명명'으로, 담론 차원에서 논의되는 경우에는 '호명'으로 쓰일 것이다.

알튀세르의 어법에서 타자는 절대적 주체로 알려져 있고, 사람이 동일시하는 동시에 복종하는 일종의 지고한 인물 혹은 모델로 상상된다. 그렇게 사람에게 내면화되면 절대적 주체는 사회적 관계의 세계와 그 역사에 의미를 불어넣어 개인 각자의 삶은 이 집합적 사회 과정 속에서의 자신의 역할에 맞게 살아가기 위한 항상 새로운 시도가 된다.27)

이데올로기의 가장 큰 특징은 그 본성을 '자연적'인 것으로 은폐하면서 주체를 형성한다는 점이다. 이데올로기의 자연화와 은폐성은 푸코(M. Foucault)의 교의(doctrine)와도 연관되는데, 소설에 내재된 교의와 그것을 둘러싼 담론들의 특성을 분석하면 이데올로기와 담론의 물질성을 가시화할 수 있다. 즉,

> …교의(doctrine)은 널리 유포되는 경향이 있고, 상상할 수 있는 한 수많은 개인들이 그들 상호간의 소속성을 규정하는 것은 바로 단일하고 동일한 담화의 총체를 공유하는 행위를 통해서이다. 겉으로 보기에 거기에 요구되는 단 한 가지 조건이 있다면, 그것은 동일한 진리를 인정하는 일과 유권해석이 내려진 담화와의 일치—다소 융통성이 있지만—라는 규칙을 받아들이는 일 뿐인 듯하다. 교의라고 하는 것이 그 정도일 뿐이라면 그것은 과학의 여러 분야들과 별로 다를 바 없을 것이고, 담화의 통제는 다만 언술의 형식이나 내용에만 가해질 뿐 말하는 주체에는 가해지지 않을 것이다. 그런데 어떤 교의에 소속되자면 언술과 동시에 말하는 주체도 문제가 된다. 그 양자는 서로서로를 통해서 문제시된다. 동화될 수 없는 한 가지 혹은 여러 가지 언술을 어떤 주체가 발(發)할 경우 가

---

27) 조셉 칠더즈·게리 헨치 저(황종연 역), 앞의 책, 245면.

해지는 제외 절차들과 거부 메커니즘들이 보여주는 바와 같이, 교의는 언술을 통해서, 그리고 언술의 결과로서, 말하는 주체를 문제삼는 것이다. 이단이냐 정통이냐는 교의의 체계를 광신적으로 과장하는 것이 아니다. 그런 것들은 근본적으로 교의체계의 일부를 이루는 것이다. 그러나 그와는 반대로 교의는 말하는 주체를 시작으로 삼아서 언술을 문제삼는다. 교의란 언제나 그것에 선행하는 소속성—사회적 계급, 지위나 종족, 국적이나 이해관계, 투쟁, 반향, 저항이나 용인에 있어서의 소속성—의 표상이요 표현이요 도구라는 점에서, 말하는 주체의 언술은 교의에 의해서 문제시되는 것이다. 교의는 개인들을 어떤 언술행위(enunciation)와 연결지어주고 또 결과적으로 다른 모든 언술행위를 금지한다. 그러나 교의는 그 대신 개인들을 상호연결시켜 주고, 그럼으로써 그 개인들을 다른 모든 개인들과 구별지어주기 위하여 어떤 유형의 언술행위를 이용한다. 교의는 이중의 예속관계를 만들어 낸다. 즉 말하는 주체가 담화에 예속되고 담화가 말하는 주체들의 그룹(적어도 잠재적으로는)에 예속되는 것이 그것이다.28)

이러한 견해와 유사한 맥락에서 라깡에 따르면 인간은 기표체계에 종속되는데, 그 이유는 인간이 언어를 사용해서만 '주체성'을 나타낼 수 있기 때문이다. 인간이 기표의 결과라고 하는 것은 인간이 정해진 사회·문화·금지·법의 체계로 진입함을 의미한다. 해당 부분을 인용하면,

　　라깡은 '언어의' 질서·법칙의 효율성을 보여준다. 질서 혹은 법칙은 '인간이' 태어나기도 전부터 모든 태어날 인간의 자식을 감시하고, 그를 완전히 독점하여 그가 첫울음을 울었을 때부터 그에게 지위와 역할을 결국 그에게 강제된 사명을 지정해준다. 인간의 자식이 넘어선 모든 단계

---

28) 푸코, 『지식의 고고학』, 김종엽, 「80년대 통일논의에 대한 언술분석(discursive analysis)의 한 시도: M. Pecheux의 방법을 중심으로」, 서울대학교 대학원 사회학과 석사논문, 1988, 3면에서 재인용.

들은 법칙과 할당 규칙, 인간들의 의사소통과 비-의사소통의 규칙의 지
배 하에서 나타나는 양태이다.29)

이는 언어를 사용하는 인간도 언어의 일부분이고, 언어의 직조물이
며, 언어의 결과이므로, 언어를 벗어나서는 아무 것도 독립적으로 인
식될 수 없다는 것, 다시 말해 '언어'가 곧 '현실'을 표상한다는 로티
(R. Rorty)의 '언어 편재론(ubiquity of language)'30)과도 관련된다. 더
나아가 이러한 견해들은 소설에서 연구대상은 단어나 어구 형태를 넘
어 술화 차원으로 확대되어야함을 의미한다. 담론은 서로의 충돌에서
발전하며 그렇기 때문에 말과 글에서 사용되는 단어들과 어구들은 정
치적인 차원을 갖게 된다.

　바흐친 학파에게 있어 언어는 '언술'이며, 이는 자아와 타자 사이의 관
계를 포함한다. 그것은 실재하는 사람들 사이에 교환되는 살아 있는 말
이며, 따라서 담론에 내포된 폭넓고 풍부한 도덕적·사회적 의미에 의해
서만 올바르게 이해될 수 있다…예술 작품은 단순한 공예품이 아니라 의
사소통의 수단이다. 즉 언어 자체와 같이, 그것은 〔예술적〕 자아와 타자
간의 교환을 포함하는 '언술'이며, 따라서 당대의 이데올로기적 맥락 안
에서 이해되어야 한다.31)

의사소통의 수단이자 관계성의 매개체인 동시에 이데올로기적 맥락
안에서 이해되어야 할 담론은 이데올로기의 특수한 형식 중의 하나이
며, 이데올로기의 투쟁에 의하여 담론의 의미는 담론의 '외부'에서 형

---

29) 루이 알튀세르 저(김동수 역), 앞의 책, 36면.
30) 이상신, 「失名/實名, 失明·失命?」, 김상태 편, 『현대소설의 언어와 현실』,
　　국학자료원, 1997, 252면 참조.
31) 여홍상 엮음, 『바흐친과 문화 이론』, 문학과지성사, 1995, 29-30면.

성된다. 단어의 의미는 그 자체로 존재하는 것이 아니라 투쟁을 벌이는 '입장'과 그것과 관련된 '제도'(이데올로기적 제도)에 따라 변화한다. 단어 자체보다도 '담론과정'과 관련된 단어들의 배열과 조합이 더 중요하다. 따라서 모든 담론은 이데올로기적 입장을 취하며, 어떤 것도 중립적이지 않게 된다.

알튀세르의 제자인 페쇠(M. Pecheux)는 기호학적 술화 개념(의미론·거시 통사론)을 기반으로 한 것은 아니지만, '담론구성체'[32]란 용어를 사회역사적 과정 속에서 작동하는 이데올로기적 입장으로 규정하고, 개인이 자신을 지배하는 언어 구조(술화) 속에 무의식적으로 동화되는 과정을 설득력 있게 보여주었다. 페쇠의 담론구성체는 "이데올로기적 구성체 안에서, 즉 계급투쟁의 상태에 의해 결정된 주어진 국면에서 주어진 입장으로부터 무엇을 말해야 하며, 무엇을 말할 수 있는가를 결정하는 것"[33]으로 규정되며, 주체의 이데올로기적 입장은 담론구성체 내부에서 이루어진다. 술화로서의 이데올로기는 "주체를 의미심장한 주체로, 즉 자기 자신, 자신의 생각·행동·말의 원인으로 만들어주는 명백한 증거들을 제조해낸다"는 것이다. 페쇠의 비판은 일

---

32) '담론구성체'는 푸코가 『지식의 고고학』에서 이끌어낸 용어로, 푸코는 담론구성체를 다음과 같이 규정하고 있다. "일련의 언표들 사이에서 분산의 체계들을 기술할 수 있을 때, 대상들 사이에, 언표행위의 유형들 사이에, 개념들 사이에, 테마(전략)적 선택들 사이에 규칙성(질서, 상호관계, 위치와 기능 작용, 변환)을 정의할 수 있을 때, 우리는 '과학'이나 '이데올로기' 또는 '이론'이나 '객관성의 영역'과 같이 위와 같은 분산을 가리키기에는 부적절한 그리고 그 조건이나 결과에 있어 너무 무거운 말들을 피해서, 담론구성체formation discursive를 다루고 있다고 말할 수 있다." 미셸 푸코 저(이정우 역), 『지식의 고고학』, 민음사, 1992, 67-68면.

33) M. Pecheux(1975), *Language, Semantics and Ideology*(trans. H. Nagpal), St. Martin's Press, 1982, 111면, 김상욱, 앞의 논문 32면 재인용.

차적으로 개별 주체가 자유로운 행위자이며 자기 자신에 대한 원인이라는 통념을 겨냥한다. 데카르트적인 "감각적 자명성"이 비판의 대상이되는 것이다. 그는 "이데올로기는 개인을 주체로 호명한다"는 테제를 "이데올로기가 개인을 주체로서 호명한다는 의미는, 주체가 아닌 존재가 이데올로기에 의해 주체로 호명된다는 것, 즉 주체로 구성된다는 것을 뜻한다"로 해석한다. 페쇠의 논리에서 중요한 것은 주체로서 구성된 개인이 자신이 술화에 의해서 만들어지고, 구성되었다는 사실을 잊어버린다는 사상이다. 그는 주체에게는 초술화에서 이미 제작된 구조, 즉 "사전 구성물"이 주어진다고 말한다. 이와 비슷한 관점에서 지마도 개인과 주체를 구별할 것을 제안하는데, 개인은 특정한 기호를 발산하기 시작하는 순간, 즉 말하기 시작하는 순간부터 비로소 주체로 인정받게 된다고 역설한다. 개인과 주체, 작중인물과 주체의 간격은 곧 언어와 이데올로기의 매개 혹은 통과 여부에 관련되는 것이다.

그러나 알튀세르의 이론을 통해서는 호명에 종속되지 않는 주체의 여러 양태와 호명에 강박적으로 종속되는 주체의 여러 유형에 대한 분석을 할 수 없다는 한계점이 있다. 이제 본 연구의 이론적 토대라고 할 수 있는 알튀세르 이론의 유효성과 한계점을 정리해 보면,

〈유효성〉 : 알튀세르가 시도한 맑스주의와 정신분석의 접목은 인간의 개체적 삶과 공동체적 삶이 상호구성적으로 서로 얽혀 있다는 것, 실제로는 한 가지 과정이라는 것을 보여주고 있다. 또한 현재 작용하고 있는 이데올로기가 우리가 상식적으로 생각하는 것보다 훨씬 더 가공할 만한 힘으로 우리를 지배하고 있다는 것을 깨닫는 것이 새로운 실천의 출발이 되어야 한다는 점에서, 알튀세르 이론의 실천적 유효성은 인정되어야 할 것이다.

> 〈한계점〉: 알튀세르의 이데올로기 논의의 중요한 문제점 중의 하나는
> 한 사회가 다른 저항적이고 대항적인 사고방식과 행위 체계
> 를 어떻게 만들어가고 그것을 통해 새로운 대안적인 사회 체
> 제를 구축할 수 있는가 하는 중요한 질문을 포기하고 있으며,
> 사회 변혁과 혁명의 역사적 과정에 대한 이론으로서 심각한
> 한계를 드러내고 있다. 어떤 의미에서 이러한 한계는 맑스주
> 의와 정신분석을 통합하려는 이론적 시도에 이미 내장되어
> 있다고 할 수 있다.[34]

위에서 지적한 대로 '이론'의 구성에서 학제적 연구는 유효성과 한계점을 동시에 작용하고 있음을 볼 수 있는데, 유효성은 앞에 기술된 부분들로 어느 정도 이해가 되리라 생각한다. 그럼 한계점을 가능성으로 바꿀 여지는 없는 것인가. 주체는 똑같은 형태로 이데올로기에 동일화되지도 않거니와 동화된다 하더라도 그 양상은 다르다. 또한 텍스트에 형상화된 개별 주체들은 지정된 위치를 벗어나기 위한 방법을 모색함으로써 새로운 주체를 정립하고자 하는데, 들뢰즈(G. Deleuze)와 가타리(F. Guattari)의 저작을 통해 억압된 주체의 전복을 통한 또 다른 주체 생산의 가능성을 살펴보기로 하자.

4. 탈구의 모색과 새로운 주체 생산의 가능성

알튀세르를 경유하여 보았을 때, 이데올로기의 주체에 대한 호명은 '복종(subjection)'과 '자격부여(qualification)'의 과정이라고 할 수 있다. 그 호명의 내용은 첫째, 존재에 대한 정체성의 확립으로서, '나'는 누

---

34) 여건종, 앞의 논문, 310-11면.

구이며, 나를 둘러싼 세계의 실체와 실재하는 것은 무엇인가 하는 주체를 둘러싼 세계에 대한 정체를 규정하는 것이다. 둘째, 주체에 대한 의미 및 도덕적 정당성의 부여과정이다. 선하고, 올바르고, 정당하며, 아름답고, 즐거움을 주는 것은 무엇이며, 또 그것들과 반대되는 것은 무엇인가에 대한 호명이다. 이 과정을 통해 '나'의 욕망은 구조화되고 규범화된다. 셋째는 세계의 변화가능성에 대한 경계지움이다. 무엇이 가능하며, 무엇이 불가능한가에 대한 호명을 통해 존재하는 세계의 변화 가능성과 변화의 결과에 대해 유형화를 하게 되고, 이런 과정을 통해 주체의 소망과 공포가 형성된다.[35] 한마디로 호명은 자명성의 논리에 의해 가동되는 메커니즘이며, 주체는 호명메커니즘을 통해서 생산된다. 이때 자명성은 동일시의 결과로서 이루어지는 이데올로기적 효과이자 계급투쟁의 효과이다. 언어체계가 담론과정에 들어갈 때 의미와 주체를 구성하고 이 의미와 주체가 이데올로기적 실천과 불가분의 관계를 맺는다면 주체가 자신이 구성되는 담론구성체 내에서 스스로 자유로운 존재로 인식하는 한, 그리고 담론구성체에서 만들어지는 의미를 자명하다고 간주하는 한 재생산을 변혁으로 전환시키는 이데올로기적 실천은 일어날 수 없다.[36] 이러한 호명된 주체를 둘러싼 물음은 컬러(J. Culler)에게도 중요한 듯 보인다.

주체에 관한 질문은 '나'는 무엇인가에 대한 질문이다. 환경에 의해 나는 '현재의 나'로 만들어지는가? 개인의 개별성과 집단의 구성원으로서의 내 정체성 사이에 무슨 관계가 있는가? 어느 정도까지 나는 '나'이자 '주

---

35) 김도근·신병헌, 「이데올로기와 주체 형성-조직문화론 비판을 위하여」, ≪문화과학≫ 3호, 문화과학사, 1993년 봄호, 176-177면 참조.
36) 강내희, 「언어와 변혁-변혁의 언어 모델 비판과 주체의 '역동일시'」, ≪문화과학≫, 문화과학사, 1992년 겨울호, 40면.

체'이며, 나에게 부과된 것에 의해 선택되기보다 선택하는 주체일 수가
있는가?37)

주체에 대한 물음에는 환경(이데올로기)에 의해 만들어진 주체뿐만 아
니라, 선택가능한 주체일 가능성에 대한 물음도 수반되어야 한다. 그
리고 그 두 주체는 개별적 정체성과 집단적 정체성의 상이한 지점과
공유하는 지점에 대한 이해도 병행되어야 한다. 그렇다면, 주체에게
가해진 지배구조 재생산의 국면을 변혁의 국면으로 전환시킬 수 있는
방법에는 어떤 것이 있는가. 이것은 곧 알튀세르(페쇠를 포함하여)의 한
계점으로 지적된 '대항적인 사고방식과 행위 체계,' 그리고 '사회 변혁
과 혁명의 역사적 과정' 등에 대한 대답과도 관련된다.

　이러한 물음에 대한 하나의 가능성은 페쇠의 담론 이론과 들뢰즈의
사상을 통해 모색될 수 있다. 먼저 페쇠의 담론 이론을 주목하는 것은
재생산과 변혁의 문제에서 담론적 실천이 작용하고 있으며, 이러한 주
체의 형성은 담론적 실천을 통해서만 가능하기 때문이다. 물론 페쇠의
이론 역시 담론에 의한 주체의 결정만 존재하지 담론 내부의 틈에 대
한 인식이 없다는 한계점을 드러내기는 하지만, 결정론과 그것의 극복
이라는 문제와 관련해서 이데올로기에 대항하여 주체가 취하는 세 가
지 가능한 기제를 설정한다. 먼저, '착한 주체'로 지칭되는, 주체와 초
술화의 완전한 일치와 지배적인 술화 구성체에 대해 맹종하는 동일시
(identification)가 있고, 다음으로 '악한 주체'의 상황으로, 이 주체는
초술화들이 제시하는 주장들을 뒤집어 놓음으로써 동화의 메커니즘에
서 빠져나가려고 하나 술화를 재생하는 결과를 낳는 반동일시(counter-
identification)가 있다. 마지막으로 탈(脫)동일시 작업을 수행하는 차

---

37) 조너던 컬러 저(이은경·임옥희 역), 『문학이론』, 동문선, 1999, 176면.

원인 역동일시(비동일시: dis-identification)가 있다. 다시 말해서 프롤레
타리아 이데올로기의 호명의 역사, 대중, 노동자 계급, 또 그들의 조
직과 같은 비주체를 겨냥하는 것이다. 그런데 이 주체화 방식은 역설
적이게도, 호명과 정반대의 기능을 수행하는 새로운 형태의 동일시를
기초로 전개된다는 특성이 있다. 부연하자면, 동일시는 주체가 지배적
담론을 자신의 담론으로 수용하는 경우를 가리키는 것으로 주체에게
주어진 이미지에 자유롭게 동의하는 착한 주체들의 양식이다. 반동일
시는 지배적 담론에 대해 주체가 거리감을 갖고 의심하고 질문하며 도
전 반역하는 경우를 말한다. 그러나 이 반동일시는 지배적 담론의 재
생산을 보장하는, 지배적 담론과 동일한 인식론적 그물에 사로잡혀 있
다. 페쇠가 가장 강조하는 제3의 양식인 비동일시는 지배적 담론을 새
로운 지식 생산의 원료로 이용하는 것이다. 즉, 지배적 담론 속에서
'비주체적 입장 취하기'를 통해 그 담론을 넘어서는 것을 말한다. 다시
말해 이 비동일시는 대립적으로 존재하고 있는 전혀 다른 입장에서 비
롯되는 것으로 지배적 이데올로기 안에서 만들어지는 정체성과 동일화
가 비록 완전히 거기에서부터 빠져나올 수는 없지만, 변형되고 치환된
결과에서 비롯된 것이다.38)

　주체의 신념이나 믿음들을 구심적으로만 억압하려는 이데올로기가
있을 경우 그것은 다만 억압기계일 뿐이다. 이러한 억압기계를 비껴갈
수 있는 탈주선을 찾는 일이 곧 탈중력의 능동적 힘을 찾는 일이 될
터이다. 즉 이데올로기 구성체에 예속된 주체가 그 구조에서 벗어날
수는 없는가, 동시에 예술적 행위에 주체를 통해서 새로운 주체 생산
의 가능성을 찾을 수 있는가의 문제가 대두된다. 탈구의 모색과 새로

---

38) Michel Pecheux, *Language, Semantics and Ideology*, Macmillan
　　Press, 1982, 155-70면, 김상욱, 앞의 논문 32면 참조.

운 주체 생산의 가능성이라는 점에서 들뢰즈와 가타리의 개념들은 하나의 주요 입론이 될 수 있다. 한마디로, 들뢰즈, 가타리의 문제제기는 '사회는 개개인들이 기본적 욕망을 성취하도록 도와주는가, 아니면 해방하는가?'라는 질문으로 요약된다.

들뢰즈와 가타리는 자본주의 정치체제 하에서 분열분석의 과제를 크게 두 가지로 설정한다. 첫 번째 과제는, 몰적인 사회적 생산과 오이디푸스화의 효과로서 형성된 주체의 내부에서 욕망하는 기계들의 본성과 형성, 기능을 재발견하고, 그것들을 재가동시키는 것이다. 이를 위해서는 욕망하는 기계의 기능을 방해하는 몰적 집계, 구조, 표상을 파괴해야만 한다. 욕망은 사회적 생산과 오이디푸스가 빠져나가 새로운 대상, 새로운 접속, 새로운 대지를 발견하는 능동적 힘이다. 이렇듯 몰적 체계를 빠져나가는 욕망의 운동을 '탈주의 선(line of flight)'이라고 부른다. 분열분석은 탈주의 선들을 발견하는 것이다.[39] 탈주는 들뢰즈 가타리가 역설하는 개념으로, 탈주선은 경직된 선분성으로 구획된 몰적 체계를 빠져나가는 절대적 탈영토화의 선이다. 탈주선은 무한하게 분열하고 증식하며 새로운 흐름과 대상을 창출하는 욕망의 순수한 능동적 힘 그 자체를 가리킨다.[40] 곧 탈주는 '어떤 것을 하고자 하는' 욕망을 실현하고자 하는 기획이다.

본 논문에서는 탈구라는 용어를 쓸 것인데, 그 이유는 욕망의 측면보다는 이데올로기를 통해 위치 지워진 주체의 자리에서 '위치 혹은 정해진 틀'에서 벗어나는 것에 더 강조점을 두기 때문이다. 그렇지만 탈주와 탈구의 의미는 억압된 주체가 내적인 힘을 통해 영토화된 곳으

---

39) 김필호, 「질 들뢰즈와 펠릭스 가타리의 욕망이론에 대한 연구」, 서울대 석사 논문, 1996, 62면.
40) 사회과학연구소, 앞의 책, 90면.

로부터 벗어나고자 하는 의지(욕망)라는 점에서는 크게 다르지 않다. 따라서 주체의 욕망을 중심으로 기술될 때에는 탈주라는 용어를 혼용해서 쓸 것이며, 주체가 자신의 위치를 벗어난다는 넓은 의미로 쓰일 때에는 탈구라는 용어를 쓸 것이다.

개인들이 호명에 의해 주체화되고 그것에서 벗어나 주체 생산의 모습을 해명하고자 할 때 발화 행위(언표의 층위)를 살피는 일은 중요하다. 왜냐하면 언표 혹은 언술의 장에서 보는 방식, 말하는 방식이 규정되고, 언표는 권력의 배치로 드러나기 때문이다. 또한 빠롤(parole)은 사회적인 관계들을 무시하고서는 성립될 수 없는 것으로, '내'가 말을 거는 사람이 나보다 나이가 많은지 적은지, 여자인지 남자인지에 따라 나의 말투는 변하기 때문이다. 지금 자신이 어떤 위치에 있는가에 따라 전혀 다른 주체의 모습으로 나타나기도 하는 것이다. 따라서 총체적 언어체계 내에서 발생하는 개별적인 언어행위인 빠롤로 관심을 전환시키는 것이 유용하다. 이처럼 주체와 이데올로기의 절합을 분석하는 작업은 빠롤에 초점을 맞추는 화용론(pragmatics)과 연관된다. 이것은 각 주체와 타자 사이의 대화 양상을 읽음으로써 주체와 타자의 관계를 대등하게 그려내는 것이다.

하나의 담론은 상이한 절차들 속에서 동시적으로 존재하는 '복수적' '복합적인 나'를 드러내며, 이들 복수적인 말하는 주체, 분할된 주체가 담론 속에서 대립한다. 하나의 담론의 시간 속에는 내가 있고 수많은 타인이 있다. 그러므로 대화 이론은 모든 담론 속에서 늘 타자의 무한한 담론을 발견한다. 여러 가지 목소리가 동시에 울리는 것과 같은 이러한 담론은 당연히 '고정된 의미'를 가지지 않으며, 고정된 의미의 형성은 늘 타자들의 목소리에 의해 방해받을 것이며, 그것을 받쳐줄 고정된 주체도 없으며, 고정된 목소리를 들을 일원화된 수신자도 없다.[41]

　복수적이고 복합적인 주체를 발견하는 일은 곧 풍요로운 주체를 생산하는 일이며 억압되고 소외된 타자를 불러들이는 행위이다. 고정된 형태와 구획 지워지지 않는 담론의 생산이야말로 무한한 담론을 발견할 수 있는 여지를 제공한다. 담론의 생산은 곧 새로운 주체를 생산할 가능성을 내포한다. 여기서 주체 생산은 주체화와 구분되어야 하는데, 이진경에 따르면 전자가 후자를 포함하는 그리하여 개개인을 주체로 만들어내는 과정 자체를 지시한다면, 후자는 그 가운데 주로 동일시를 통해 이루어지는 자기화와 내면화 과정을 지시한다. 곧 동일시란 지배 담론의 동일성을 내재화하는 것으로, 레비나스(E. Levinas)나 아도르노(Th. W. Adorno)가 주목한 동일성의 세계는 개인의 다양성이나 차이성이 무화되며, 차이성의 무화가 한 방향을 중심으로 종합된다는 점, 그 결과 개체의 차이성이 무화되고, 종합을 통해서 통일성을 지향하는 과정에서 지배의 양식의 개입한다는 것을 의미한다. 따라서 규범 질서에 속한 언어가 억압적인 힘으로 강요될 때 그 속에 융화되지 못한 주체의 갇힌 목소리가 전복적인 힘을 갖게 되는 파열의 지점에 주목해야 한다. 그 억압과 파열의 지점을 가장 집약적으로 보여주는 주체가 인물인 까닭에, 명명을 하는, 혹은 이름이 불리는 이데올로기의 작용을 살펴보아야 한다.

　이러한 이론적 검토를 토대로 소설에서 주체가 형성되는 과정에서 호명 행위가 개인에게 어떠한 영향을 미치는가를 파악할 수 있게 될 것이다. 이를 위해서는 이데올로기와 주체간의 호명 현상에 대한 표면적인 이해를 넘어 알튀세르와 페쇠의 이데올로기 호명과 담론 내에서의 주체 형성의 관점을 비판적으로 수용하고, 들뢰즈와 가타리를 경유

---

41) 최현무, 「미하일 바흐찐과 후기구조주의」, 김욱동 편, 『바흐찐과 대화주의』, 나남, 1990, 252면.

하여 상징적 질서와 호명에 대해 반응하는 각 주체들의 변별적인 차이들과 틈에 대한 세밀한 연구가 필요하다. 이러한 논의 과정에서 논자 스스로 기억해야 할 것은 이론을 참고하되 무엇보다도 텍스트가 선행되어야 한다는 점이다.

제 3 장

1970년대 소설의 호명 양상과 탈구 방식

1970년대는 한편으로는 독점자본과 독재 권력의 유착과 민중의 희생을 기반으로 자본주의의 도약을 이룬 시대인 동시에 다른 한편으로는 거기에 맞서 민중·민주운동의 조직화가 본격화된 시대였다.[1] 또한 민중적 관점에 기초하여 민중들의 삶을 형상화하거나 그들을 둘러싼 삶의 질곡과 모순을 비판한 문학들이 대거 등장한 시기이다. 우선 노동자와 농민 등 기층민중들의 구체적인 생활상을 생동감 있게 묘사하는 동시에 그들이 현실의 모순을 자각하고 그러한 모순을 타파하기 위해 적극적인 실천으로 나아가는 과정을 반영한 작품들이 있다. 다른 한편으로, 보편적 휴머니즘의 관점에서 당대 현실의 제반 모순을 비판적으로 그리거나 소시민들의 계급적 이중성과 동요성을 자기비판한 문학적 흐름이 있다.

이중 전자에 해당하는 대표적인 작가로 이문구를, 후자의 대표적인 작가로 조세희를 꼽을 수 있다. 본 장에서는 농촌을 둘러싼 당대의 삶

---

1) 하정일, 「민중의 발견과 민족문학의 새로운 도약」, 『민족문학사 강좌-하』, 창작과비평사, 1995, 258면.

을 지속적으로 파헤친 이문구의 소설과 도시 하층민의 삶과 모순된 세계를 그린 조세희의 작품을 분석함으로써 민중문학적 관점에서 주체화 양상과 탈구 방식을 살펴보기로 하겠다.

1. 이데올로기적 호명 기제와 주체 형성 양상

1) 근대 자본주의 이데올로기와 주체의 왜소화

철학자 하이데거(M. Heidegger)가 "언어는 존재의 집이다"라고 말했듯이, 모든 사물은 언어를 통하지 않고는 존재에 이르지 못한다고 해도 과언이 아니다. 달리 표현하자면 언어는 모든 대상의 집 혹은 토대라고 할 수 있다. 이처럼 언어는 단순한 도구 이상의 인식의 근본적인 조건이라는 철학적 성찰을 우리에게 보여준다. 그런데 언어가 사물보다 먼저 존재하지 않았음에도 불구하고, 이처럼 사물의 존재와 존재 인식에 본질적인 역할을 수행하는 이유는 무엇일까. 그것은 우리가 언어로 질서화된 세상을 살고 있기 때문이다.

모든 주체들은 이미 견고하게 짜여진 틀 위에서 사유하고 기억되도록 '코드화'되어 있다.[2] 만일 인간 세계의 질서화된 세상이 개인에게, 특히 이데올로기적으로 약자의 입장에 선 개인에게 억압적이라면 그 세계의 언어는 어떠한가. 『난장이가 쏘아올린 작은 공』을 이루는 언어는 개인에 대한 사회의 구조적 모순과 맞물리면서 대사회적 차원으로 확대되어 나타나고 있다. "모든 글쓰기는 이름들에 집중하는 것이지,

---

2) 고미숙, 『한국의 근대성, 그 기원을 찾아서- 민족·섹슈얼리티·병리학』, 책세상, 75면.

구의 변화에 집중하지 않는다. 그것은 언어의 반사작용이라는 의미에서 문체의 문제가 아니고, 지명(指名)과 기술의 문제"[3]인 것처럼, 『난장이가 쏘아올린 작은 공』 연작은 지명(naming)과 기술의 문제를 잘 드러내고 있다.

> 사람들은 아버지를 난장이라고 불렀다. 사람들은 옳게 보았다. 아버지는 난장이였다. 불행하게도 사람들은 아버지를 보는 것 하나는 옳았다. 그 밖의 것들은 하나도 옳지 않았다. 나는 아버지·영호·영희, 그리고 나를 포함한 다섯 식구의 모든 것을 걸고 그들이 옳지 않았다는 것을 언제나 말할 수 있다.(「난장이」, 68면)

작가가 애정어린 시선으로 끊임없이 천착하고 있는 난장이는 누구이며, 그와 관련된 문제는 무엇인가?

> 내 주인공의 키는 1백 17센티미터, 몸무게는 32킬로그램이다. 그의 이름은 김불이이다. 노비였던 증조부가 남긴 이름으로 바로 읽자면 〈금뿌리〉가 된다.
>
> 난장이네 식구들이 둘러앉는 밥상을 그리자면 검정을 써야 할 것이다. 노랑을 쓸 수가 없다. 노랑은 행복을 나타내고, 검정은 고통과 통할 것 같다. 나의 주인공도 갈색으로 칠해서는 안 된다. 갈색은 나에게 강한 인상을 준다. 난장이네 식구들이 대하는 밥상에 '풍요'는 없고, 소리가 있다면 가냘픈 음악, 또는 기침 소리뿐이다…
>
> 난장이네 식탁에는 보리를 섞은 밥, 시래기를 넣어 끓인 된장국, 새우젓, 양념이 덜된 짠 김치가 오른다. 세 아이가 공장에 나가 일하는데도 나아진 기미가 별로 보이지 않는다. 저임금 때문이다. 난장이의 아들딸이 한시간에 1백원을 벌 때 일본의 근로자는 6백98원, 서독의 근로자는

---

3) Patton, Paul(ed.), *Deleuze: A Critical Reader*, Blackwell Publishers Ltd, 1996. 4장 참조.

> 8백56원, 미국의 근로자는 1천43원, 노르위에의 근로자는 1천87원을
> 번다.(『난장이 마을의 유리병정』, 210-211면)

작가의 주석이라고 할 수 있는 이 대목에서 난장이는 70년대의 소
외된 도시계층 및 노동에 대한 합당한 대우를 받지 못하는 인물이다.
이름이나 호칭은 내가 누구인지를 알 수 있게 되는 방법이며, 타자와
나를 구분해 주는 기호이다. 또한 어떤 이름으로 불리어진 '나'에게는
그 이름에 기대되는 바를 행하도록 하는 기대 행위가 내포되어 있다.
'노랑/검정'의 색채의 대립은 가난/소유, 고통/행복의 가로선을 긋게
한다. 작품 곳곳에는 사회경제적 지표로 봤을 때 (−)이지만 윤리가치
적 지표에서의 (+)인 '난장이'라고 불리는 세계와 그 역으로 불리는
'거인' '악당' '거짓말장이'의 세계가 나타난다. 작가의 말과 소설의 담
론 속에는 산업화와 양적 팽창의 경제정책을 모토로 한 70년대를 살
아가는 소외되고 억압된 노동자 계층과 도시 빈민들을 상징하는 어휘
들이 빈번하게 나온다. 난장이의 비정상적인 육체는 그들이 몸담고 있
는 세계도 또한 불구이며 온전치 못하다는 것을 드러낸다. 이 세계는
"지상에서는, 시간을 터무니없이 낭비하고, 약속과 맹세는 깨어지고,
기도는 받아들여지지 않"으며, "눈물도 보람도 없이 흘려야 하고, 마음
은 억눌리고 희망은 이루어지지 않는," 어떤 희망도 이룰 수 없는 이
공간은 저주받은 '죽은 땅'으로 규정된다. 이는 '난장이' 신체의 불구성
을 통해 권력의 힘과 우위성을 강조하는 것으로, 주체에게 자신의 위
치를 스스로 확인시키는 호명인 동시에 힘 있는 자의 이데올로기를 재
생산하려는 의미가 내포되어 있다. 한마디로 '난장이'는 고도성장이라
는 정치자본의 이데올로기의 환상4)에 사로잡혀 정의를 모르는 세계에

---

4) 이 환상은 사회질서(상징적 질서, 담론) 자체의 결핍을 은폐하는 기능을 한다.

대한 비판적인 의도에 의한 대비적 호명이다. 그리고 난장이는 공구들
과 동일시됨으로써 가치가 전도된 물신화된 현실을 보여준다.

> 난장이는 그 마당에 앉아 그의 공구들을 손질했다. 절단기, 멍키, 스
> 패너, 플러그 렌치, 드라이버, 해머, 수도꼭지, 펌프 종지굽, 크고 작은
> 나사, T자관, U자관, 줄톱들이 난장이의 공구였다. 모두 쇠로 된 것뿐이
> 었다. 달빛 아래서 이 공구들은 난장이를 닮아 보였다.(「칼날」, 54면)

신애의 눈에 비친 난장이와 공구들은 모두 '도구'로 전락될 수 있다는
함의를 지닌다. '쇠'의 금속성은 근대 자본주의의 정서가 부드럽거나
따뜻한 이미지와는 먼, 차고 날카로우며 때론 영호가 저지른 살인의
무기로 바뀔 수 있다. 난장이는 누군가의 시선에 보이기만 할 뿐 보는
위치에 있지 못하고 보는 주체가 아닌 보여지는 타자로 머문다. 근대
의 시각중심에 포박된 주체의 상이다. 또한 난장이들이 처한 공간적
위치는 "우리는 보이지 않는 보호를 받고 있었다. 남아프리카의 어느
원주민들이 일정한 구역 안에서 보호를 받듯이 우리도 이질 집단으로
서 보호를 받"(「난장이」, 101면)는 난장이의 몸은 격리 수용하고 관리되
는 배제의 공간을 표상한다.

　『난장이』에서 아버지의 이름은 김불이이며 또한 난장이이기도 하
다. 김불이의 한자 이름이 金不伊이긴 있지만, 또 金不二의 음차로도
읽을 수 있다. 세상에서 둘이 아닌 오직 하나. 세상에서 '김불이'라는
존재는 하나이지만 언제나 '난장이'라는 범주에서 무화된 주체일 가능

　그래서 라깡은 환상을 타자(큰타자Other)의 욕망에 대한 답이라고도 표현한
다. 그렇기 때문에 동시에 욕망을 하고 환상을 갖는 것은 타자(큰타자 혹은 상
징적 질서)의 결핍을 은폐하는 방어막이기도 하다.(J. Lacan, 앞의 책,
321-322면)

성이 크다. 그리고 지옥에 살면서 천국을 생각하는 그곳은 '낙원구 행복동'이며, 그 행복의 낙원을 관장하는 것은 '행정대집행법'과 '강제 철거'이다. 우리는 여기에서 이름이 주는 또 하나의 상황적 아이러니를 볼 수 있다. 즉 의도적 비틀기, 심지어 냉소까지 자아내게 하는 이름 붙이기가 지명을 통해 드러나고 있다.

　이름은 가족에게만 문제되는 것이 아니다. 특히 우리나라의 이름은 우리나라 역사의 엄청난 굴레를 담고 있다. 윗세대들이 고집하는 뜻 위주의 한자 이름에서 지배 계층의 굴곡된 역사를, ○子라는 이름에서는 아직도 남아 있는 일제가 할퀴고 간 이 땅의 수난을, 마당쇠라는 이름에서는 피지배 계층의 소외된 삶을, 언년이라는 이름에서는 모질었던 여성의 역사5)를 읽을 수 있다. 아직도 이름은 이런 이데올로기를 담고 우리들 삶을 파고들고 있다. 인간이나 사물이 호명되는 경우는 다양하다. 문자의 기록에 의한 것, 누군가에 의해 불려지는 것, 혹은 다른 대상과의 동일시를 통해 그 자신의 이름으로 쓰이는 것 등이 대표적인 경우이다.

　나는 공장에서 이상한 매매 문서가 든 원고를 조판한 적이 있다. 나는 그 내용의 일부를 짜기 위해 나는 열심히 손을 놀렸다. '婢 金伊德의 한 소생 奴 今同 庚寅生, 奴 今同의 양처 소생 奴 金今伊 丁卯生, 奴 今同의 양처 소생 奴 存世 辛未生, 奴 今同의 양처 소생 奴 永石 癸酉生, 奴 金今伊의 양처 소생 奴 鐵壽 丙戌生, 奴 金今伊의 양처 소생 奴 今山 戊子生.' 나는 그때 이것이 무엇인지 몰랐다. 그 판을 짜고 다음 판을 짜나가다 겨우 알았다. 노비 매매 문서의 한 부분이었다. 그 열흘 동안 나는 아버지와 아무 말도 하지 않았다. 어머니하고도 이야기를 하지 않았다… 우리의 조상은 세습하여 신역을 바쳤다. 우리의 조상은 상속·매매·기증·공출의 대상이었다. (「난장이」, 74면)

____

5) 김슬옹, 「왜 한글 이름인가?」, 『말·글·삶』, 문경출판사, 2002, 386면.

양반계급에서는 성명학에서 말하는 우주적 욕망과 가문의 문제를 중요시하면서 양반 성씨와 항렬을 보전하는 것 자체를 계급질서의 한 형태로 간주하였던 반면에, 하층민은 이름 자체가 갖는 개념보다는 제도적으로 억압과 권력의 한 형태인 성명 질서에의 저항에 개입해왔다는 사실(史實)을 볼 수 있다. 특히 노비들의 경우, 그 자신의 이름 자체보다도 지배이데올로기의 호명에 복종해야 하는 제도적 장치인 '노비문서'로 인해 하층민들의 이름에 대한 현실적 욕망은 이처럼 신분의 문제와 깊숙이 맞물려 있다.6)

노비문서와 설문지 등의 제시와 함께 영화의 몽타주를 연상시키는 철거계고장은 끊임없이 일상의 현실에 침투해 들어오는 지배 권력의 집단적 증거들이라고 할 수 있다.

낙 원 구

주택 444, 1-   197×. 9. 10
수신 : 서울특별시 낙원구 행복동 46번지의 1839   김불이 귀하
제목 : 재개발지사업구역 및 고지대건물 철거 지시

귀하 소유 아래 표시 건물은 주택 개량 촉진에 관한 임시 조치법에 따라 행복 3구역 재개발지구로 지정되어 서울특별시 주택개량사업 시행 조례 제15조, 건축법 제5조 및 동법 제42조의 규정에 의하여 197×. 9. 30일까지 철거할 것을 명합니다. 만일 위 기일까지 자진 철거하지 않을 경우에는 행정 대집행법의 정하는 바에 의하여 강제 철거하고 그 비용은 귀하로부터 징수하겠습니다.
철거 대상 건물 표시
서울특별시 낙원구 행복동 46번지의 1839
구조 건평 평
끝

낙 원 구 청 장

---

6) 고길섶, 「이름―주체, 욕망, 성, 권력」, 《문화과학》, 문화과학사, 1994년 여름호, 222면 참조.

위의 내용을 보면 표면적으로 봤을 때 '낙원구' '행복동' '재개발 및 개량' 등의 어휘는 객관적이고 고압적인 어투가 아니지만 그 내용을 살펴보면 모두가 '김불이' 개인의 피해에 국한되어 있다는 것을 볼 수 있다. 철거해야 할 시일도 관에서 일방적으로 지정해 주었으며, 각종의 법조문에 해당하는 법을 지키지 않을 경우 그 비용과 강제철거의 폭력 등은 모두 개인에게 부과된 의무사항이다. '지시'로 대변되는 공문서의 권위적 담론(제도화된 담론)은 문서화를 통해 개인의 구체적 삶들이 사회 전체의 구조 내에서 물화되어가는 과정을 단적으로 보여준다. 이러한 방법은 서술자가 주체들에게 여과되지 않는 권위적인 자료를 직접 제시함으로써 지배적인 권위 담론이 지니고 있는 폭력성을 드러내는 전략이라고 할 수 있다.

이러한 제도적 장치를 통해 알튀세르의 이데올로기 이론이 우선적으로 묻고 있는 것은 기존의 지배관계가 어떻게 유지되고, 존속되고 강화되는가의 문제이다. 즉 지배관계의 재생산이 문제인 셈이다. 어떠한 사회 구성체도 기존의 사회관계를 재생산하고 그 체제를 계속 유지하기 위해서는 생산력과 기존의 생산관계를 재생산해야 한다. 이데올로기를 통해, 즉 사람의 생각, 신념, 가치관, 더 나아가서 감성까지를 근본적으로 지배함으로써, 그것들이 생산되는 방식을 독점적으로 통제함으로써 지배적 사회관계를 유지해 가는 것이다. 미처 삶이라는 것을 경험하기도 전에 영호는 신분제의 굴레에 얽히게 되고 그 또한 천인이라는 이름으로 불려지게 된다. 천인은 확대하자면 노동자이고 민중이라고 보아도 크게 벗어난 말은 아닐 것이다. 누대에 걸친 신분의 억압과 구습에 억압되어온 민중의 삶을 이 부분은 잘 대변해 주고 있다. 이것을 자본주의의 기준으로 보자면 이웃에 사는 명희는 다방 종업원이 되고, 고속버스 안내양, 그리고 골프장 캐디로 소환되는 것이다.

이 작품에 나타난 이러한 호명과 관련하여 아이들의 시점은 중요하게 작용하고 있다. 그 이유는 아이의 시선은 순진하기 때문에 세계와 대면하는 과정에서 직면하게 되는 현실에 대해 비록 그 힘은 약하지만 솔직하고 객관적으로 '호명'할 수 있기 때문이다. 그래서 천진스럽게 난장이 가족을, 행복동 사람들을 위협하는 힘을 '악당' '거짓말장이'라고 부를 수 있게 되는 것이기도 하다. 그리고 말미에 "아버지를 난장이라고 부르는 악당은 죽여버려"라는 말은 순진하지만 억압하는 세력에 대한 힘없는 항변을 드러낸다. 이렇듯 사회의 이데올로기로부터 벗어나려는 인물은 자기동일성의 획득과 타자와의 정합적 관계유지라는 양자의 측면에서 불협화음을 일으키게 된다.

이와 함께 『난장이』에서 중요한 시점 중의 하나가 중간층의 설정이다. 「육교 위에서」와 「칼날」에 나오는 신애라는 주인공은 전형적인 도시 중산층 여성으로 현실에 대한 그녀의 관점은 중요하다.

> 신애는 인공 조명을 받고 있는 닭장 속의 닭들을 생각했다. 달걀 생산을 늘이기 위해 사육사들이 조명 장치를 해놓은 사진을 어디에선가 보았었다. 닭장 속의 닭들이 겪는 끔찍한 시련을 난장이도, 저도, 함께 겪고 있다고 생각했다.
> "저희들도 난장이랍니다. 서로 몰라서 그렇지, 우리는 한편이에요."
>
> (「칼날」, 56-57면)

위 대목에서 '우리 자신'이란 신애 자신, 지식인 지섭일 수도 있고 70년대를 살아간 중산층의 대변의 말일 수도 있다. 신애는 "저희들도 난장이랍니다."라고 주장함으로써 난장이 계층과의 동일시를 이룬다. 그런데 아직까지는 주체들 간에 연대적인 동류의식이 형성되지 않고 '서로 모르는' 상태의 개별 주체들의 위치를 알 뿐이다. 학생시위를 주동한 신애의 동생을 만류하고자 부른 대학교수 앞에서 동생은 다음처럼 말하기도 한다.

> 싸움에는 적이 있어야 돼. 도대체 자네들의 적은 누구인가? 햇빛 줄기인가? 별빛 줄기인가? 아니면 그림잔가?
> 아닙니다.
> 친구가 말했다.
> 아니겠지.
> 그가 말했다.
> 우리 자신입니다.
> 동생이 말했다.(「난장이」, 116면)

즉 작가는 반성하는 중간층과 난장이 일가의 사회적 고통을 동류항으로 묶어 놓으면서 그들의 삶과 가치관에 대립하는 실체를 사회적 현실 속에서 찾기보다 주체의 삶과 세계 속에서 찾으려 하고 있는 것이다.[7] 다시 말하면, 호명과 관련된 권력은 지배 계급의 전략적 입장의 효과인 동시에 피지배자의 입장을 표명하고 때로는 연장시켜 주기도 하는 효과로서, 호명된 '난장이'와 중간층은 근대 자본주의 현실에 처한 왜소화되고 타자화된 주체들이다.

2) 이데올로기의 혼종성과 '농민'의 주체 형성

이문구는 작중인물들의 말들에 나타나는 다양한 이데올로기들을 가장 효과적으로 보여준 작가이다. 그는 '말'이 이데올로기적 구성물이며, 일상 언어는 그러한 '말'들이 충돌하고 길항하는 공간임을 집요하게 일깨워준다.[8] 추상적, 관념적 언어에 대한 실험이 아니라 일상 언어에

---

7) 이경호, 「서정의 공간과 다성의 공간」, ≪작가세계≫, 1990년 여름호, 100면.

나타나는 다양한 이데올로기의 충돌과 언어의 이데올로기적 속성을 특유의 문체로 탁월하게 묘파해 내고 있다는 점에서 이문구 소설들은 '말'의 실험장소라고도 할 수 있다.

　"그런디 교육에 들어가기 전에 지가 특별히 부탁을 드리겄습니다. 제발 퇴비 좀 부지런히 해달라 이겝니다. 워떤 동네를 가볼래두 장터만 벗어났다 허면, 질바닥으 풀에 걸려 댕길 수가 읎는 실정이더라 이 얘깁니다. 아마 여러분들두 느끼셨을 중 알고 있읍니다마는, 풀에 갬겨서 자즌 거가 안 나가구 오도바이가 뒤루 가는 헹편이더라 이겝니다. 풀 벼서 남 줘유? 퇴비 허면 누구 농사가 잘 되느냐 이 얘깁니다. 식전 저녁으루 두 짐쓱만 벼유. 그런디 저기, 저 구석은 뭣땜이 일어났다 앉었다 허메 방정떠는 겨? 왜 왔다리 갔다리 허구 떠드는 겨? 꼭 젊은 사람들이 말을 안탄단 말여. 야— 저런 싸가지 읎는 늠으 색긔……야늠아, 말이 말 같잖어? 너만 덥네? 저늠의 색긔……즤 애비는 저기 즘잖게 앉어 있는디 자식은 저 지랄을 혀. 이중에는 동기간이나 당내간은 물론이구 한 집에서 둣씩 싯씩 부자지간이 교육을 받으러 나오신 분두 즉잖은 줄로 알구 있읍니다마는, 웬제구 볼 것 같으면 아버지나 윗으른은 즘잖게 시키는 대루 들으시는디, 그 자제들은 당최 말을 안 타구 속을 썩이더라 이겝니다. 교육중에 자리 이사 댕기구, 간첩마냥 쑥떡거리구……야늠아, 너 시방 워디서 담배 피는 겨? 너는 또 워디 가네? 저늠으 색긔들……그래두 안꺼? 건방진 늠 같으니라구. 너 깨금말 양시환씨 아들이지? 올봄에 고등핵교 졸읍헌 놈 아녀? 너지? 건방머리 시여터진 늠 같으니라구."(「우리 동네 김씨」,『우리 동네』, 30면)

　위 대목에서 '민방위 훈련교육'이라는 공적인 자리에서 부면장인 신을종을 화내게 한 것은 젊은이의 자리 이탈에서 비롯된다. 그는 부면장이라는 공적인 임무에서 '어른'이라는 사적인 자리로 옮아와 여러 가

---

8) 한수영, 「말을 찾아서」, ≪문학동네≫, 2000년 가을호, 371면.

지 혼용된 이데올로기의 모습을 발화 행위를 통해 드러내고 있다. 우선 연장자 대 연소자의 위계질서를 말함으로써 전통적인 유교이데올로기와 전통적 인간관계를 중시하는 면모를 드러낸다. 또한 실질적으로 '교육 중'이 아님에도 불구하고 자리를 이탈하는 행위를 국가적 차원의 '간첩'으로 확대함으로써 국가지배이데올로기와 반공이데올로기의 권력을 표면화시키고 있다. 또한 '교육 중'임을 강조하면서도 폭언과 욕설을 하는 관리의 말은 문제시되지 않는다. 이와 동시에 마지막 부분의 '양시환'이라는 개인의 이름을 직접 호명함으로써 공개적으로 위협하는 기제로 사용하고 있으며, 익명성 혹은 개별성이 보장되지 않는 농촌 사회의 모습을 보여준다. 이렇듯 한 개인을 주체화하거나 호명하는 지배이데올로기는 단선적이거나 하나로 이루어지는 것이 아님을 알 수 있다. 중심적이거나 국부적인 각각의 이데올로기는 상호적으로 만나면서 개인의 정체성을 형성한다. 즉 신을종이라는 개인은 연장자로서, 농민이자 농민을 관리하는 관리층으로서의 역할에 따라 여러 개의 이데올로기가 공서하고 있는 셈이다. 70년대는 한마디로 분단 자본주의가 정착된 시기이며, 그 성격은 무엇보다도 그것이 유신체제를 상부구조로 하고 있다는 데서 극명하게 드러난다. 이질적인 담론을 통해 유신체제는 세 가지의 이데올로기인 반공주의 · 권위주의 · 상징주의에 의해 지탱되었음을 알 수 있다.

그것은 청소년의 언술 행위에서도 반복적으로 재생산되고 있다. 다음의 장면을 보면,

"우리가 지역 사회 발전과 근대화를 위해서 발벗고 나섰다는 것은 당신두 잘 알 거여. 머리를 써서 더 좋은 생각 허구, 손으로 봉사하며 진실하고 동정하는 마음으로 건강을 유지하여 가정과 지역 사회에 이바지하자는 것이 우리들 모임의 목적이었다 이게여. 우리는 물론 4에치 경진

대회에 나가서 아직 입상은 못 해봤어. 왜? 시작헌 지 얼마 안 됐으니께. 그러나 조속한 전화(電化)를 위해 여러 가지 일을 추진했던 것은 당신이 아는 바와 같은 거라. 객토 투입, 퇴비 증산에 박차를 가했고 그 결과 면내에 2위라는 성과를 거뒀어. 그것두 물런 맨손만 쥐고는 그렇게 안 됐겠지. 면직원들헌테 밥 사주고 술 사주고 담뱃값까지 우리 돈을 쓰며 그랬어. 그런 결과 내년이면 전기가 들어오도록 되어 있어. 따라서 잘 살어보자는 의지와 근면과 협동 정신이 투철한 마을이라구 평판이 났어. 다시 말허면 어제의 종채리가 아닌, 오늘날의 종채리로 이미지를 확 바꿔 버렸어. 그에 힘입어 우리는 또 80년대에 가서 호당 소득 2백만원을 목표로 사업을 시작했던 거라.

그런데 당신은 어떻게 했는지 말해봐. 반생산적, 반사회적, 반도덕적인 행위만을 일삼었다구 어디 네 입으로 직접 읊어봐. 싫은감? 싫으면 말 안 해두 좋아. 그 대신 이렇게 허여. 아싸리 말해서 내일 당장 지집 새끼 몰아가지구 여기서 떠나. 그러구 그것을 이 자리에서 우리허구 약속해. 만약 우리 요구를 듣지 않을 것 같으면 장차 어떻게 될 것이냐. 그건 우리가 말허기 전에 당신이 먼저 알 거여."(「월곡후야」, 『관촌수필』, 376-377면)

위 대목만 봐서는 '당신'이라고 호칭되는 사람은 '반사회적, 반도덕적, 반생산적'인 것에 해당하는 끔직한 범행을 저지른 사람인 듯하다. 또한 그 사람을 취조하듯 말하는 사람은 수사관과 같은 위치에 서 있는 것처럼 보인다. 그런데 이 상황은 종채리라는 한 동네에서 초등학교 육학년 여학생을 강간하고 임신까지 시켰으며 그 사실이 발각이 되자 돈으로 매수했다는 이야기를 듣고 자체적으로 결성된 청년회에 의해 끌려와 훈계를 받는 장면이다. 훈계를 하는 장본인은 농고를 갓 졸업한 10대 후반의 청년 '수찬'이다. 미성년자의 몸을 유린하고 인권을 돈으로 처리한 일은 파렴치범에 해당한다. 그러나 위 대목은 그에 대한 언급이나 아이의 인권에 대한 언급이 없으며, 그 처방에 있어서도 엉뚱하기까지 보인다. 언술 행위 자체는 심각한데 그것을 읽는 독자들은 그 상황이 우스꽝스럽기까지 하다. 그 이유는 수찬의 확대된 화법과 논리의 비약에서 비롯되는 것이다. 이러한 수찬의 담화야말로 갈데 없는 지배 이데올로기적 화법의 답습이며, 이것은 그가 막 끝낸 제도교육과 그 또래가 가장 민감하게 영향을 받는 대중매체, 그리고 그가 속해 있는 4H 클럽의 소통체계에서 비롯된 것이다.9)

이러한 길들여지는 주체의 형상은 어른의 아이 관리와 지배로 이어진다.

조는 듣다 말고 자기도 모르게 진저리를 쳤다. 어린 시절은 꿈이 양식이라던 그 동안의 사기 나름이 하루 저녁에 사라져버리고 마는가 싶기 때문이었다. 더욱이 아이들의 계놀음이 부모들의 소갈머리 없는 허영에서 비롯되었다는 사실, 그것은 서글프다 못해 징그럽기까지 했다…

아이들의 계는 목돈을 만드는 것에 뜻을 두지 않았다. 계원으로서의 유대감을 우정으로 키우는 것이 첫째 가는 목적이었다.

그러므로 가장 중요한 것은 어른의 안목에 맞춰 싹수가 엿보이는 아이들을 고르는 일이었다. 그것은 가정환경이나 생활수준이 들쭉날쭉하지 않게 분위기를 고루잡는 일이기도 했다. 좋게 말하면 유유상종을 도모하는 짓이요, 달리 해석함은 친구를 이용하고 의지하는 영악성을 어려서부터 길들이는 꾀였다. 계원은 곧 패거리이므로 자연 패거리를 근거로 매사에 자신감을 북돋우며 대처하되 서로 돕는 기질도 기르게 됨은 물론, 은연중에 경쟁심을 자극하여 학력 향상에도 효과를 낸다는 것이 병시어매의 말매듭이었다.(「우리 동네 조씨」, 341면)

계의 이름은 오뚝이회였다. 씩씩하고 늠름하게 커나라는 뜻으로 그렇게 지어주었다는 거였다. 아내는 아이들을 회원이라고 불렀다.(「우리 동네 조씨」, 345면)

---

9) 한수영, 앞의 논문, 368면.

푸코는 정부(gouvernement)를 개인들을 관리·통솔하는 일정한 기술이나 절차로 이해하는데, 예를 들어 그는 이 용어를 아이들을 지도/관리하는 것, 영혼이나 양심을 통솔하는 것, 집·국가·자기 자신을 관리하는(gouverner) 것 등에 폭넓게 사용한다. '씩씩하고 늠름하게 커'가기를 염원하는 어른들의 기대 욕망은 아이들을 '회원'으로 배치하여 관리하고 경쟁하게 함으로써 그 기대에 순응하는 착한 주체로 동일화되기를 바란다.

이 같은 사정은 영농교육장에서 볍씨 개비에 대한 강의에 불만을 품은 농민들이 "농사 기술은 책상물림헌태 배우는 게 아니라 흙허구 물헌티 즉접 배워야"하는 말에 강사는 "이골이 난 말투로 응수"하기를,

죽겄구면…… 그래서 자연농법으로 농사 지어 먹은 그전에는 빤스도 못 입고 살으셨담……결국은 관이나 관공리 말을 못 믿겄다 이겠디, 허 기사 역사적으로 보면 그것도 그려. 일리가 없잖은 말씀이시라구. 아시다피시 왜정 때는 농업기수가 암만 떠들어도 우리 농민들은 너 해라 나 듣지 허고 말었거든. 그럴 것 아녀. 몸뚱이 곰 과가면서 직사허게 농사 지어봤자 왜놈들이 죄뺏어갔으닝께. 게, 그때는 왜정놈들한테 저항해서 왜놈이나 조선 관리 말은 안 들었읍니다. 논으로 가려면 뚝으루 가는 게, 그게 곧 애국이구 독립운동이었거든. 관리 말 잘 듣는 놈은 무조건 친일파였고……그러나, 그러납니다. 내년이면 건국 삼십 년이여. 이제는 애국 허는 스타일이 바꿔졌다 이게여. 이제는 관청에서 허라는 대로 허는 게 애국인 겁니다. 자연농법? 얼른 이러이런 약 찌었어서 베멀구 잡으라구 하면, 제우 뒷짐지고 서서 허는 소리가 아—녀, 베벌레는 번개 치구 천둥 허야 떨어진디야—하면서 첫배 과부 코 고는 머슴방 엿보듯이 무심헌 하늘이나 힐끔거리는, 그 자연농법? 그건 쬐금만 좋아허다 그만두셔. 왜? 해 저물면 내 배만 고퍼. 농촌지도소에서 허시라는 것만 허셔. 그게 애국입니다유. 내가, 내 집구석 지집 농사 자식 농사는 실농하면서두 여러분들이 농사 잘 지시라구 돌어댕기는, 시방 이 자리에 서서 떠드는 이

최 아무개, 이 최 아무개가 애국자라면, 이 최 아무개 말을 잘 듣는 여러분들두 애국자더라 이겝니다. 농민들이 관의 말을 따라 신품종 베를 대량으로 경작한 결과, 예, 그 결괍니다. 그 결과 우리는 유사 이래의 숙원인 주곡의 자급달성을 일구칠오년도에 이미 완료했을 뿐만 아니라, 금년에는 단군 이래 목표량을 초과 달성해서 쌀을 수출까지 했는데, 이것은, 두말허면 사상이 의심스러운 새끼여, 이것은, 모두 농민 여러분들의 자조 근면 협동 종신의 발현이요 총화단결의 결실이더라 이것입니다. 그러닝께 정부에서두 여러분들의 노고를 위로허느라구 몇십 년 만에 츰으로 쌀막걸리는 맨들게 해서 푹푹 퍼마시게 헌 게구 말여.(「우리 동네 리씨」, 77-9면)

이 같은 유창하면서도 다소 고압적이고 때로는 농민 자신들을 무시하는 말투에도 교육을 받으러 온 그 누구도 고작 장마에 침수되어 뜨고 불어 못 먹게 된 쌀로 만든 술이 막걸리라고 할 밖에는 이에 대해 응수하지 못한다. 길게 인용된 이 부분은 「우리 동네」 연작에서 드러나는 여러 모순들이 중층결정되어 있다는 것을 단적으로 보여주는 대목이다. 지배 이데올로기의 전형적인 모습이 드러나고 있는데, 그것은 '역사적으로' '단군 이래'라는 긴 시간, 즉 자연적이라는 이데올로기를 통해 정당화하고 있는 점, 그리고 관리의 지시를 따르지 않는 사람을 '사상이 의심스러운 새끼'로, 자조 근면 협동의 새마을 운동의 발현이 총화단결로 나타날 경우에는 '애국자'로 분류하는 이분법적이고 독단적 술화를 통해 지배이데올로기를 공고히 하고 있다. 때로는 신품종 볍씨 갱신을 위해 '십 년 이십 년 손발에 흙 한 번 안 묻히고, 농민을 김치 속의 새우젓으로 알면서도 반드르르하게 하고 사는 서울 것들이, 싸가지 읎이 밥맛 가려 재래종만 처먹는 꼴이 드러서라두'(80면) 우리 논두렁들은 총화단결하자며 농촌과 도시를 분리시킨다. 이때 다시 '나'와 '당신네들'에서 '우리'로 주체를 바꾸면서 '서울 것'과의 대립을 조장함으로써 목적을 달성하는 장면도 드러나고 있다. 유교적인 장유유서의 덕목과 반공이데올로기 등 혼합된 이데올로기를 관류하는 지배 이데올로기는 '근대화'이다. 산업화는 본질적으로 소외의 확대를 동반하게 마련인데, 따라서 우리의 경우 끊임없는 내부식민화없이 산업화가 가능할 수가 없었다.10)

그런데 지배 이데올로기가 관리들의 유창한 말과 고압적인 말투, 특히 '연설·특강·강연회' 등과 같은 공(식)적인 자리에서 전달되는 반면에 농민들은 관리들의 말을 듣는 그 자리에서 짤막한 대답이나 부분적인 반응(저항)은 보이지만 그 이데올로기들이 갖는 이면의 모순점에 대해서는 합리적으로 따져 묻거나 논리적으로 응수하지 못한다. 다시 말하면, 이문구의 『우리 동네』 연작들에서 공통적으로 보이는 장면은 관변의 언어, 관리의 말은 전체적으로 '대화'나 '말,' 즉 보여주기 방식으로 드러나지만 농민들의 말은 작가의 '논평과 요약' 즉 설명하기 방식으로 전달되고 있다. 위 대목에 대한 것만 해도 작가의 말을 빌려

> 농민들이 통일 계통의 벼를 꺼리는 이유는
> 첫째는 관리자들에게 오랫동안 무시당하고 속아 살아왔으므로, 이제는 누가 무슨 소리를 해도 믿으려 하지 않는 거였다. 낮은 정치, 높은 행정, 도시 경제가 속이고, 심지어는 가장 정직해야 할 학교 교육마저도 그들을 속였으니까. 게다가 그들은 모두 빚을 지고 있었다. 면역성이 약해 병충해가 빈발하는 것도 큰 힘이었지만, 볏짚이 짧고 맥살이 없어 가마니나 새끼를 꼬지 못하므로 고공품 생산에 의한 농한기의 유일한 부수입이 없어지던 것이다.
> 소가 싫어하니 여물로도 쓸 수 없고, 퇴빗감으로 쌓아놓고 썩히는 수밖에 없었던 것이다.(「우리 동네 리씨」, 81면)

---

10) 염무웅, 「농민소설의 민중문학적 맥락」, ≪문예미학≫9호, 문예미학회, 2000, 151면.

와 같이 설명되고 있다. 부면장이 '나' '관' '우리' '우리 정부' 등으로 주체의 위치를 명확하게 드러내는 대신에 농민들은 '나'와 '우리'같은 1인칭의 언술을 띠지 못하고 작가의 입을 통해 '농민들'이라는 3인칭으로 제시되고 있을 뿐이다. 이러한 언술들의 이면에는 관리는 직접 말하고 농민들은 작가의 말을 통해 간접적으로 전달된다는 점에서 작가와 독자의 무의식적인 이데올로기를 예견할 수 있다. 즉, 농민들은 합리적인 대화가 어렵다는 점, 농민들은 유식하거나 논리적 사고를 하기 어렵다고 보는 작가·독자의 농민에 대한 무의식적인 이데올로기를 반영한다고 할 수 있다. 다시 말하면 관변의 말에 농민의 직접적인 응수가 아닌 작가의 '말'이 대신한다는 점에서 그러하다. 텍스트 내에서 작가의 의식적 발화는 이질언어적인 의식이나 사고를 배제시킨다. 이질언어성이 배제된다는 것은 언어의 역사적 생성이 거부당하고, 새로운 언어의 탄생이 거부되며, 이질언어성의 형태가 생산되지 못한다는 것을 함의한다. 언어의 운동을 방해하고 정지시키려고 하는 것은 언어의 역사적 생성 과정을 부인하는 것일 뿐만 아니라 언어를 고정되고 불변하는 곳으로 가정하면서, 언어 자체를 독백화·희석화한다.11) 요컨대, 한쪽 대화의 공간을 축소시킴으로써 농민 주체가 전달하고자 하는 담화보다는 작가가 전달하고자 하는 목적적 담화가 더 우위를 차지하고 있다.

그런데 농민들이 1인칭인 '나'로 발화할 때에는 자신들의 위치를 인식하고 있다. 실제로 작품 곳곳에서 농민들은 어떤 모습으로 그려지고 있는지 농민들 스스로 규정하거나 타자에 의해 형상화되는 양상을 살펴보면,

---

11) 이득재, 「바흐찐의 유물론적 언어이론」, ≪문화과학≫2호, 1992년 겨울호, 103면.

내가 헐라는 말은 저기여. 벨 것이 아니라. 하늘을 쳐다보구 땅만 믿
구 사는 우리찌리는 여전히 경우가 있구, 이웃두 있구, 우정두 있구 이
런 것 저런 것 다 분별이 있는디, 직업이 사람을 상대루 허는 직업은 우
리가 마소나 들풀이나 돌멩이 같은 다른 저기들과 다름읎이 뵈는 모양
여. 우리가 있음으루 해서 각기 직업두 생긴 겐디, 그 직업을 한 번 붙
잡었다 허면 우선 인심부터 내버리구 저기허더란 말여. 직업을 권세루
알기루 말헐 것 같으면 하늘을 입구 흙을 먹는 우리네 위로 올러슬 것이
옳을 텐디두……그러나 우리를 업신여긴 것치구 오래 안 가데. 나는 배
움이 읎어서 지난 역사를 저기헐 수는 읎지만 아마 사람 위에 올러스려
구 버둥댄 것치구 저기헌 적이 읎을겨. 그랬으니께 오늘날에 우리가 있
는 게구, 우리는 또 자식들이 사는 걸 저기하면서 저기허는 게구……」
(「우리 동네 황씨」, 411-2면)

  농사꾼은 호적 파갖구 물 근너온 의붓 국민인감. 다른 물건은 죄다 맹
그는 늠이 기분대루 값을 매기는디 워째서 농사꾼만 남이 긋어준 금에
밑돌어야 혀? 마눌 한 접이 금가변 버리는 푸라스띡 바가지만두 못허니
이래두 갱기찮은겨? 드런 늠덜, 암만 초식장사 제 손 끝에 먹구산다지만
해두 너무헌다구. 꼭 이래야 발전헌다는겨?」(「우리 동네 강씨」, 233면)

'하늘과 흙'을 믿으면서 순리를 거스르지 않는 농민이지만 그들은 직업
을 지닌 타자들에 의해 업신여김을 당한다. 곧 농민은 직업인으로 인
정받지 못하는 노동하는 주체일 뿐이며 배운 것이 없는 약자들이다.
'호적 파갖구 건너온 의붓 국민'처럼 홀대받기도 하고 일한 대가로 거
두어들인 마늘 값이 플라스틱 바가지만도 못하는 상황에서 구조적으로
궁핍할 수밖에 없는 소외된 계층이다. 이것은 산업자본주의 사회가 공
산품을 다량 생산하는 공업을 중시하는 상황이며 그만큼 땅을 일구고
초식 장사를 하는 농민들은 인정받지 못하는 중공천농(重工賤農)의 시
대를 전제하는 말이다. 이러한 시대의 분위기는 농촌에서 자라 서울로

올라간 순이에게도 무시받는 존재로 그려진다.

　　민도가 낮다니?
　　대가리가 안 깼더란 말유
　　아서라. 논두렁에 갇혀 산다구 무지랭이루 알면 큰코다친다.
　　저녁 처먹으면 티뷔 보는 재미로 사는 것들이 어쩌면 몰라도 그렇게
모르지? 그런 것들하고 무슨 얘기를 해. 챙피해서…….
　　그 숙맥 같은 소리 말어. 모르기는 왜 모르겄네. 이런 디서 살어두 짐
작이 천 리구 생각이 두 바퀴란다. 말 안 허면 속두 읎는 중 아네. 촌것
이라구 업신여기다가는 불개미에 빤스 벗을 중 알어라. 위에서 시키는
것두 반은 빌구 반은 눌러두 들을지 말지 헌 게 촌사람이여.
　　누르다니?
　　그녀는 그제서야 요령이 트이는 것 같았다. 촌것들은 누르면 된다!
　　　　　　　　　　　　　　　　　　　　　（「우리 동네 류씨」, 222면)

　‘민도’가 낮은, 즉 문화 수준이 낮은 농민은 힘으로 ‘누르면’ 지배 이
데올로기를 주입시킬 수 있는 무지랭이이다. 그러나 때로 명명하기는
명명된 것을 정신적으로 소유하는 수단으로 기능하지만 자기에게 힘을
부여하는 자기 정의의 장소로, 즉 자신의 정체성을 수정하고 자신에
대한 강요된 기술을 거부하는 수단으로 기능하기[12]도 한다. 이문구
소설의 가치는 이 지점에서 찾을 수 있다. 억압된 주체로서의 농민들
을 비극적으로 그리지 않고 농민 스스로가 자신의 위치를 드러냄으로
써 규정하는 자에 대한 비판과 풍자의 역할을 발화행위를 통해 해학적
으로 그려주는 데 있다.

　거탈은 타고 난 대로 질그릇일 수밖에 없을망정 속으로는 정신을 차려

---

12) 조셉 칠더즈·게리 렌치 저(황종연 역), 앞의 책, 249면.

가며 살고자 했고, 자기의 그런 태도를 남 앞에 내비치고 싶기도 했다. 하지만 마땅한 방법이 없었다. 배움이나 견문마저 남보다 좁아 색다름을 강조해 보려 해도 그럴 건더기가 없던 것이다.

그럼에도 불구하고 그는 틈틈이 연구를 거듭했으며 마침내 한 가지 방법을 짜내기에 이르렀다. 자기의 이씨 성을 리씨로 고친 게 그것이었다. 그는 먼저 문패부터 한글로 바꿔 달았다.(「우리 동네 리씨」, 57면)

스스로 자신의 위치를 깨우치고 한자 이름에서 한글 이름으로 자신의 이름을 바꾸는 리씨의 행동은 자신의 정체성을 수정함으로써 정해진 이름을 거부하는 것을 의미한다. 농민들이 단순하게 지배이데올로기나 상부로부터의 지시에 무조건 따르는 것만은 아니다. 더 적극적인 방식으로 그들은 근대화 논리 이면에 숨겨진 착취나 부작용의 모습을 그들 나름대로 인지하고 비판하는 모습을 보인다.

리는 그만하면 무던하거니 했던 여기 인심이 싱겁게 탈난 내력을 그 나름으로 가늠하고 있었다. 그는 여기 사람들의 잦은 나들이를 으레 첫째로 쳤다.…여기 삶들은 해마다 추수가 끝나면 소문난 유흥지만 골라 삼박 사일식 후질러 오곤 하였다.…그에 곁들여 그들은 여러 가지를 묻혀들었다. 좋아졌다고 너스레 떠는 입심, 누가 있으나 없으나 목소리 간힌 말투, 관광 유부녀 기분 풀어주는 솜씨, 물건을 못 당하는 돈, 돈을 못 당하는 욕심……그들은 자기들이 구경한 비정상적인 여러 가지 것들을 발전이라고 믿었으며 그런 견문을 유식으로 여겼다.(「우리 동네 리씨」, 57면)

…근래 근대화 바람에 일어난 공장에서 맨든 것이면 싸구려구 내던지는 수출품은 안 그래두, 내국인헌티 팔아먹는 건 공해 아닌 게 옳거든. 특히 농촌으로 흘러오는 게면 열에 일고여덟이 불량제품이구 가짜란 말여.(「우리 동네 황씨」, 399면)

직선적·목적론적 근대의 정신은 산업 기술주의와 속도주의를 부추기면서 삶의 형질을 빠른 시간 내에 바꿔놓았다. 특히 1970년대에 이루어진 개발 우선 정책은 농촌에 더욱 깊게 침투해 들어갔다. 또한 이런 근대화 논리는 세대, 계층, 지역 할 것 없이 곳곳에 스며들어 평균화·차이를 없애는 방식으로 진행되었다. 가장 먼저 개발의 모습은 의식주와 같은 기본적인 것에서부터 형질을 바꿔놓고 있다. 이문구 소설에서 주체 형성의 중점 지점은 가정과 마을 공동체인데, 그 소설은 대개 붕괴된 농촌공동체의 모습과 농민 정서의 해체를 안타깝게 그리고 있는데 반해 변화된 현재의 모습은 부정적으로 그리고 있다. 먼저, 음식에 관한 것에서도 과거의 것과 현재의 것을 대비적으로 그림으로써 지난 과거에 대한 향수의 모습을 드러내고 있다.

> 그가 다닐 때는 찐고구마와 인절미가 기중 흔했으며, 붕어빵 화덕과 솜사탕 자전거가 아이들을 그러모으고, 꽈리, 고무줄 새총, 유리구슬, 군대 계급장 딱지, 그리고 흑임자 엿모판과 해파리회 같은 우무채장수 앞의 아이들이 해가 이우는 줄을 몰랐었다. 그런데 이제는 그 비슷한 것도 얼씬을 않을 뿐 아니라 커켜로 쟁인 것이 유색 음료수 병이요, 첩첩이 쌓인 것이 장난감 총칼과 전쟁놀이 도구였다.(「우리 동네 조씨」, 355면)

> …밥하고 난 아궁이 잉걸불에 갈비를 굽고, 밤, 대추며 잣과 은행을 고명으로 치장한 것까지는 본 숭 만 숭 할 수도 있었다. 그러나 대목장이라도 나올지 말지 한 흑염소 육포에 폐백닭 만지듯이 모양을 낸 꼴이나 하고, 버섯, 파슬리를 볶고 채쳐 꾸미로 얹은 상어산적과, 다진 아롱사태에 갖은 양념과 호도며 건포도를 섞어 소로 넣고 쪄낸 오징어순대는, 그것이 비록 텔레비전의 요리강습 시간 탓인 줄 알고 있다 하더라도 결코 눌러보아 줄 음식이 아님은 분명했다.(「우리 동네 조씨」, 349면)

자본주의의는 온갖 상품을 개발해 매스컴을 통해 구매욕과 소비심리를 자극함으로써 욕망을 극대화하도록 조장한다. 생식기의 수술을 통해 아름다움을 자극하는 '이쁜이계'와 '관광계' 등은 현대소비사회의 아름다움과 삶의 가치를 외모와 소비의 권장에 맞춤으로써 다양한 삶의 형태를 획일화시키고 있다.

순전히 물질주의적인 세계관에 입각한 근대화가 정의하는 빈곤은 역설적으로 물질의 문제가 아니라 삶의 질서 전반의 문제13)임을 드러낸다. "이대루 가다가는 얼마 안 가서 큰일 날 세상이라. 세상이 사람을 따라오너야 경온디 사람이 세상을 쫓아가기 바쁘니……"(「우리 동네 조씨」, 334면)의 자조적인 발화를 통해 근대 이데올로기를 감시하거나 비호하는 이데올로기가 국시로 삼은 반공이데올로기라면, 그것의 폭력성이나 이데올로기성을 미화시킴으로써 자신의 이데올로기를 주입시키는 것은 대중매체 이데올로기다. 많은 사람들이 이미 알고 있듯이, 대중매체에 의한 대중문화이데올로기는 지배이데올로기를 반복 재생산하는데 중요한 기능을 하고 있다. 즉, 이데올로기적 억압기구로서 '문화'라는 외피를 두르고 서울과 지방, 도시와 농촌, 그리고 국가와 국가의 경계를 넘어 개인의 의식에 침투해 들어간다. 가타리는 이러한 대중매체를 다양한 욕망의 흐름들을 포획하는 방식으로 기능하는 미시-권력으로 간주한다.

오늘날 중요한 것은 이미 모국어의 인간적 습득이 아니다. 빠롤은 랑그 특히 시청각교육에 의해 완전히 프로그램화되어 있다. TV나 영화에서 이야기되는 언어는 말을 어떤 방식으로 전사(轉寫)한 것과 같다. 이전이라면 교사나 어머니에게 맡겨져 있던 일련의 일을 TV가 대행하게 되었다. TV가 육아를 하는 것이며, 이미 말의 기호학의 틀 속에 묶여져

---

13) 김우창, 「근대화 속의 농촌-이문구의 농촌소설」, 『우리 동네』 해설, 민음사, 2002(4쇄), 416면.

있던 가정 내의 관계들에서 지금은 TV가 크게 달라진 것이다…TV 교육
은 상상계를 모형화하고, 인물, 미리 준비된 계획, 환영, 태도, 이상 등
을 주입한다. 그것은 남자와 여자, 성인과 아동, 민족 상호간의 관계에
관련된 일련의 미시정치의 세계를 불어넣는다.14)

> "말 조심해—법정 모욕죄로 들어가고 싶어? 사과해!"
> 판사가 얼굴빛을 바꾸며 호통쳤다.
> "예, 국민 여러분께 죄송허게 생각합니다. 용서하십시오."
> 강이 얼른 허리를 반으로 접으며, 말이 어떻게 돼나가는지 알고나 그
> 러나 되는 대로 주워섬겼다…
> 판사가 기록을 옆으로 치우면서 판결했다. 나는 실소를 했다. 강이 감
> 정의 동물 소리를 좋아하다가 자승자박해서라기보다 근년에 들며 먹고
> 살 일이 생긴 것치고 개나 걸이나 라디오 텔레비전에만 나오면 으레 판
> 박이로 '국민 여러분의 덕택' 안 찾는 것이 없고, '국가와 민족 앞에 고개
> 숙여 감사한다'는 말 할 줄 모르는 자가 없더니, 이제는 즉결 재판소에
> 나온 피의자마저 그런 말을 해야만 되는 줄로 아는 꼴이 우습던 것이
> 다.(「여요주서」,『관촌수필』, 342면)

위 대목은 라디오나 텔레비전 같은 대중매체가 지닌 지배이데올로
기의 전파력이 얼마나 사람들 개개인에게 침윤되어 있는가를 잘 보여
주는 대목이다. 또한 이런 대중매체의 지배이데올로기 재생산과 그에
지배당하는 일반 국민들의 함수관계를 통해 농민 스스로 이미 그러한
지배이데올로기의 언어적 규율과 어법에서 자유롭지 못함을 보여준다.
이문구 소설은 '대중문화 이데올로기'의 문제를 작품 곳곳에서 비중있
게 다루고 있는데, 또 다른 예를 들어보면,

---

14) Gauttari(R.Sheed, trans, *Moecular Revolution: Psychiatry and
Politics*, Penguin, 1984, 문아영, 앞의 논문 30면에서 재인용.

그늠으 테레비를 도치루 뻐개 내삐리던지 허야지 시끄러 죽겠네?」

(「우리 동네 황씨」, 365면)

그는 걸으면서 식구들한테 졸리다 못해 봄누에 쳐서 TV부터 산 것을 못내 후회했다. TV를 들여놓고부터 아이들은 숙제나 간신히 때울 뿐 장난삼아 책자 한 장 들여다보는 법이 없었고, 전 같으면 저녁 숟갈 놓기 바쁘게 쓰러지고 샛별 있어 일어나곤 하던 아내마저 연속극에 팔려, 밤이 이슥도록 전기를 닳리며 앉았다가 한나절은 되어야 꿈지럭거렸다. 그것은 온 동네 집집이 그 모양이어서 하루 품을 식전에 절반이나 삶던 엊그제가 아득한 옛날 같았다.

이런 두메에서 TV를 갖추는 것은 씀씀이에 여유가 있어서가 아니었다. 살림 사는 건 더러워도 남처럼 볼 것은 보고 알 것은 알며 살자니 부득이하던 것이다. 신문은 배달도 안 되지만 첫째는 들여다보고 앉아 있을 틈이 없었다. TV도 그랬다.(「우리 동네 황씨」, 366-7면)

마당에 평상이나 멍석을 펴고 모깃불을 놓으면 절로 땀이 가시고, 끓는 화덕에서 갓 떠낸 수제비를 훌훌 들이마셔도 더운 법이 없었다. 뉘집 마당을 가보아도 으레 이웃집 마실꾼이 있게 마련이고, 가리마 타고 흐르는 은하수나 가끔 훑어가며 논밭 되어가는 이야기, 나가서 묻혀 들인 시국 이야기로 담배가 떨어져도 심심한 줄을 몰랐었다.

그러나 앞으로는 그런 풍속이 되풀이될 성싶지 않았다.

아무리 삶는 날이라도 TV 앞에다 상을 놓았고, 그 바람에 하늘이 덮이기 무섭게 대문부터 걸어닫지 않는 집이 없었다. 안식구따라 사내들마저 그 지경이고 보니 더러 들어볼 말이 있어도 마실 갈 데가 없었다. 내 집 뉘집 없이 낮에는 죄다 들에 나가 살고 날만 저물면 빗장 걸고 틀어박히기를 다투니, 추녀를 나란히 하고 우물을 길어 먹는 이웃 사람도 며칠씩 얼굴 얻어보기가 어려웠다. 그러니 동네에 무슨 일이 생겨도 일삼아 가보기 전에는 얼굴 한 번 내밀지 않던 것이 오히려 당연한 일이었다.(「우리 동네 황씨」, 368면)

위 대목들은 자본주의 사회 속에서 인간의 기호적 능력의 등질화 또는 인간이 권력의 사회적 코드에 통합되어 가는 과정을 보여준다. TV와 같은 대중매체 이데올로기 기구는 양가적인 기능을 지니는데, 그간 억압되거나 소외된 어린이나 여자라는 소수 계층에 새로운 정보를 제공한다는 점에서는 우선적으로는 긍정적이지만, 그 자체가 국가에 포섭되거나 국가권력을 전달하는 언론이라는 점에서 그 정보가 지배 이데올로기를 은연중 주입시킬 수 있는 역기능 또한 지니고 있다. 이문구 소설에서는 대중문화와 매체의 언급이 빈번한데 긍정적 기능보다는 주로 부정적 기능에 더 기울어져 있는 경우가 많다.

대중문화는 전통적인 사적 공간과 공적 공간의 구분을 해체하면서, 전통적인 사적 공간에 대해서는 공적 공간의 이미지들의 도입을 통하여 해체해 나가고, 다시 공적 공간은 사적 공간의 연장으로 전환함으로써 그 의미를 재조정하게 된다. 가족만의 영역이던 가정에 가장 영향력 있는 대중매체인 텔레비전이 안방에 놓임으로써 가정은 곧장 지구촌 전역과 연결되어 버리는 것이 그 단적인 예다. 황종연에 따르면, 근대화가 초래하는 문화적 탈구증은 언어의 변질을 통해 극명한 증후를 드러내면서 동시에 변질된 언어에 의해 은폐된다고 본다. 즉, 기술·관료집단의 추상적 언어의 특권화, 표준어 교육과 매스미디어에 의한 사회적 담론의 통제, 외국어의 폭발적인 영향 등이 두드러진 도시화·산업화 사회의 지배적인 언어 관행은 그것 자체로서 농촌적, 민족적 삶의 질서와의 단절을 나타낼 뿐만 아니라 그러한 단절을 자연스럽게 느끼도록 조장15)한다고 말한다.

그러나 대중문화 장이 생산관계의 재생산과 결합되어 있지만 동시에 젊은이와 여성의 '진출'이라는 역할을 수행하고 있는데 물론 이 진

---

15) 황종연, 「도시화·산업화 시대의 방외인」, ≪작가세계≫ 1992년 여름호, 56면.

출은 다시 포섭되는 진출이다. 그러나 진출의 힘은 분명히 감지되며 그것은 주체 호명의 메커니즘일 뿐만 아니라 또한 건강한 육체와 욕망의 발휘라는 측면을 가진다. 이문구 소설에 나오는 서술자를 통한 인식은 남성의 관점에서 보기 때문에 대단히 부정적으로 그려지고 있다. 또한 주체 호명의 메커니즘이 남성에 비해 여성과 아이가 더 효율적으로 이루어진다는 것을 간접적으로 보여준다. 즉, 남성보다는 여성과 아이가 TV 시청에 몰두하는 것은 그들의 무지를 보여주거나 생산관계의 재생산이라는 자본주의 논리와 결합되어 있지만, 동시에 학교와 가정의 중심에서 벗어나 기존 관계와 단절하는 '욕망의 해방구'로 작동한다고 볼 수 있다.

이러한 대중문화 이데올로기는 그 결과의 형태로 소비문화를 촉진시키는 것으로 나타나고 있다. 주로 소비의 층은 여자들과 아이들로서 대중 영역에서 이들이 주요 소비층임을 알 수 있다.

> 장은 숫제 입을 다물어버렸다. 그는 마을 아낙네들의 나들이가 부쩍 잦아진 속내를 앉아서도 가늠할 수가 있었다. 그네들이 그러지 않을 수 없는 사정도 장은 알고 있었다. 천동읍내에는 목욕탕이 없었다. 극장도 없었다. 산부인과도 없고 피임을 의논할 데도 없었으며, 아이들이 제발로 다녀올 만한 책방 하나가 없었다. 다른 고장은 어떤지 몰라도 천동읍내는 못된 장삿속의 시범지와 다르지 않았다. 개량되기 전에 나온 시험제품들의 재고정리장이었고, 불량식품의 위장처리장이었으며, 공해물품 은폐처치장이요, 조잡한 위조품과 무허가 제품의 투매처분장이라고 일매지어 말해도 지나칠 것이 없을 것 같았다.(「우리 동네 장씨」, 289면)

각 개인들에는 여러 개의 이데올로기가 공존하고 있으며, 그 모습은 입장에 따라 변하는 양가감정에 잘 나타나 있다. 알튀세르는 자본제 사회구성체에서 주로 작용하는 이데올로기적 국가장치들로 교육장

치와, 종교장치, 가족장치, 정치장치, 노동조합장치, 커뮤니케이션장
치, '문화'장치 등을 들고 있다. 대중의 관점에서 세계화는 곧 배제와
불평등, 착취와 지배라는 억압의 세계화를 말한다. 특히 자본주의 소
비문화는 그 역기능에도 불구하고 농촌의 내면에 깊이 자리잡으면서
근본적으로 모든 생활을 사적인 것으로 만들어 가면서 인간관계를 근
본적으로 왜곡시킨다.

자본주의 이데올로기는 농촌 인구의 재편을 통해 손쉽게 노동력을
제공받게 된다. 흔히 '이촌향도' 현상은 농민들의 자발적인 선택처럼
그려지지만 그 안에는 급속한 산업화 정책이 내재되어 있다.

> 어민들은 너나 없이 어촌을 뜨고 싶어했다. 어부로 살아온 과거를 수
> 치와 과오로 알고 있었다. 하늘보다 더 넓다고 믿어온 바다였지만, 그네
> 들에게만은 자잘하고 사소한 희망마저도 보여주질 않았던 것이다. 나이
> 가 들며 어지간히 단련을 받았다는 사람들이 앞서서 그랬으니, 그 밑에
> 서 자라난 자식들의 심정은 묻지 않고도 알 만한 일이었다. 어버이와 자
> 식들의 소망이 출어향(出漁鄉)으로 일치되는 이상 사포곶의 폐항(閉港)
> 은 시간문제로 지나친 일이 아닐 터였다.(「해벽」, 165면)

자신들의 과거를 '수치와 과오'로 느끼게 만드는 것은 바다가 더 이상
어떠한 희망도 보여주지 않기 때문이다. 오랫동안 단련된 노장년층이
떠난다면 젊은이들은 더 빠른 속도로 고향을 등질 것이고 급기야는 출
어향이 소망이 되는 시점에 다다를 것이다. 이러한 현상은 자본주의
인구정책에서 비롯된다. 당장 인력이 필요하다면 그것은 이미 만들어
진 인간들, 자본주의 생산양식 내에서 만들어진 인간형태는 아니라 해
도 자본주의 생산양식이 간단한 현장교육 등을 통해 가동할 수 있는
그런 사람들을 필요로 하기 때문이다. 이런 점에서 자본주의 체제는

농촌의 해체, 즉 기존에 인구가 산재해 있던 지역을 해체하면서 인구를 이동시키는 작업도 수행한다. 이러한 보이지 않는 이주 정책을 통한 노동력 배치는 맑스가 말하는 본원적 축적에 해당하는 것으로, 맑스(K. Marx)가 인용하는 모어(T. More)의 표현에 따르면 이 기간 동안 "양이 사람을 잡아먹는 괴상한 일들이 생기고 땅에서 쫓겨난 사람들 중 당장 일할 자리가 없는 사람들의 부랑생활과 이들의 도시로의 인구 유입, 그리고 이들에 대한 억압적 국가기구의 가혹한 탄압"이 일어난다.

다시 말하면, '우리/그＝국민/국가권력'이며 '반공이데올로기'와 국가권력은 일상생활에 상호침투해 들어감으로써 일상은 식민화된다. 주체는 자기 자신이 속해 있는 사회집단이 자기 자신에게 부과된 도덕적 가치들(술어들)을 내재화하며 자아를 구성한다. 그리고 욕망의 주체는 자신의 자아를 구성하기 위해, 항상 다른 주체들과 자기 자신을 구분하고 차별화하고자 하며, 이를 통해 가치평가적 분류체계로서의 문화가 '자아의 무의식' 속에 뿌리를 내린다. 결국 정체성, 즉 자아는 차별과 분리에 의해 강화된다. 타자의 언설은 욕망의 주체를 특정한 위치에 정체화시킬 뿐만 아니라 이와 동시에 필연적으로 '우리'를 생산한다. '우리'라는 범주는 '우리'와 구분되는 '그들'을 가정함으로써 가능해진다. 사실상 사람들이 의식하지 못하고 있더라도 '나(자아)'는 '우리'에, 즉 문화 내의 자기집단의 위치에 귀속되어 있다. 물론 '나'는 집단적 위치 속에서의 주체의 위치(아버지, 아들, 딸, 동생 등)이며, '우리'는 집단적 위치 그 자체(계급, 노동단위 등)이지만, '나'가 집단적 위치에 통합되어 있는 이상 '우리'는 '나' 즉 자아의 한 부분을 구성하고 있으며, '나'처럼 '우리'도 욕망의 주체의 존재 이유가 된다. 타자의 언설은 단지 가족에 의해서만 생산되는 것이 아니라 한 사회구성체의 모든 지배장치들을 통해서 생산된다. 공동체, 학교, 행정사법기구, 기업, 노동조합, 대중매체, 종교 등이 바로 이러한 지배 장치들이다. 지배 장치들을 통해 생산된 언설들이 일상생활 속에서 순환하면서, 바로 이 언설들을 통해 일상생활 속의 언설들을 통한 상호인정의례 속에서 지배의 코드로서의 문화 내에서의 각각의 주체의 위치들이 확인, 재생산, 변환되는 것이다.

『관촌수필』과 『우리 동네』 연작들은 혼란한 좌우의 이데올로기의 소용돌이 속의 모습과 반공이데올로기와 대중매체에 의한 간접적인 교육이데올로기, 그리고 국부적인 일상의 이데올로기들의 혼종된 모습을 보여준다. 신분의 갈등과 유교사회의 이데올로기와의 충돌 등을 호칭을 통해 드러냄과 동시에 체제의 이데올로기에의 호명을 통해 농민들은 주체화된다. 다시 말하면, 관의 이데올로기는 따르지 않으면 피해를 입게 함으로써 농민들의 주체성을 길들인다. 근대의 주체는 특정한 역사적 장에서 자연스럽고 필연적인 '주체'로 만들어지는 동시에 권력의 그물망 안에서 개인들은 권력에 길들여지고 권력이 요구하는 유용하고 순종하는 주체로 구성된다.

3) 근대 속도주의와 자연생태계의 징후적 주체화

작가에게는 한 시대의 좌표를 정확히 읽어내는 동시에 변화에 대한 예견과 미래를 가늠할 수 있는 역사의식이 필요하다. 주지하듯이 70년대 문학은 산업정책 일변도의 근대비판을 주로 다루면서 미래의 생태학적 위기에 대해 징후적으로 보여준다. 근대 사회들은 규범화하는 동일한 도식에 복종하며, 규범화는 규율적 사회에서 권력의 경제를 특징짓는다. 그 과정 속에서 가장 근본적으로 파괴되고 억압받는 타자는 자연생태계 일반이다. 자연이 현재 어떤 모습을 띠고 있는가는 전적으로 인간의 윤리의식과 세계관에 달려 있으며, 결과적으로 인간에게 달려있다고 할 수 있다. 이문구가 농촌의 근대정책과 이농현상으로 인해 무분별하게 파괴되어가는 농촌의 모습을 보여주었다면, 조세희는 이농해 온 농촌 인구와 도시 빈민의 생활을 통해 공장 도시에서 일어나는 환경오염과 파괴를 형상화하고 있다.

『난장이』는 인간 개인에 대한 고통의 차원이 자연에 대한 폭력으로 이어지고 있다는 점을 예언적, 묵시적으로 보여주고 있다. 인간 사이의 착취와 피착취의 관계가 자연에 대한 인간의 착취라는 또 하나의 억압 구조를 만들어 낸다.

> 수많은 공장, 그 공장을 움직이는 경영인들, 그리고 경영인들을 움직일 수 있는 사람은 서울에 있었다. 그들은 공장 기계를 돌리기 위해 물리적 힘만을 사용하고, 그 힘의 일부로 은강의 공해도를 측정, 발표했다. 은강 사람들은 잠들기 전에 바람의 방향을 확인한다. 바람은 난장이의 아들딸이 일하는 공장지대의 가스와 매연을 내륙으로 바다로 쓰러 간다. 은강 사람들은 거기서 그친다. 하루에 십만여 톤의 폐수를 바다로 흘려놓는 그 공장지대의 근로자들에 대해서는 생각하지 않는다. 공장 지대에 머물렀던 바람이 다시 주거지로 불지 않는 한 그들은 깊은 잠에서 깨어나지 않을 것이다.(「기계 도시」, 53면)

거인들의 폭압에 의한 인간적 희생 형태가 난장이로 표상된다면, 그 사회적 희생 형태로서 표상되는 것이 바로 공해의 문제16)이다. 산업화의 직접적인 부정적 표출양식이 공해라고 할 때, 그 일차적인 이유는 거인들이 자신들의 부가적인 이윤 확보를 위해 공해 예방을 위한 사회적 비용을 충분히 지불하지 않은 데 있다. 가진자들이 힘의 일부로 은강의 공해도를 측정하여 안정된 곳으로 발표하고 정부가 산업화

---

16) 우찬체, 「분노와 사랑의 뫼비우스 幻想曲, 혹은 분배의 經濟詩學」, 《작가세계》, 1990년 겨울호, 71면.

란 명목으로 그것을 눈감아 줄 때, 가스와 매연과 십만여 톤의 폐수가 방출되는 곳에서 일하는 노동자들은 한낱 경제 발전의 수단에 불과하며, 폐수를 받는 바다 역시 서서히 죽어가면서 또 하나의 수단으로 전락하고 만다. 특히 노동자들이 작업하는 공장 지대의 환경은 비참하기까지 하다.

> 수없이 솟은 굴뚝에서 시커먼 연기가 오르고, 공장 안에서는 기계들이 돌아간다. 노동자들이 그곳에서 일한다. 죽은 난장이의 아들딸도 그곳에서 일하고 있다. 그곳 공기 속에는 유독 가스와 매연, 그리고 분진이 섞여 있다. 모든 공장이 제품 생산량에 비례하는 흑갈색·황갈색의 폐수·폐유를 하천으로 토해 낸다. 상류에서 나온 공장 폐수는 다른 공장 용수로 다시 쓰이고, 다시 토해져 흘러 내려가다 바다로 들어간다. 은강 내항은 썩은 바다로 괴어 있다. 공장 주변의 생물체는 서서히 죽어가고 있다.(「기계 도시」, 160면)

소설에 나타난 공장지대는 그 무엇보다도 선명한 산업화의 상징적 약호이다. 공장은 독점자본의 이윤을 극대화하는 설비이면서, 동시에 환경오염 혹은 환경파괴의 원인이 되는 폐수, 폐가스, 산업폐기물과 같은 공해물질의 배출처이기도 하다. 공업 사회의 인간은 자신들의 자연으로부터 분리되며 자신들의 손으로 만든 문명의 늪에 빠져드는 역설적인 현상이 나타난다. 자본가로 대변되는 경훈의 꿈에 나타난 흉측한 가시고기는 공해의 공포를 단적으로 나타낸다. 살찌고 이용가치가 높은 큰 고기를 원했지만 오히려 '앙상하고 뼈만 드러난' 큰 가시고기에 찔리고 찢기는 아픔을 통해 산업화의 발전 속에는 자기 살을 황폐화시키는 독성이 숨어 있으며 인간은 그만큼 더 큰 가시고기에 찔려 고통을 당하는 역전된 상황을 맞이할 것이라는 점을 예견하고 있다. 자본주의적 축적과 발전이라는 미명 아래 오염 물질의 다량 배출이 묵인되면 대규모의 환경 파괴가 발생하게 되고 종국에 가서는 인간과 환경 궤멸로 이어진다.

> 강은 오염된 물을 안은 채 모로 누워 신음했다. 썩는 냄새가 지독했다. 우리 도시의 심장이 썩어 가고 있었다. 큰 투기업자들이 그 심장 부위에 더 큰 상처를 남기며 우리 도시에 새로운 폐허를 세우고 있었다… 우리는 이미 많은 것을 죽였다. 햇빛과 달빛과 별빛을 죽였고, 은하수를 죽였고, 꽃을 죽였고, 나비·벌·잠자리에 반디까지 죽였다. 살아남은 것들에는 상처를 입혔다.

자율조정과 정제가 가능한 하늘, 땅, 인간의 순환적 생태계는 점차 죽어가고 그 위에 상처의 대가로 바벨탑과 같은 근대의 '폐허'가 세워진다. 생태학의 위기는 살아남은 것들에 상처를 입히면서 생태계 자체의 위기를 재생산한다는데 있다. 또한 엔트로피의 가속화로 인해 자연생태계는 조정의 수위를 넘어 파국에 이를 수 있다는 것에 문제의 심각성이 있다. 자연은 한번 파괴되면 다시 복구하기 힘든 거대한 세계이기 때문이다. 정부와 자본가들은 '잘 살 수 있는' 행복의 근대를 주입시킴으로써 환경 문제의 심각성을 은폐하고, 경제 우선 정책을 내세워 자신들의 정책적 과오로 인해 발생한 환경 문제가 심각한 사회 문제로 제기되더라도 이를 묵살하는 편리한 논리를 강화시킨다. 이런 정치사회적 측면과 함께 가장 근원적인 원인은 개별 인간들의 윤리의식의 부재와 타락된 인간관에서 비롯된다.

> 제군이 결정자라면 수학을 못 가르쳤다고 책임을 물은 사람에게 윤리를 떠맡길 수 있겠는가? 아무도 모르게 무서운 음모가 꾸며지고 있다. 시간표에서 윤리 과목을 빼버리겠다는 거나 마찬가지다. 그것은 제군과 제군의 후배들을 인간 자본으로 개발하겠다는 음모이기도 하다. 제군과

나는 목적이 아니라 어느 틈에 수단이 되어버렸다.(「에필로그」, 265면)

대학 시험에서 학생들의 성적이 떨어졌다고 그 책임을 모두 교사에게 돌리는 사회의 횡포와 근대경제주의의 상징인 수학 과목을 윤리로 대체하는 현실은 곧 70년대에 진정한 윤리가 부재하는 현실, 그리고 인간 자본과 수단이 되어버린 '음모'의 세계를 의미한다. 경제주의는 있되 인간의 정서와 도덕성을 강조하는 윤리는 없는 현실은 종국에는 자연에 대한 돌봄의 윤리가 필요 없다는 전제이다. 전제란 담론의 구체적 의미 기능과 직접적인 관련이 없이 내재된 사실 혹은 주장을 말하는데, 위의 맥락에서 과학과 수학은 시대에 필요한 정신을 말하는 것이며, 학교라는 공간에서 함축적으로 보여순 점은 그 맥락 속에서 담론이 갖는 사회적 가치를 의미한다. 이러한 함축화된 이데올로기는 지속, 확장, 전이, 대체의 기능들을 통해 공고화된다. 이와 같이 조세희는 산업화의 개발논리로 자연을 타자화시키는 자본주의 이데올로기의 폭력을 지양하여 반공해 이념으로 나아갈 것을 보여준다.

조세희의 이데올로기적 공간이 도시의 공장이라면 이문구 소설에서 이데올로기적 쟁투의 공간은 '농촌'이다. 당대의 농촌은 산업화로 인해 주도적인 산업에서 벗어나 점차 급격한 몰락이 진행되고, 중공업을 중심으로 한 자본주의화의 과정이 끊임없이 공동체적 삶을 위협하고 있는 상황이다. 이러한 변화의 근저에는 반공이데올로기와 속도를 그 존재로 하는 한국의 파행적인 산업자본주의의 갈등이 근저해 있다.

이문구의 「관촌수필」에는 1970년대의 시대상이 '인간 공해' '정보공해' 등의 '공해'라는 말로 표현되고 있다. 또한, 「우리 동네 황씨」에도 "경향 간에 공해버텀 평준화" 되었다는 자조적인 탄식이 드러난다. 특히 「해벽」은 근대의 개발정책으로 사포곶이 해체되어 가는 모습과 환경 문제를 사실적으로 보여준다. 한 곳에서 대대로 살아온 나이 많은 조등만이라는 주인공을 등장시켜 농촌근대화 정책에 떠밀려 고향을 잃어가는 모습과 환경파괴의 단면을 선명하게 보여주고 있는데, 그것은 어린 시절에 보았던 자연 그대로의 사포곶과 미군 주둔 후의 변화된 사포곶의 대비를 통해 그 파괴상을 확연히 드러낸다.

참게를 먹으면 그 자리서 배꼽만 떼어내고 그참 어적어적 씹어 먹었다. 그 비리칙한 맛은 날로 먹어야 제맛인 쌀새우 맛에 진배 없었다. 배가 출출해지면 무엇이든지 갯물에 헹구어 날로 먹어 치우곤 했었지…농쟁이와 황바리를 갈잎으로 묶어 소금막으로 가면 뎀마보다도 더 큰 소금 솥에선 설탕같은 소금이 자글거렸고, 봄부터 가을까지 온몸이 저절로 절여지곤 했으니 어려서 잔병 앓아 본 기억 없는 것도 당연하다 하리라.

(「해벽」, 153면)

사포곶의 제 때깔이 점차 바래어가기 시작한 것은 쇠깨 마을을 품어온 숭산이 마루를 깎이면서 대신 미군 부대가 올라앉고부터였다…유일한 유원지일 수밖에 없던 숭산을 빼앗긴 충격은 사포곶 아이들만의 서러움이 아닐 수 없는 거였다…밤마다 숭산 꼭대기에 수은동 꽃밭이 이뤄지면서는 사포곶의 변모도 급속도로 진행되어 갔다. 그 숭산 꼭대기의 불빛을 볼 적마다 조는 소름이 끼쳐졌다. 눈이 부시게 밝은 그 불빛들이 어둠을 누르는 보통 불빛에다 견주면 전연 딴판으로 보여지던 것이다. 문명의 불빛이기보다는 야만스런 광채였고, 보호와 안전을 위한 친근한 불이기에 앞서 써늘하기 공포와 위압을 뜻하는 화기(火器)로 여겨지던 거였다. 그는 숭산 마루에 옛 봉수대(烽燧臺) 터가 있던 걸 본 것도 여러번이었지만, 미군들이 경계 표지로 점화하는 그 불빛마저 봉화불로만 보이던 걸 어찌지 못하겠던 것이다. 유사시에만 점화됐다던 산정(山頂)이 밤마다 하늘을 밝히기 때문이겠던 것이다. 늘 유사시라는 느낌. 상서롭지 못한, 불길하고도 패악스런 기운이 노상 사포곶 일대를 에워싸고 있지 싶은 기분, 불안해 견딜 수가 없는 불빛이었다. 수은등은 그래도 덜 불쾌

> 한 셈이었다. 그중 드높이 치솟은 시뻘건 적신호등—그것은 공갈과 협박
> 의 가면(假面)으로 밖엔 달리 해석할 것이 없는 것이었다.(「해벽」, 160-
> 161면)

이 확연한 대비를 통해 근대화의 개발논리가 얼마나 폭력적인가를 보여준다. 회고조로 기술되고 있는 어린 시절의 사포곶은 전체적으로 미각과 촉각의 감각으로 그려지고 있다. 맛과 촉각은 몸에 기억되고 깊게 각인되면서 근원에의 향수, 고향의 정서에 닿아 있다. 이에 비해 오십 살이 넘어 목도하고 있는 고향의 모습은 위협과 공포와 협박의 가면을 쓴 패악스런 존재로 그려진다. 시각을 통해 주로 전달되고 있는 고향의 모습은 '늘 유사시라는 느낌'을 갖게 하며, '문명의 불빛이기보다는 야만스런 광채였고, 보호와 안전을 위한 친근한 불이기에 앞서 써늘하기 공포와 위압을 뜻하는 화기(火器)'로 인간 존재를 위협한다. 이러한 대비를 통해 농어촌에 가해진 근대 산업화 정책의 이면성이 드러난다. 밤늦게까지 여기저기서 끊임없이 들려오는 망치소리는 한 번도 '잔병 앓아 본 기억'이 없는 조등만에게 만성불면증을 가져옴과 동시에 삶의 터전이자 궁극적인 안식처였던 바다를 새로운 근대화에 의해 변질되게 만든 실체라는 점을 상징적으로 들려준다.

자연에게 가해진 인위적인 문명은 자연을 파괴하는 것과 동시에 농어촌의 전반적인 삶의 형질을 빠르고 각박하게 바꾸어 버린다. 숭산마루에 미군부대가 들어서면서 장터며 마을의 세태가 각박해진 일, 생태의식을 소유한 조등만이 애써 설립한 수산학교가 마을사람들로부터 외면당하고 마을의 자식들이 도시로 떠나가는 일, 그리고 마을 사람인 재익 처가 미군들에게 욕을 당하고 그의 아버지와 재익마저 미쳐죽은 일, 30달러에 팔려 으름내벌에서 위안부와 개를 교미하고 영화에 삽입하겠다던 비인간적 행태가 벌어진 일, 사포곶의 폐항 선고 후 간척

사업이 시작된 일 등이 빠른 속도로 진행된다. 조등만은 농촌의 근대
화란 이름으로 갯벌이 농토로 바뀌면서 생업하던 어민들의 좌절을 경
험하며 근대 정책의 근본에 대해 비판한다.

> 현 정부는 집권 초엽버텀 국민들에게 여러 가지를 요구했고, 그리고
> 약속도 했읍니다. 중농정책이다, 농공병진이다, 공업단지다 허구 모다 나
> 라와 국민덜이 잘살게 허겠다…그러나 워느 것 한 가지를 위해서 다른
> 것까지 희생시킬 수는 읎는 게 아니냐, 이런 생각을 하는 것입니다…바
> 다를 막어 논을 맨든다. 하천을 막어 저수지를 맨든다. 허지마는 바다를
> 쳐다보구 살아온 사람덜이 바다 읎이 못살어갈 사람덜한테 다 뺏어간다
> 는 것은 무엇이냐 이것입니다…농촌 근대화랍시고 경지정리다 개간이다
> 허메 멀쩡한 산림을 남벌허구, 지름진 논을 메워서 신작로를 맨들구 허
> 는 사람들이 사포곶같은 천연적인 어항은 준설을 안해주고 있는 사례를
> 볼 때 한심한 실망을 불금하는 자체이니만큼…(「해벽」, 184면)

여기서 70년대의 소위 근대화 정책이 무엇을 기초로 진행되었으며 농
촌과 어촌에 가져온 것이 무엇인지 확연하게 드러난다. 분별없는 정책
으로 각 지역의 자연적인 지역성은 사라지고 개발의 남발로 몇 대를
이어 살아온 주민들의 생업을 빼앗아 버리는 결과를 초래하고 만다.
제방 공사로 산허리가 헐리고 개펄이 뭍으로 변해가면서 피해를 받아
어협으로 찾아가 진정하자는 사람들, 도나 중앙 요로에 탄원을 하고,
아무런 대책을 세워주지 않은 토런 쪽을 규탄하자고 찾아온 갯벌 사람
들에게 "농촌 근대화란 거국적인 명제를 내세우고 추진하는 일에 어민
구실도 제대로 못해본 채 갯물만 허거물쓰듯 켜온 몇몇 어민들의 절규
는 결국 자신들의 무능과 소외감만을 재확인시켜줄 뿐"(「해벽」, 297면)
이다. 자본가들은 자본의 이윤을 실현할 수만 있으면 갯벌을 매립하여
농토로 만들고, 산을 헐어 호텔을 짓는가 하면 환경과 인체에 결정적

인 악영향을 미치는 독극물을 행정 관청의 눈을 피하거나 심지어 당국의 묵인 아래 하천으로 방출한다. 사포곶을 메우는 건축공사 주변에 늘어나는 음식점·공장·윤락가·외국 간판의 미용실 등은 모두 이윤 동기에 따라 움직이고 있는 이윤-욕망의 집단들이다.

> 그는 성냥개비를 잇새에 물고 길을 가로지르며, 이름만 들어도 속이 트릿하고 느글거리는 길가의 서투른 간판들마다 가자미 눈을 떴다. 해장국, 순댓국, 설렁탕, 보신탕, 따로국밥……전에는 얼큰하고 짭짤하며 틉틉하되 구수해서 뜨거울 때 먹어도 늘 양에 안 가던 음식이었지만, 핑계 좋아 입이 높아진 뒤로는 마치 노는 곳에 놀러갔다 와서 틀린 사이처럼, 한 번 보면 두 번도 싫던 것이 그런 음식이었다.
> 장은 로타리다방으로 올라갔다. 창가에 앉아 지쳐둔 커튼만 한 구석 들춰도 거기에 있고 거기에 있는, 아산만개발, 중동개발, 천남개발, 동서부동산, 임해부동산, 서해부동산 해서 문이 이쪽으로 난 여섯 군데의 복덕방이 하고 있는 꼴을 한눈에 보여주기 때문이었다.(「우리 동네 장씨」, 313면)

양이 부족했던 토속적인 음식들은 입맛이 높아진 뒤로는 더 이상 대하고 싶지 않은 입맛이다. 계속해서 들어서는 '개발'회사와 그에 따라 생겨나는 복덕방은 근대 개발의 붐을 단적으로 보여주는 공간들이다.

이러한 한국의 파행적인 자연파괴는 미국의 제국적 속성과 관련된 파시즘적 이데올로기가 침투함으로써 야기된 결과이다. 미국의 제국주의적 확산의 분위기의 모습은 미군 부대의 주둔으로 인한 삶의 조건의 황폐화를 넘어 정신적 상황의 몰락 과정을 야기시킨다. 조용하던 마을에 침입하다시피 밀려들어온 세력에 의해 한 가족이 모두 죽고 인간이 매매되어 동물의 교미 상대로 전락되는 상황에서 폭력의 잔인성과 소외를 체험하게 된다. 항상 자연을 지배할 수 있다는 문화적 도그마는 오랫동안 서구적인 진보와 열망의 산물인 전쟁들, 침략 그리고 지구를 위협하고 그것의 수용력을 강제하는 정복의 다른 형태들을 지시한다. 미군의 주둔과 재익 처의 죽음, 그리고 젊은 위안부가 동물 차원으로 징발되었던 사건은 미국이라는 강대국이 개발도상국가에 대한 원조의 빌미로 한 나라의 주권과 인간을 착취하고 농락하는, 힘의 논리와 비도덕성을 보여준다. 도처에 존재하지만 확연히 눈에 띠지 않으면서 인간의 삶을 결정하는 권력, 1세계가 3세계에 미치는 권력의 문제가 인류가 직면한 생태학적 위기의 또 한 뿌리임을 알 수 있다.17) 한마디로 현재 처한 생태학적 위기는 한국사회의 계급구성과 대외종속성이라는 정치경제적 문제들과 깊게 연루된 식민주의와 오도된 개발에서 비롯된 결과이다.

　근원적으로 이해득실을 근저로 하는 근대산업 이데올로기와 인간중심주의가 자연생태계를 가장 실질적으로 타자화했으며, 자연은 인간의 사고 테두리에서만 주체로 형성됨을 알 수 있다. 이러한 주체에 대한 인간의 돌봄과 보살핌의 윤리가 없다면, 또한 농촌과 공업, 농촌과 도시의 원만한 상보보완 관계에 기반을 둔 발전이 아닌 이상, 그것은 언제나 총체적인 자연생태계와 인간성 붕괴의 위험 부담을 걸머진 위태로운 행보에 지나지 않는다는 것을 70년대 소설은 비판적으로 보여준다.

2. 호명된 주체의 탈구 방식

1) 죽음의 부정성을 통한 주체 호명에의 저항

주체성의 구성을 이데올로기와 관련짓는 문제의식에서 부르주아적

---

17) 졸고, 「한국 현대소설의 생태비평적 연구」, 충남대학교 석사논문, 1999, 41면.

주체성을 넘어서는 주체성, 혁명적 주체성은 어떻게 구성될 수 있는 가? 각 텍스트들에는 담론적 특징들이 당대의 소설에 광범위하게 확 산되어 있음에도 불구하고, 그 내부에서 지배담론의 규정력을 부정하 거나 지배담론에서 이탈하려는 태도는 분명히 존재[18]한다. 알튀세르 와 발리바르(R. Balibar)도 "한 이론의 문제틀은 복합적·모순적이어서 각기 다른 수준 사이의 탈구를 수반하고 있다. 이 모순들은 틈새·흐 름·침묵·부재 등 복합구조의 징후로서 텍스트의 표면에 반영된다. 이때 이 징후는 이론의 모순 수준이 서로 접합되는 방법에 따라 결정 된다"[19]고 하였다. 또한 들뢰즈와 가타리의 관심 역시 주체가 알튀세 르식으로 이데올로기의 '호명'에 응답한다는 사실을 넘어 각 지점에서 그 호명에 대답하지 않고 그로부터 벗어날 수 있는 가능성에 있다.

그렇다면 그 전체적인 이데올로기 하에서 호명된 주체가 탈구할 수 있는 방법은 무엇인가. 『난장이가 쏘아올린 작은 공』에서 제시한 방식 중의 하나는 긍정적인 부정성(negativity)을 통한 주체 호명에의 저항 이다. 부정성은 혼돈의 온전한 충만을 지니며 혹은 존재의 결핍을 도 려낸다. 들뢰즈적 의미에서 부정성은 혼돈 그 자체 뒤에, 혹은 오히려 혼돈의 구멍 안에, 그래서 통행의 구멍 안에 존재한다는 것을 의미한 다.[20] 어떤 한 죽음의 형태가 삶의 연장으로서, 더 구체적으로는 보 다 나은 삶을 위한 긍정적인 부정성의 형태라면, 이와는 반대로 삶을 파기함으로써 자신의 현존성을 부정하는 방식은 부정적인 부정성이라 고 할 때, 난장이 가장의 '자살'과 은강 공장과 관계된 백부의 '피살' 그리고 영수의 '사형'이라는 죽음의 세 가지 형태는 혼돈의 충만과 존 재의 결핍을 드러내는 긍정적인 부정의 방식이라고 할 수 있다. 이것

---

18) 박훈하, 앞의 논문, 98면.
19) 알튀세르 저(김진섭 역), 『자본론을 읽는다』, 백의, 1991, 30면.
20) Patton, Paul(ed.), 앞의 책, 4장 참조.

은 아도르노가 부정의 변증법을 통해 교환가치의 몰가치성을 비판한 방법과도 유사한 맥락이다.

광인되기 혹은 분열자로 나아가는 이러한 일련의 행위, 무의미·무감각으로서 인지할 수 없게 됨을 뜻하는 동일성의 소멸은 각각 양식과 공통 감각에 대한 반대 방향의 극한을 의미한다.21) 들뢰즈와 가타리가 정신분열자를 강조하는 이유는 정신분열자가 사회적인 동시에 반(反)사회적이며 지배질서(사회 구조·사회적 코드의 의미)를 거부하고 그것을 전복하려 하는 경향에 있다.22) 욕망의 혁명적 운동이 성공하기 위해서 발전시켜야 하는 것은 의무감이 아니라, 대중 속에 잠재되어 있는 일종의 '광기'라는 것이 분명해진다.

지배 이데올로기의 관계에서 주체는 원칙적으로 세계의 절대적 중심과 그 세계의 객관적인 위치에 동시에 있을 수 없다는 자기모순에 직면하게 된다. 그런 의미에서 난장이 가족은 자신에게 부여된 상징적 자리나 환상 등을 거부하는 주체로서, 사회적 역할에 의문을 던지고 회의적 태도를 지속적으로 견지한다는 측면에서 히스테리적 주체23)라고 할 수 있다. 지배이데올로기를 받아들이지 않을 때 주체는 난장이 아버지의 자살이나 영수의 사형선고와 같은 삶과 단절되는 죽음을 택

---

21) 알튀세르 저(김진섭 역), 앞의 책, 42면.
22) 서울사회과학연구소, 앞의 책, 42면.
23) 환상을 거부한 채 주체의 틈과 상징적 질서의 틈을 열어둔 채 결여 자체를 욕망하는 주체를 히스테리적 주체라고 한다. 여기서 말하는 히스테리는 병리학적인 개념이 아닌데, 라캉에 의하면 히스테리적 주체는 주체의 여러 구조 중에서 하나의 구조를 말하는 것일 뿐이다. 즉 병리적 현상이 중요한 것이 아니라 주체의 구조가 문제인 것이다. 예를 들어 강박증적 주체라고 할 때 그가 강박증적 증상을 보이느냐 보이지 않느냐 하는 것은 중요하지 않다. 그러한 증상을 보이지 않더라도 주체의 구조를 통해 강박증 환자로 볼 수 있는 것이다.(슬라보예 지젝 저(이수련 역), 『이데올로기라는 숭고한 대상』, 인간사랑, 2000 참조.)

할 수밖에 없게 된다. 나약한 주체가 강한 타자에 대항해서 선택할 수 있는 것은 오로지 사적인 죽음뿐이기 때문이다. 들뢰즈는 자살과 같은 인생의 균열을 희구하는 인간의 욕망에 대해 설명하면서 죽음의 두 측면을 구분한다. 하나는 사건으로서의 죽음, 즉 과거와 미래 안에서 분화될 뿐 결코 현존하지 못하는, 그리고 과거와 미래로부터 분리되지 못하는 사건으로서의 죽음이다. 이 죽음은 "비인칭적인 죽음으로서, 파악 불가능한 죽음, 결코 오지 않을, 내가 그리고 나아가지 않을, 어떤 종류의 어떤 관계에 의해서도 나와 연계되지 않는 죽음이다." 이와 다른 하나의 죽음은 가장 냉혹한 현재 안에서 발생하고 효과화되는, "극단의 지평으로서 죽을 자유를, 그리고 치명적으로 위험에 처하는 능력을 가지는" 인칭적 죽음이다.24) 난장이 아버지의 죽음은 현재와 단절되는 비인칭으로서의 죽음이 아니라, 죽어서도 아들 혹은 다음 세대인 '영호'의 삶에 끊임없이 개입해 들어오고, 영희와 아내의 삶 속에도 살아있는 존재로 현현함으로써 현실 속에서 실재와 같은 힘을 행사하는 인칭적 죽음이다. 왜 한 죽음이 다른 신체 안에 구현되기를 바라는 것인가. 그 이유는,

> 왜 건강으로 만족할 수 없는가라고, 왜 균열이 필요한가라고 묻는다면, 아마도 균열에 의해서만 그리고 그 가장자리들 위에서만 사유할 수 있기 때문이라고. 인류의 역사에서 선하고 위대했던 모든 것은 스스로를 파괴할 준비가 되어 있는 사람들에게서, 균열에 의해서 나오고 들어가기 때문이라고, 우리가 제공받는 것은 건강보다는 죽음이기 때문이라고 대답해야 할 것이다.25)

---

24) 질 들뢰즈 저(이정우 역), 『의미의 논리』, 한길사, 1999, 267-270면 참조.
25) 질 들뢰즈, 앞의 책, 276-277면.

삶의 주변으로 인식되던 죽음이 실재적인 삶 속으로 끼어듦으로써, 그리고 파괴하고 균열을 냄으로써 지배담론과 거리를 두기 위한 몸의 실천, 그것이 70년대와 그에 이은 80년대 소설에 자주 등장하는 '분신' '죽음'의 의미이다.

엄밀한 의미에서 실제로 개별적인 주체는 그 자신을 위해 객관적인 세계를 가치 있는 객체들로 변형시키거나 아니면 그 자신을 객관화하면서 결국 주체로서 '사라진다'는 것을 깨닫게 된다. 이들 주체는 자신의 육체와 현존을 통해 항상 상징적 질서 자체의 근원적 결핍을 은폐하고 사회를 동질화시키려는 전체주의적 기획 자체를 부정하는 기능을 하게 된다. 다시 말하면, 아버지의 죽음을 거대한 자본주의의 복종을 수행해야할 외디푸스적 자리를 스스로 포기했다는 것, 그래서 다음 세대들에게 또 다른 복종을 강요하지 않으려는 도피선을 마련한 것으로 봐야하지 않을까. 개인의 죽음을 통해 지배와 복종의 억압을 넘어 탈주하고자 하는 욕망으로, 다시 말하면, 그들이 목숨을 내놓은 것은 단지 과거의 부활로 기억되기 위한 행위가 아니라 현재와 미래를 위한 희생에 다름없다.

이 작품은 호명 행위의 측면에서 보았을 때도 1970년대의 자본주의 이데올로기와 정치사회적인 구조적 모순을 비판하고 있다. 특히 호명된 주체와 지배이데올로기의 불합리한 구조 속에서 주체의 소멸의 모습을 보여줌으로써 삶의 그늘진 단면을 비극적으로 그려내고 있는 것이다. 작품 말미에서 난장이 아버지가 택하는 죽음의 방식은 세계에 대한 부정이며 억압된 주체가 벗어나는 능동적 선택이다. 물론 죽음의 방식이 소멸과 무저항이라는 부정적인 관점으로도 이해될 수 있지만, 작품의 배경이 되는 자본주의 하에서의 억압 구조를 비판하고 흔들 수 있는 방법은 몸으로 부딪히는 죽음을 통할 때뿐이라는 것을 작가는 누구보다도 절감했을 것이다. 비록 죽음을 통해 고통의 인과적 연쇄를 중단시키지 못하고 반동일시의 상태로 끝났지만, "함께 사는 사람들을 위해 '나(我)'를 버리는 이 반-주체적 행동은, 역사를 이끄는 어떤 영웅들의 죽음 못지않게 장엄하다."26) 미화된 죽음으로서가 아닌 체제 부정의 죽음은 전혀 다른 사랑의 방식인 '주체도 대상도 없는 사랑'을 흔적으로 남겨 놓은 것이다.

2) 사랑의 역능을 통한 자유의 극대화

한 평자는 『난장이』가 자본의 이데올로기가 근원적으로 노동의 이데올로기와 대립될 수밖에 없는 측면을 철저하게 파헤치고 그런 대립의 해결책을 현실적인 사회구조의 변혁이나 개선에서 찾으려 하기보다 '가진 자', 즉 자본가의 '사랑'에 의존하는 매우 비현실적인 해결책을 제시하고 있다27)며 작품의 한계점으로 제시하였다. 그러나 저자 스스로 제시하고 있듯이 대립적 세계관이란 결국 주인공의 삶과 객관적인 현실 사이에서 성립하는 것이 아니라 주인공의 개체적인 삶과 내면의식 사이에서 성립하는 것이다. 주목할 것은 개체적인 삶과 내면의식 사이에서 성립할 수 있는 것 중에서 조세희의 『난장이』를 지탱하는 기저의 힘은 사랑이라는 점이다. 이 사랑은 현실적인 대안을 제시하지 못한다는 비판 이상의 좀더 심오한 의미를 함의하고 있다. 사랑은 '죽은 땅'을 '산 땅'으로 전화시키기 위한 행위이다. 그 행위는 『난장이』에서 두 가지 행위로 나타난다. 살아서는 벽돌 공장 높은 굴뚝 꼭대기에서 하늘을 향해 '종이비행기'를 날리던 것이었으며, 죽을 때에도 굴뚝 꼭대기에서 '작은 공'을 쏘아 올리는 행위가 그것이다. '종이비행기'나

---

26) 이진경, 『노마디즘』, 휴머니즘, 2003, 727면.
27) 이경호, 앞의 글, 95면.

'쇠공'은 '죽은 땅'에서 '산 땅'으로의 강한 엑소더스에의 의지의 표상이며, 분리의 계기이고, 정념의 화신이며, 실천적 무기이기도 하다. 무엇보다 이는 난장이성에서 탈출하기 위한 기원의 형식에 다름[28] 아니다. 사랑은 아버지와 아들 영수의 사랑의 실천에서는 다르게 나타나지만 이들의 공통점은 사랑을 통한 자유의 극대화이다.

> 아버지는 사랑에 기대를 걸었었다…아버지가 꿈꾼 세상은 모두에게 할 일을 주고, 일한 대가로 먹고 입고, 누구나 다 자식을 공부시키며 이웃을 사랑하는 세계였다…지나친 부의 축적을 사랑의 상실로 공인하고, 사랑을 갖지 않은 사람네 집에 내리는 햇빛을 가려 버리고, 바람도 막아 버리고, 전기줄도 잘라 버리고, 수도선도 끊어 버린다. 그런 집 뜰에는 꽃나무가 자라지 못한다. 날아 들어갈 벌도 없다. 나비도 없다. 아버지가 꿈꾼 세상에서 강요되는 것은 사랑이다. 사랑으로 일하고 사랑으로 자식을 키운다. 사랑으로 비를 내리게 하고, 사랑으로 평형을 이루고, 사랑으로 바람을 불러 작은 미나리아재비꽃줄기에까지 머물게 한다.(『난장이』, 180면)

아버지가 중요하게 여기는 것은 사랑의 소유이다. 사랑을 소유하지 않은 사람들에게는 어떠한 혜택이나 존재도 허용될 수 없기 때문에 아버지가 기대하는 사랑은 '강요되는' 사랑이다. 강요된다는 것은 제도화나 '법제화'를 의미하는 것이기도 하다. 그런데 이 맥락을 잘 살펴보면 사랑의 소유/무소유는 아버지가 대척적으로 바라보는 자본가들의 '자본의 소유/무소유'의 논리와 유사하다. 사랑과 자본의 질과 가치가 다를 뿐 그 근저에는 이분법적 단절과 배척의 논리가 숨어 있다. 이 역시 아버지라는 인물이 지배이데올로기의 모습을 무의식적으로 재생산하고 있다는 모습을 보여준다. 즉 아버지의 모습은 페쇠가 말한 반동일시의

---

28) 우찬체, 앞의 글, 73면.

형태를 띠고 있지만 지배이데올로기의 자장 안에서 포섭된 의식이라는 것을 알 수 있다. 그래서 아들 영호는 아버지의 사랑법에 회의를 품는다. 영수의 생각으로 사랑은 자유로운 이성에 의해 꾸려지는 개념이다.

> 아버지가 그린 세상도 이상 사회는 아니었다. 사랑을 갖지 않은 사람을 벌하기 위해 법을 제정해야 한다는 것이 문제였다. 법을 가져야 한다면 이 세계와 다를 것이 없다. 내가 그린 세상에서는 누구나 자유로운 이성에 의해 살아갈 수 있다. 나는 아버지가 꿈꾼 세상에서 법률제정이라는 공식을 빼버렸다. 교육의 수단을 이용해 누구나 고귀한 사랑을 갖도록 한다는 것이 나의 생각이었다.(「난장이」, 185면)

사랑을 통해 이상사회를 그리는 영수의 태도는 아나키스트의 면모와 흡사하다.

> 아나키스트가 마음속에 그리는 사회는 다음과 같은 것이다. 즉 거기서는 각 성원간의 관계가 과거의 억압과 횡포의 유산인 법률에 의해서 규제되지 않고, 또한 일체의 권력자(그 권력이 선거에 의하여 얻어졌건 상속권에 의하여 얻어졌건 간에)에 의해서 규제되는 일이 없이, 오로지 자유로 성립한 상호간의 합의에 의하여, 그리고 또 마찬가지로 자유롭게 승인된 습관이나 풍습에 의하여 규제된 그런 사회이다. … 여기에는 남에게 자기의 의지를 강제하는 아무런 권력도 없고, 인간에 대한 인간의 통치도 없고, 생활에 있어서는 일체의 정체도 없다. 거기에는 자연의 생활 자체에서 보여지는 바와 같은, 어떤 때는 빠르게 또 어떤 때는 느리게 진행하는 끊임없는 전진이 있을 뿐이다.[29]

이 맥락은 민중이 주체가 되는 세계, 위로부터의 혁명이 아닌 아래로부터의 혁명을 바라는 이념과 같은 맥락이다. 영수의 사랑의 방식은

---

29) 크로포트킨 저(하기락 역), 『근대과학과 아나키즘』, 신명, 1993. 67면.

아버지의 '법률제정'의 부분을 빼고 '교육'과 자유로운 이성을 통해서 얻어지는 것이다. 그런데 영수도 아버지와 마찬가지로 근대의식에 젖어있음을 알 수 있다. 하버마스(J. Habermas)가 『계몽의 변증법』에서 미완의 근대를 넘어서고자 할 때에 계몽적 이성을 통해 생활세계를 갈망했듯이, 영수도 근대를 추동했던 이성의 힘과 그것의 집적물인 책을 신뢰한다는 의미에서 근대인의 초상이라고 할 수 있다. "우리는 무슨 일이 있든 공부를 해야 한다고 생각했다. 공부를 하지 않고는 우리 구역에서 벗어날 수가 없다고 생각했다. 세상은 공부를 한 자와 못 한 자로 너무나 엄격하게 나누어져 있었다. 끔찍할 정도로 미개한 사회였다. 우리가 학교 안에서 배운 것과는 정반대로 움직였다."(「난장이」, 83면)며 영수가 무슨 책이든 손에 잡히는 대로 읽는 모습은 알튀세르가 지배이데올로기를 재생산하는 중요한 이데올로기적 장치로 보았던 교육을 통한 이상 사회의 추구라는 점과 매우 유사하다.

　위의 인용문에서 난장이인 아버지의 생각과 영수의 생각은 공통점과 차이점을 동시에 드러낸다. 양자 모두 사랑의 이념에 기대를 거는 낭만주의자의 모습을 띠고 있는 점에서는 공통되며, 그 사랑의 이념이 법치의 권력에 의해 강요되어야 하느냐(아버지), 아니면 교육에 의해 키워져야 하느냐(영수)라는 대목에서는 입장의 차이가 발견된다. 후에 영수는 은강방직의 노사간 협상이 사용자측의 일방적인 폭력에 의해 무참히 깨어지는 것을 본 후 "나는 나의 생각을 수정하기로 했다. 아버지가 옳았다."고 전회하게 된다.

　이에 대해 한 평자는 영수가 후에 아버지의 생각이 옳았다고 하지만 이 두 양자의 태도가 전적으로 작가 조세희의 견해라고 하지 않으면서, 그럼에도 "조세희가 사랑의 이념을 내세움에 있어 강요의 방법론보다는 교육의 방법론에 초점을 맞추는 입장에 서 있"30)다고 말한다. 즉 작가의식이 영수가 처음 생각했던 '교육'의 비전에 근접해 있는 것으로 보이며, 조세희가 소설을 써서 사랑 없는 세계의 비참한 실상을 준열히 고발하고 그것을 통해 사랑의 중요성을 역으로 입증한다는 사실 자체가 하나의 교육효과를 노리는 작업으로 이해될 수 있다는 말이다.

물론 『난장이』 연작의 프롤로그와 에필로그 부분에서 윤리교사가 교실에서 '윤리'의 이념을 전달하는 장을 설정하고 있는 데서도 그 점은 타당성이 있다. 그러나 이 판단이 옳다 하더라도 전부 받아들이기에는 다소 무리가 있다. 알튀세르의 경우 자본주의 생산에서 중요하게 작용하는 이데올로기적 국가장치로 '학교-교육'을 들고 있다. 교육의 목적이나 방법이 어떤 개인을 성숙한 주체로 이끌어 나간다고 하더라도 그 장치는 이미 어떤 집단의 이데올로기를 반영하기 십상이다. 만약 조세희의 작품들이 교육의 효과를 최대화해서 이상 세계를 이루고자 했다면 그것은 작품의 미적인 부분을 상쇄시키는 결과를 초래한다. 오히려, 조세희는 억압적 국가장치의 일면인 '법-장치'와 이데올로기적 국가장치의 중요한 국면인 '학교-교육장치'를 동시에 보여줌으로써 이상 사회를 구별할 수 없다는 점을, 그래서 더 나아가는 지점을 보여주고자 했던 것이 아닐까. 『난장이』 연작에서 그리고 있는 사랑은,

> 사랑한다는 것은 하나가 되거나, 둘이 된다는 것이 아니라 수천수만을 이룬다는 것이다. 욕망하는 기계 또는 인간적이지 않은 성은, 단수나 복수의 성이 아니라 N개의 성이다. 정신분열자 분석은 사회가 주체에게 강요하는 인간적인 형태의 표상을 넘어서, 주체 속에 존재하는 N개의 성에 대한 변량분석이다. 각자에게 그 자신의 복수의 성을.[31]

---

30) 이동하, 「어두운 시대의 꿈」, ≪작가세계≫, 1990년 겨울호, 44면.
31) 사회과학연구소, 앞의 책, 150면.

욕망하는 것으로 적극적으로 읽고 싶다. 사랑은 곧 존재의 내부에 존재하는 역능[32]의 발현이다. "사랑하지 않으면 절대로 아름다워지지 않는다는 것, 사랑하지 않으면 구원받을 수 없다는 것, 인간은 인간에 의하여 인간이 아니라, 탈인간화에 의하여 인간이라는 것, 사랑하는 자는 사랑으로 인하여 일상적 자아에게로 돌아오는 것이 아니라, 돌아올 수 없는 우주를 향해 여행을 떠난다는 것, 정말로 사랑한다는 것은 존재의 현기증을 받아들이는 일이라는 것, 정말로 사랑하면 사랑을 통해서 세계와 우주를 사랑하게 된다는 것, 형태는 근대주의자들이 가르쳐 온 것처럼 규정되어 있는 것이 아니라 흔들리고 팽창한다는 것, 형태는 죽음의 초월이 아니라 포월이라는 것"[33]과 연결되는 개인마다 내재된 잠재력의 발현이다. 사랑은 존재에게 고유한 잠재적인 힘이면서 내재적인 자기원인을 지닌 힘으로서, 자신이 할 수 있는 것의 끝에까지 나아가는 힘이다. 또한 역능의 공동체 안에서 각 개인은 스스로 각자의 삶을 발전시킬 수 있다. 그것은 개인이 살고 있는 지평을 넘어선 어떤 가치를 통해서가 아니라 사랑을 구성하고 생산함으로써 그렇게 하는 것이다. 사랑은 초험적이거나 신비적인 어떤 것이 아니라 다른 것들과 맺고 있는 관용의 관계이고 인식의 공동구성이며 열려짐이고, 따라서 죽음에 대한 투쟁, 인간을 투쟁으로 몰고 가는 모든 것에 대한 투쟁이다. 이 모든 것이 과정인 동시에 구성 과정이기도 하다.[34] 이러한 사랑은 갈등성을 낳을 뿐만 아니라 양적·질적으로 존재의 구

---

32) 들뢰즈에 따르면, 역능이란 puissance의 번역어로 스피노자의 potentia와 유사한 개념이다. 이와 구별하여 force는 역능을 제외한 모든 힘을 말하는 일반적인 힘을 나타내며, pouvoir는 능력으로 번역된다.
33) 김정란, 「비참의 경험을 넘어서는 단성생식」, 『21세기 문학이란 무엇인가』, 1998. 발표문, 82면.
34) 안토니오 네그리 저(윤수종 역), 『야만적 별종』, 푸른숲, 1999, 역자 서문.

성을 발전시킨다. 그리고 정동이 강하면 강할수록 정동이 포괄하는 주
체들의 다양성도 커진다.35)

　　내가 아직 알 수 없는 것은 떠나는 순간에 무엇을 대하게 될까 하는
것뿐이다. 무엇일까? 공동묘지와 같은 침묵일까? 아닐까? 외치는 것은
언제나 죽은 사람들뿐인가? 시간이 다 되었다. 지구에 살든, 혹성에 살
든, 우리의 정신은 언제나 자유이다.(『난장이』, 276면)

　　사랑의 역능을 통해 『난장이』가 궁극적으로 지향하는 세계는 시간
과 공간을 초월하는 절대적 자유의 세계이다. 그 사회는 스피노자(B.
Spinoza)가 궁극적으로 지향했던 'civilite'의 공간이다. 'civilite'라는 개
념은 공동체의 제도와 인류이라는 개념을 결합하려는 것으로, 'civilite'
라는 개념이 전제하는 제도화되고 인류적인 공동체란 '승화된 에로스
의 공동체'36)일 것이다. 형이상학적 유토피아가 시장이데올로기의 복
사판이었다면, 윤리적 탈유토피아는 미래철학의 물질적·실천적 차원
속에 이식되고 투사된 시장의 단절이자 시장의 이데올로기적 완전화의
단절 배후에서 그리고 부르주아 권력의 단선적 발전이 지닌 위기 안에
서 움직이는 현실적 힘들의 발현이다.37) 스피노자적 탈유토피아는 본
질적 원리의 어떠한 가능성에 대한 부정도, 위기에 대한 저항도 아니
며, 비존재에 대항하는, 파괴적 역능 및 존재론의 공허함에 대항하는
투쟁이다. 다시 말하면, 『난장이』에서 그려진 사랑의 역설은 유토피아

---

35) 안토니오 네그리, 위의 책, 326면.
36) 'civilite'는 영어 'civility'에 해당하는 것으로 통치성이라는 맥락에서 '공동체
　　의 제도'를 뜻하며, 사적이고 동시에 공적인 의미의 '인류'이라는 뜻으로, 독
　　어의 'Sittlichkeit'에 해당하는 개념이다.(안토니오 네그리, 위의 책, 54,
　　64면 참조)
37) 안토니오 네그리, 앞의 책, 364면.

와의 절합성과 실효성 면에서 다소 이상적이거나 비현실적으로 보이는 측면도 있지만, 궁극적으로 '사랑의 공동체'를 통해 '나'에서 '너' 다시 '우리'로 확대되는, 자아중심에서 타자중심주의로 넘어서는 역능으로서의 '사랑'인 것이다. 그 가상태는 "집과 가구는 물론이고, 일상생활 용품의 크기가 난장이들에게 맞게 만들어져 있"는 곳이며 "난장이의 생활을 위협하는 어떤 종류의 억압·공포·불공평·폭력도 없"(「은강 노동가족의 생계비」, 169면)는 릴리푸트읍의 공간이다. 그곳은 각 주체들이 각자의 조건과 욕망에 '맞게' 삶을 영위할 수 있는 상상태이자 잠재된 세계이다.

3) 표현-내용의 소수문학적 문체와 윤리의식의 표출

서사텍스트는 개연성을 획득하기 위해 지배이데올로기의 요체인 언어와 문법구조를 받아들이는 일차적 과정과 이를 벗어나기 위해 언어와 이야기를 낯설게 구성하게 되는 이차적 과정이 함께 공존하는 장이다.[38] 다시 말하면, 소설은 역동적인 사회적 맥락에서 언어가 어떤 식으로 기능하고 있는지, 언어 공동체에서 사용되는 담론의 구체적 모습을 반영한다. 때로 표준화된 언어규범을 받아들이는 과정에서 소설 속의 주체들은 언어 체계를 받아들임과 동시에 지배담론의 의미를 재생산하게 된다.

　　지층에 붙여놓은 이름은 그런 동일성을 더욱 강화한다. 그 동일성의 표상 아래에 잠재되어 있는 그 모든 것이 사실은 끊임없이 변화·변이하고 있다는 것을 보지 못한다. 즉 표준어로 통일된 소설의 언어는 우리에게 주어진 소설 언어의 다양성을 빼앗는 것과 마찬가지이며 소설 언어의

---

38) 문재원, 앞의 논문, 2면.

몰개성을 드러내는 것이다.[39]

　이러한 지층화된 이데올로기에 호명되는 과정에서 주체들이 억압적인 강박증을 느끼게 될 경우 주체성에 대한 물음이 제기되면서 이차적 과정으로 나아간다. 개인들은 이차적 과정에서 지배이데올로기와 규범적인 기호체계에 완전히 포섭되지 않고 상대적으로 자립적인 표현수단을 획득할 수 있는 조건을 만들어야 한다. 들뢰즈와 가타리는 기호가 인간을 코드화할 뿐만 아니라 새로운 돌파구를 마련하기도 한다는 점을 여러 저작을 통해 역설하고 있다. 푸코와 들뢰즈, 가타리는 주체가 세계를 파악하고자 할 때 주체가 언어를 생산하는 것이 아니라 반대로 언어를 통해 시대적인 상황에 맞물려 볼 수 있는 것만을 보게 하고, 말할 수 있는 것만을 말하게 하는 '여과 장치'와도 비슷한 역할을 한다고 본다. 이때 사투리나 발음의 차이, 특정 어휘의 사용방식은 사회적 실천으로서의 빠롤을 다룬다는 점에서 유의미하다.

　이문구 소설을 대하면 위와 같은 언어의 동일화와 반동일화에 관한 문제의식을 공유하게 된다. 이문구 소설의 '말'은 묘사나 매개의 차원을 넘어 그것 자체로 하나의 이념이자 주제의 위치를 점하고 있다. 이문구의 소설 『우리 동네』 연작에는 대화의 장면이 많이 드러난다. 주체간의 서로 상반되는 입장의 대화를 통해서 그들의 이데올로기의 실체가 드러난다. 대화가 진행되는 동안 '반성의 메커니즘'이 작동함으로써 '내'가 옳다고 믿는, '자연주의'의 독백과 독선을 대화 과정을 통해 인지해갈 수 있다. 그래서 그 기저에 국가라는 억압적 장치와 노동조합, 대중문화의 이데올로기적 국가장치가 존재하고 있다는 것을 알 수

---

39) 김병욱, 「자랏골의 비가」의 크로노토프와 담론」, 《한국문학이론과 비평》 12, 2001, 78면.

있게 된다.

　"…나봐, 워따 대구 큰 소리여? 당신 허는 짓이 보통 사건인 줄 알어? 시대적으루 볼 것 같으면 안보적인 문젠 겨. 뜨건 국에 맛을 몰라두 한도가 있는 게지. 되지 못허게 워따 대구 큰 소리여, 큰 소리가…."(『우리 동네』, 24면)

　"좌우간 당신들 얘기가 지방적인 문제라면 내 얘기는 국가적인 문제라 이 얘기여. 왜 그런고 허면, 생각적으로 따져봐두 즌기야말루 국가의 동력이라…내가 아까 저이헌티, 시대적으로 볼 적에는 안보적인 문제라고 헌 것두 다 그래서 그런 겨. 이 즌깃줄이 저무넛 동네 일반 즌기 지선(支線)잉께 망정이지, 만약 방위산업과 직결되는 동력선이라면, 이 도전이 워치기 되는 중 알어? 이적행위여, 상식적으로 고만헌 생각두 옳으셔?"(『우리 동네』, 27면)

　'농정(農政)'을 주도하는 주체는 국가권력이며, 그것의 언어적 수행을 대변하는 사람들은 이른바 관리(면장, 이장을 포함하여)들이다. 농민들의 발화는 이 국가권력, 또는 지배이데올로기에 어떤 형태로든 반응해야 하는 조건 속에 놓인다. 소설 속의 관리와 농민의 대화는 예외 없이 '국가권력/국민'이라는 컨텍스트 안에서 진행된다. 그리고 관리의 입을 통해 발화되는 국가권력의 지배이데올로기는 반공이데올로기의 외피를 두르지 않은 경우가 드물다.40) 도전(盜電)으로 양수기를 돌리다 들킨 '우리 동네 김씨'를 꾸짖는 한전 단속반원인 한전 직원의 발화는 이러한 이데올로기적 지형을 잘 나타낸 준다. 그 당시에는 농촌에서 종종 일어났던 일이 한전 직원의 말을 통해서는 범죄 행위에 해당하는 것으로 그려진다. 그 근거는 시대적으로 안보문제인 동시에 국가

---

40) 한수영, 앞의 논문, 363면.

적인 차원으로 확대 과장되었기 때문이다. 더욱 반공이데올로기의 폭력성과 결합된 국가라는 억압적 장치의 권력은 농민의 도전을 반체제 행위에 해당하는 '이적행위'와 동일시함으로써 복종하는 주체로 만들고자 한다.

이에 대해 김씨는 "내가 원제 불법적으로 썼유. 물법적으로 썼지. 뇡민이 논에 물을 대는 건 당연히 물법적인 거유"(24면)라고 응수한다. 여기에서 두 관계의 대화의 종결형태를 보면, 지배이데올로기의 언어가 항시 공세적이며, 농민의 언어는 자기 방어적인 형태로 진행된다. 동시에 지배이데올로기의 언어는 '확대/과장'의 화법이며, 농민의 언어는 '우회/인용'의 화법에 의해 운용41)되고 있음을 알 수 있다. 또한 위축되는 방어 형태가 아니라 대상에 일침을 놓는 농민들의 말과 '되받아 말하기counter-sentence'는 "타자를 위해 말하기에 내재된 제국주의적 오만을 희석시킬 수 있는 유일한 전략"42)이라고 할 수 있다.

이러한 전략과 함께 웃음과 농담의 언어형식은 약자의 무기가 될 수 있다.

> 남댑문이구 앞댑문이구간에 수재민 고쟁이 걱정허는 사람은 팔도강산에 느티울 춘자 아버지 뿐일뀨. 확실히 우리게는 꽃동네 새동네여(「우리 동네 황씨」, 375면)

수재민 구호품으로 자기가 입던 속옷을 내놓는 황씨를 보고 주민들이 '꽃동네 새동네'라며 희화화하는 장면이다. 이문구 소설에서 웃음과 농담은 진지한 것, 공식적인 것, 이성적인 것에 흠집을 내는 중요한 요

---

41) 한수영, 앞의 논문, 364면.
42) 이경원, 「저항인가, 유희인가?: 탈식민주의의 반성과 전망」, ≪문학과사회≫여름호, 1998, 778면.

소이다. 농담이라는 유희와 일탈이 없으면 기존의 방식을 답습하는 데 그칠 가능성이 큰데, 기존 질서와 근대 논리의 억압에 정면으로 도전하기보다는 그것을 우회적으로 보고 비웃음으로써 그 힘을 약화시키고 있다. 이는 관변의 언어를 비판하고 따뜻하고 인간적인 공동체와 도덕과 윤리적 감각을 강조하는 도덕적 주체의 입장을 취하는 것과 연속적인 의미이다. 이렇게 거침없이 말할 수 있는 요인은 입담 좋고 음흉스런 사투리와 풍자의 효과이다. 이문구는 "되도록 다투지 않고 모른 척하며 능갈치는 것"을 통해 근대 비판의 목소리를 담아내고 있다.

> 내 말이 그렇게백이 안 들리유? 저 핵교 교실 벽뙈기 좀 보슈. 뭐라구 써붙였슈? 나라사랑 국어사랑…우리말을 쓰자는 것두 국가시책이래유. 옛날버텀 관공리 말 다르구 농민들 말 다른 게 원칙인 게유. 천동면이 이렇게 촌인가……끙—(「우리 동네 김씨」, 35면)

이문구 소설에 등장하는 농민 혹은 민중들이 구사하는 일상의 언어는 숨길 수 없이 그 민중이 살고 있는 사회의 제도적 또는 이데올로기적 조건과 물질적 조건의 복합적인 형성물43)이다. 특히 '대화'는 발화자의 독단적인 소유와 의식을 넘어 청자가 공유함으로써 사회적 조건들을 중층적, 구성적으로 그려내고 있다는 점이 특징이다. 이러한 주체들의 다성적 목소리를 담아내는 이문구의 말은 바흐찐의 지적처럼 '언어활동의 현실 가운데 존재하는 것'이며, '하나의 발화 혹은 여러 발화들 속에서 수행된 언어적 상호작용'의 '사회적 사건'44)임을 느끼게 해주는 요체이다.

이러한 이문구의 문체에 대해 김상태는 사물을 구상화시키고 명사

---

43) 한수영, 앞의 논문, 361면.
44) M. 바흐찐 저(송기한 역), 앞의 책, 131면.

를 수식하는 관형구가 은유로 작용해서 이미지를 생성한다고 보아 사물을 분석적으로 보는 것이 아니라 통합적으로 보는 작가로 지적한다. 더 나아가 이러한 경향이 사실주의적 수법과는 정면으로 배치되는 입장, 다시 말하면 인과관계가 분명한 플롯, 실감나는 묘사, 논리가 정연한 서술 등으로 이루어져 있는 사실주의 소설과는 맞지 않는 소설미학으로, 사실주의가 이성의 언어를 쓰고 있다면 이문구는 감정의 언어를 쓰고 있다는 점에서 이문구의 소설을 모더니즘계의 소설45)로 본 점은 특이하다.

그러나 이문구 문체를 농민들의 저항과 비판의 측면에서 다소 긍정적으로 바라본 의견과 다른 견해도 있다. 김윤식은 이문구 소설이 주지시키는 바는 봉건질서에 충실한 지주나 양반의 시각을 닮고 있으며, 그의 작품 주제는 문체의 힘에서 나오며 그 문체란 다름 아닌 귀족적인 문체라고 지적한다. 또한 김만수도 이문구의 소설적 문체의 특질을 인정하면서도 부정적인 시각에서 접근하고 있다. 먼저, 한문의 수사학과 함께 문체의 남용이 산문의식을 약화시키는 것으로 본다. "'모르쇠' 할 수 없어서 한마디씩 나서 일장성토한다는 장면은 마치 말뚝이의 한바탕 난장이 오히려 대립을 희화화하고 무화하는 기능을 겸했다고 지적하며, 또한 작가는 리듬의 지배에 계속 머묾으로써 정작 현실의 묘사에는 불철저해지는 위험을 보이고 있다고 지적한다. 가령, '비싼 밥 먹고 값싼 모이 먹은 소리 한다' '대전 가느니 서울 가겠다' '먹은 밥값은 못 해도 흘린 국값은 해라' '징글징글헌 놈의 징글벨 소리' 등등의 적절한 대구법과 반복조차도 반성의 대상이 된다고 보았다.46) 물

---

45) 김상태, 「이문구 소설의 문체―「관촌수필」을 중심으로」, ≪작가세계≫ 1992년 여름호, 56면.
46) 김만수, 「전래적 농촌에 대한 회고적 시각」, ≪작가세계≫ 1992년 여름호 참조.

론 이러한 견해들은 경청할 만한 대목으로 이에 대해서는 꼼꼼한 문체 분석을 통해 그 효과의 측면을 밝혀야 하리라고 본다.

그러나 이문구의 경우, 한국작가의 문체는 어떤 방향으로 가야 할 것인가에 대해서 분명한 의식을 갖고 있었던 듯하다. 그 예로 이문구를 테마로 리포트를 쓰겠다는 한 학생의 편지에서 '본인이 생각하는 문체의 특징이 무엇이냐?'고 물었을 때 그는 미공개 서한에서 다음과 같이 답하였다고 한다.

> 전통적인 한국문체(조선적인 문체)라고 생각합니다. 예컨대 판소리 사설류나, 춘향전 등 고전소설의 이야기식 문체를 연상해 보기 바랍니다. 또 현재 우리나라 작가의 80% 이상의 문체가 '번역문체'이며 또 '記事體' 문체임을 비교할 필요도 있을 것입니다. 번역문체를 '한국적' 또는 '전통적'인 문체라고는 할 수 없겠지요. 번역문체는 작가들이 외국어과 출신이라서기보다는 일제통치 기간의 국어말살정책과 일본 日書를 통한 교육, 그리고 광복 후 파도같이 몰려든 美製 및 해외문물을 통한 교육과 정보취득, 기계화 과정에서 자연스럽게 성립된 것으로 생각됩니다.
>
> 우리 고전문학 교육의 부실함, 국정교과서 편찬자들이 지금도 일제교육, 미국 유학파들이 장악하고 있음도 무관하지 않을 것입니다.47)

그만큼 이문구는 단순히 기법이나 리듬적인 차원을 넘어 일제통치 기간의 국어말살 정책과 광복 후 몰려든 미제 및 해외문물을 통한 교육에서 탈피하고자 전통적인 문체를 시도하고 있음을 볼 수 있다. 또한 중앙집권적인 표준말의 획일적인 언어 권력에 대하여 살아 있는 지방적 현장 언어로 뜸배질을 계속한 이문구 문체는 관권 주도적이며 농촌 파괴적이었던 산업화에 대한 문화적 반응 가운데서 가장 다부진 비판적 기호로 인정할 만하다.48) 이는 바흐찐이 소련 체제의 화석화의 위

---

47) 김상태, 앞의 글, 83면에서 재인용.

협을 간파하며 지적했던 두 세력, 즉 원심적 세력과 구심적 세력 사이
의 갈등에 의해 결정되는 문화적 기제의 개념을 떠올리게 한다.

구심적 세력은 체제를 단일화하고 폐쇄적으로 만들고 독백적으로 만들
고 유일한 진리의 헤게모니적 공간을 독점화하는 경향을 지닌다. 이러한
구심력은 언어의 전 체제에 만연하며, 언어를 강제적으로 통일하고 표준
화하려 한다. 그것은 문어(文語)로부터 모든 사투리와 비표준적인 언어
적 요소의 흔적은 순화하고, 단지 한 가지 숙어만 존재하도록 허용한다.
구심력은 원심력의 저항을 받는데, 원심력은 양의성을 조장하고 개방성
과 일탈을 허용하고자 한다.49)

대화적 부생의 담론은 한 주체가 다른 주체를 병합하려는 것으로
정의되는데, 이문구 소설 속의 관리와 농민의 대화는 '국가권력/민중'
이라는 맥락 안에서 진행된다. 그리고 관리의 입을 통해 발화되는 국
가권력의 이데올로기는 반공이데올로기의 외피를 두르며 이중의 덫 장
치를 지니고 있다. 그중 만연체 문장은 우리 전통 판소리 가락에 연결
되기 때문에 풍자나 비판, 저항 등을 내재하고 있다. 이런 의미에서
이문구 소설의 문체는 소수문학적 성격을 지닌다. 소수적 문학은 필경
다수적 언어와 다른 새로운 종류의 언어 게임을, 소수적인 표현 형식
을 창안하며, 소수자들에 의해 만들어지는 다수어의 변형 형태들, 그
조각들을 이용하며, 그 변형으로 표현되는 다수적 가치의 변형과 해체
를 통한 소수화를 진행한다.50) 이것은 단순히 사투리를 사용하였다는

---

48) 유종호, 「농촌 최후의 시인-그 언어와 문체」, 『다갈라 불망비』, 솔, 1996,
345면.
49) 여홍상 엮음, 『바흐친과 문화 이론』, 문학과지성사, 1995, 58-59면.
50) 고미숙 외, 『들뢰즈와 문학-기계』, 소명출판, 2002, 43면. 가령 다수어에 없
는 외부적 요소들의 유입과 그에 의한 다의화, 혹은 은어·비어·속어·악어
등의 형태적 및 의미론적 변형, 문장 형식의 단순화와 같은 통사적 변형, 언

표현적인 측면만을 지칭하는 것이 아니다. 처음 읽었을 때 독해를 방해하는 유려한 만연체의 문장은 내용-표현의 차원으로 나아간다. 표현이 내용을 압도하여 주제의식을 끌어가는 그 자체로 주요한 원리로 작용하고 있다. 즉, 고사성어와 사투리 등의 요소들의 유입을 통해 풍자와 골계미의 다의화를 이루고 있으며, 비어·속어 등의 형태적 및 의미론적 변형, 그리고 만연체의 문장들의 겹침 문장 형식, 그리고 판소리 사설과 사설시조의 산문적 운율을 통한 언어의 음성적 뉘앙스의 강화 등을 통해 기존의 다수적인 소설언어에 틈을 내면서 독특한 소수문학적 비판의 뉘앙스로 읽히게 한다.

개방적인 대화는 진술 주체에게 사실들을 다른 술화적 맥락 속에서, 다른 대상 구성의 테두리 속에서 바라볼 수 있는 기회를 제공해준다. 이런 점에서 이문구 문학은 들뢰즈·가타리가 말하는 소수문학적 성격을 풍부하게 지니고 있다. 단순하게 사투리를 사용하였다는 의미에서가 아닌, "방언의 개념이 소수적 언어의 개념을 분명케 해주는 것이 아니라, 반대로 소수적 언어의 그 나름의 변이 가능성"51)의 측면에서 그러하다. 다수성은 항상적인 것의 권력에 의해 정의되는 것으로, 표준어로 통일된 소설의 언어는 우리에게 주어진 소설언어의 다양성을 빼앗는 것과 마찬가지이며 소설언어의 몰개성을 그려내는 것이다.52) 반면에 소수성은 변이의 능력에 의해 정의되는 것으로 인위적인 통념을 거부하고 관념화된 언어를 배제한다. 언어의 다수성과 소수성은 각각 바흐찐의 구심적 특성과 원심적 특성에 연결지을 수 있다. 서울이라는 공간, 교양 있는 계층들이 두루 쓰는 현재의 서울말로 대

어의 음성적 뉘앙스의 강화 등.
51) 질 들뢰즈·펠릭스 카타리,『천의 고원』, 129면, 이진경,『노마디즘 1』, 휴머니스트, 2003, 322면 재인용.
52) 김병욱, 앞의 논문, 78-79면.

표되는 표준어를 탈피하여 지역의 언어, 개인의 언어로 이야기하고 있
다는 점에서 변이와 탈구의 가능성을 찾을 수 있다. 근대화에 대한 대
응의 한 양상인 입심 좋은 토착어 지향의 독자적인 문체의 일단을 보
면 다음과 같다.

> 나는 여태껏 그 대복어매처럼 수다스럽고 간사스러우며, 걀근걀근 남
> 비위 잘 맞추고 아첨 잘하는 여자를 본 일이 별반 없는 줄로 안다. 그녀
> 는 별쭝맞게도 눈치가 빨라 무슨 일에건 사내 볼 쥐어지르게 빤드름했고
> 귀뚜라미 알듯 잘도 씨월거리곤 했는데, 남 좋은 일에는 개미허리로 웃
> 어주고, 이웃의 안된 일엔 눈물도 싸게 먼저 울어댔으며, 욕을 하려들면
> 안팎 동네 구정물은 혼자 다 마신 듯이 걸고 상스러웠다. 키도 나지리한
> 졸토뱅이로서, 입 싸고 발 재고 손 바르며, 남의 말 잘 엎지르고 자기
> 입으로 못 쓸어담던 만큼은, 내 앞엔 입때껏 다시 없을만한 여자였던 것
> 이다.(「녹수청산」, 125면)

문체는 김유정, 채만식으로부터 영향을 받았고, 특히 채만식의 풍
자적 문체는 이문구 소설에서 골계미를 획득하며 진가를 이룬다. 이러
한 문체의 힘을 통해 농촌과 농민을 주체로 부상시킨다는 점에서 소설
적 가치가 있다. 도시/도시민이 생겨남으로써 타자화된 집단인 동시에
다수적 집단의 권력으로부터 억압되고 배제되었다는 의미에서 소수적
집단이라고 할 수 있는 농민을 중심에 위치시킴으로써 다수 집단을 비
판한다는 점, 그리고 서울이 아닌 지역성을 이야기한다는 점에서 그러
하다. 이것은 몰적인 체계를 해체하며 분자적 흐름으로 나아가는 이점
을 지니고 있다. 들뢰즈와 가타리는 표준어의 세계에서 방언을 사용하
는 것, 거기서 언어는 강밀해지고, 가치와 강밀도의 순수한 연속체가
된다고 본다. 바로 거기서 모든 언어는 언어 내에 비밀스런 하위체계
를 만드는 대신 아무 것도 숨기지 않으면서도 비밀스러워진다.53)

그런데, 이문구의 문체는 몰적인 체계와 표준어와 같은 규범적 언어를 풍자 비판하는 것으로도 기능하지만, 다른 한편으로는 그 언어를 통해 근대의 이데올로기에 침윤된 농민 자신들을 각성하고 반성하는 양가적인 기제로 기능하고 있다. 이문구 소설에 등장하는 비판의 외양을 띤 대화는 독백의 도그마를 벗어나 이데올로기를 스스로 반성하는 자기비판의 차원까지 나아가고 있다.

> 일본에서 누에고치 수입을 거절한다는 단 한 가지 누에고치 값이 4년 전 시세 그대로 묶여버려, 올들어 비로소 꼴 같아진 뽕밭을 뒤집어엎는 비용으로 소가 나간다면 진실로 염치없는 일이었다. 리는 되새겨볼수록 부끄러웠다. 땅 임자답게 땅을 거루지 못해 부끄럽고, 겨우 뿌리가 잡힐 만하여 캐어버린 뽕나무의 주인됨이 부끄러웠고, 소 임자답게 소를 가다루지 못해 부끄러웠으며, 자기 가늠을 저버리고 시킨대로 따를 수밖에 없었던, 무능하고 무력한 됨됨이가 짝없이 부끄럽던 것이다.(「우리 동네 리씨」, 71면)

지마에 따르면 이데올로기적 언술로부터 비판적 언술을 구분하는 기준은 발화 주체가 스스로의 의미론적이고 서술적인 행위에 대해 갖는 태도에서 찾을 수 있다. 즉 발화 주체가 자신의 언술이 내포하고 있는 사회적 이익이나 역사적 가치에 대해 성찰할 수 있을 때, 그는 비로소 자기 자신의 이데올로기를 극복하고 비판적 입장을 확보하는 것이다. 이문구 소설에서 농민들의 언술은 이데올로기적 언술을 넘어 비판적 언술의 가능성을 보여준다. 위의 대목에서도 '염치없는 일'을 포함하여 '부끄러운 일'이 일곱 번이나 나온다. 각 주체들은 자신들의 이익을 위해 자본주의 이데올로기의 모습을 드러내지만 곧이어 자신들

---

53) 이진경, 앞의 책, 314면에서 재인용.

의 사고와 언술들이 지배이데올로기의 그것과 닮아 있음을 깨닫는다. 그 깨달음은 근대의 이윤이나 가치로부터의 방식은 포기되었다는 사실이 야기하는 분노의 표출, 그로 인한 공격성, 그리고 자기 비하의 신경증적 징후 등이 '부끄러움'과 자책의 방식으로 드러나고 있다. 이러한 '부끄러움'의 형상화는 분량과 빈도에 있어 텍스트 전체에 걸쳐 다양하게 많이 나온다. 몇몇 장면을 더 제시해 보면,

최는 부끄러웠다. 도시 사람 열이 촌 엿장수 하나만 같지 못하다고 흰소리 치고서도 코앞의 하찮은 잇속에 눈이 가려 바더리 쫓다가 왕퉁이에게 쐰 꼴을 당한 것이 못내 부끄럽던 것이다.(「우리 동네 최씨」, 103면)

김승두도 그랬다. 김은 대개 살아온 경우에 비춤으로써 스스로 깨달음이 있어, 가물면 하늘 탓, 물마지면 관청 탓 하던 묵은 버릇을 우선으로 고치고, 제 힘으로 재변을 이겨낼 줄 알아야만 흙의 종살이에서 벗어나 흙을 부리는 농군이 되느리라고 믿었다.
한두 번 속아봤던가. 제구실하는 농군이라면 하늘이건 관청이건 일찍이 아무 것도 믿을 만한 게 없었음을 터득하여, 자기 농토는 자기 요량으로 다스려보겠다는 정신부터 기르지 않으면 안되겠던 것이다.(「우리 동네 김씨」, 12면)

리는 아까 여물솥에 비료를 퍼넣고 들어온 자기 손바닥을 꾸짖는 셈으로 말했다. 요소 자체가 가축사료 원료의 한 가지임은 사실이지만, 돈 몇 푼 더 바라고 비육우로 키운다 하여, 매일같이 거름으로 만들어진 화학비료를 한 움큼씩 퍼 먹인 일은 마음에 걸리지 않을 수 없었다.(「우리 동네 리씨」, 74면)

이문구의 소설에는 위와 같은 자책과 부끄러움, 그리고 깨달음의 정서가 근대의 개발논리와 반공 이데올로기의 비판 못지않게 빈번하게

나타나고 있다. 관으로 상징되는 농협지도소나 지도자들에 대해서는 저항이나 갈등의 모습으로 드러내는 반면, 흙이나 소, 혹은 밭과 같은 자연물에 대해서는 부끄러워하거나 안타까워하는 또 다른 주체의 모습으로 나타난다. 스스로에게 윤리적인 문제를 제기함으로써 권력에 대한 저항의 양상을 드러낸다. 다시 말하면 지배적인 언술을 비판하고 반(反)하는 대항담론적 의미를 지닌다. 즉 '언어공동체의 지배적인 제도를 위반하여 지배 언술들과의 동일성을 파괴하는 담론'이자 '타자성의 권력을 내세워 그 지배담론이 은폐하고자 하는 허구성과 폭력성을 드러내는 담론'인 셈이다. 따라서 이는 '단순히 비판, 반대하는 담론이 아니라 특정의 지배적 담론을 내부에서 부정하고 틈새를 마련하는 담론인 셈이다.54) 반담론은 지배담론에 거주하면서도, 이에 투쟁하는 담론, 즉 그것은 독백적이고 획일적인 방식으로 모든 담론들을 동일화시키려는 지배담론에 대항하여, 차이화하는 다른 담론들과의 관계 속에 존재55)한다.

그러나 「관촌수필」과 「우리동네」 연작들은 개인적인 각성 이상으로 나아가지 못하고 있다. 이 점은 우선 집단적 주체로 나타나지 못하는 시대의 문제일 수도 있고, 또 하나는 가부장의 권위와 과거 회귀적 정서가 남아있기 때문인 것으로 보인다. 이것은 거대한 중심을 넘어서려는 그 안에 또 다른 중심이 자리를 잡고 있는 아이러니한 상황이라고 할 수 있겠다. 전통의 논리, 국가 권력의 정통성을 문제삼았을 뿐 국가 권력의 존재 자체의 근거를 묻지 않는 이유는 이문구 소설이 유교주의적 습속에 기반하고 있기 때문이다. 특히 「관촌수필」 연작들에 나

---

54) 최인자, 「한국현대소설 담론 생산 방법 연구」, 서울대학교 대학원 박사논문, 1997, 10-11면.
55) 프레드릭 제임슨 저(여홍상·김영희 역), 『변증법적 문학이론의 전개』, 창작과비평사, 1992, 122면.

타나는 과거의 공동체로의 향수와 회귀의 욕망이 개인 차원의 대응이었다는 점에서 한계로 지적될 수 있겠다. 주체의 각성과 인식을 통해 탈영토화로 나아갈 수 있는 가능성은 제시했지만 재영토화로 그친 감이 없지 않다. 이문구가 따뜻하게 바라본 그 세계가 유교적 봉건적인 습속에 젖어있는 유년기이기 때문에 더욱 그러할 수 있다.

　십삼 년 만에 맡아 보는 굴뚝냄새에서 나는 불현듯 콩깍지와 메밀대를 군불 아궁이에 떼어볼 수 있는 옛날이 그리웠다. 그 무렵은 내 손으로 직접 농사를 지어야 했던 고생스런 청소년 시절이었음에도, 호의호식하며 허리를 굽신대는 수염 허연 늙은이한테도 도련님 하는 소리를 들었던 철부지적의 애매한 기억보다 훨씬 씨알이 여문 그리움이었다.

　또한 농민들이 받는 근대의 모순과 억압, 넓게는 계급의식의 차원은 농민의 말을 통해 비판되고 있지 못하다. 공장과 야간학교를 다니는 딸과 그의 친구들을 통해 지적되고 있을 뿐 실제 농민들의 생활에서는 비중 있게 그려지고 있지 않다.

　그냥 경제적인 희생 한 가지였으면 달라졌을 거예요. 어차피 종업원들의 희생이 없는 물자생산은 무의미하걸랑요. 물자생산이 없으면 사람 사는 게 발전이 없고 사회도 발전이 안 되니까, 발전을 위해서는 우리도 어느 정도 희생을 각오해요. 우리도 그만한 건 알걸랑요. 그런게 그게 아니에요. 산업발전을 위한 희생도 아니고, 사회발전을 위한 희생도 아니고…결국은 경영주 일가족의 사사로운 행복을 위한 거였어요.」…
　「문제는 바로 그거였어요. 고용주 한 사람의 행복은 아무 발전도 아니니까요. 발전이 아니라 파괴예요. 전체 공원들의 개인적인 행복을 가로채어 고용주 한 사람의 행복을 이룬 셈이니까요. 이렇게 되면 이미 경제적인 희생이 아니라 기본권의 희생인 거예요. 그러니까 보통 일이 아니죠. 전체적인 발전을 위해서 한 개인의 경제적인 희생은 있을 수 있어도,

고용주 한 사람을 위해 전 종업원의 행복에 차질이 있어선 안 되잖겠어
요.」(「우리 동네 최씨」, 114-115면)

위의 계급의식에 대한 인식도 초보적인 수준에 그치고 있다. "전체적
인 발전을 위해서 한 개인의 경제적인 희생은 있을 수 있"다는 전제는
자본주의 이데올로기가 끊임없이 유포하는 의미의 연장이며, 근대화가
곧 '발전'이라고 믿는 것 역시 근대 이데올로기가 교육에 의해 지속하
고 있음을 보여주기 때문이다. 이런 한계에도 이문구 소설이 의미있는
것은 '대화(말)'을 통해 소통가능한 공동체를 지향하는데 있다.

> 그러믄유. 되는 동네는 이렇다구유. 워떤 사람은 말 많은 걸 질색허
> 구, 가급적이면 쉬쉬허려구 허는디, 그것은 워디까지 독째…하여간 다시
> 말허면, 말이 많은 동넬수록이 일을 끝내면 죄용허더라 이거유(「우리 동
> 네 황씨」, 410면)

'말이 많은 동네'일수록 일을 끝내면 조용하다는 의미는 대화를 통해
자기 독백적인 이데올로기를 벗어날 수 있다는 것이며, 오히려 '쉬쉬
허거나' 말 많이 하는 것을 질색하면 '독째'가 되는 시대적인 분위기를
우회적으로 꼬집는 것이다. 그만큼 이문구 소설은 이질언어의 공간을
대화를 통해 다양하게 보여주고 있다. 이러한 자기비판이 있은 다음
진짜 잔치가 시작된다.

> 장은 사람이 돈을 가진 것이 아니라 돈이 사람을 가졌다는 느낌에 젖
> 은 채 오늘에 이른 것이 사실이지만, 돈에 대한 능멸과 증오심이야말로
> 돈의 횡포를 아는 이들의 별다른 자유임을 더불어 깨우친 것도 또 하나
> 의 값진 경험이라고 믿었다.(「우리 동네 장씨」, 323면)

자기 점검은 자신의 실상을 직시하여 정체성을 확인하고 정립하는 일이다. 또한 이러한 주체 세우기는 세상과 인간에 대한 이해의 확대와 심화로 나아가게 하는 토대가 된다. '그들'과 개별 주체들의 갈등과 상황의 입장을 관류하여 '우리'로 확산되는 관계망의 투시는 그들이 '우리'로 다 포섭되지는 못하였다 하더라도 주체들의 삶을 보듬어 안는 집합적 주체의 모습을 보여준다. 흡사 굿판이나 대동제를 연상케 하는 축제의 한복판에 농민의 문제가 조망되고 있는 것이다. 대립과 갈등, 증오와 능멸의 감정이 해학과 깨달음의 지점으로 승화하는 곳에 바흐찐적인 축제의 의미가 더해진다. 이 대목에서 지칭소의 변화는 중요한데, '나'와 '그'의 담론이 '우리'라는 포괄적인 인칭으로 변화함을 알 수 있다. 즉, 소설 전체에서 명확한 서술자인 개별 주체들인 'O씨'들은 서술 대상인 '그들'과의 분리를 보여준다. 그러나 스스로의 부끄러움의 자각을 통해 점차 그들을 포용하려 하며 '우리'라는 공동의 인칭 대명사로 진전되어 종결되는 구도를 보인다.

이런 점에서 연작 형태는 각각의 대립되는 사실을 확인하고, 대결하는 모습을 보여준 후에 최종적으로 새로운 주체의 성립을 보여주는 데 유용한 형식이다. 각각의 사건들이 통일적 결말과 목적론적 서사를 향해 있는 것이 아니라 병렬적으로 제시되고 있다. 새로운 세계를 향해 곧바로 나아가는 대신 있는 그대로의 현재를 승인하는 전개 방식은 시간 안에서 타자성을 승인하는 것으로 볼 수 있다. 구조적인 측면에서 아도르노는 텍스트의 병렬적 구도가 대상을 동화시키는 이데올로기술화 반대편에서, 비동일적인 것, 특수한 것을 드러내는 데 적합한가 하는 물음을 제기했었는데, 『관촌수필』이나 『난장이가 쏘아올린 작은 공』에서 보여주는 연작구조, 연작 형식은 이러한 비동일적인 것의 의미를 잘 실현시켜준다. 그런 의미에서 조세희의 『난장이가 쏘아올린

작은 공』연작이나 이문구의 『관촌수필』과 『우리 동네』연작, 그리고
윤홍길의 『아홉 켤레의 구두로 남은 사내』연작 형태들에 대한 개별
연구가 필요하다. 즉 70년대에 연작소설의 형태가 두드러진 이유를
시대와 작품의 주제의식과 연관지어 살펴본다면 70년대 소설을 이해
하는데 유용할 것으로 보인다. 특히, 1970년대는 유신체제, 개발독
재, 속도주의로 요약되는 성장 프로젝트와 '반공' '총화' 이데올로기의
효과적인 교육을 위해서 명령이나 금기 이외의 추측이나 비판적 사고
를 악으로 규정하고 미리 차단하는 담론이 불균등하게 생산된 시대이
다. 이러한 현실에서 거대담론의 보편적 진리에 대한 강렬한 회의에서
출발하는 에세이즘의 수용은 이미 그 기저에 반동일화의 담론을 내포
하고 있다고 볼 수 있다.[56] 부연하자면, 70년대에 연작소설이 다수
산출된 것은 단편형식으로는 더 이상 현실의 복잡성을 충분히 잡아낼
수 없음을 깨달았지만 현실의 총체적 연관에 대한 조망력을 온전히 갖
추지 못한 상태에서 나온 대안이라 할 수 있다.[57]

---

[56] 문재원, 앞의 논문, 123면.
[57] 하정일, 「민중의 발견과 민족문학의 새로운 도약」, 『민족문학사 강좌-하』, 창
    작과비평사, 1995, 272면.

제 4 장

1980년대 소설의 호명 양상과 탈구 방식

문학은 작가의 안목과 역사의식의 렌즈를 거쳐 당대의 사회를 반영한다. 이때 '사회'는 "권력과 이데올로기가 작동하는 인위적인, 만들어진 공동체"[1]를 의미한다. 한국문학사에서 1980년대는 문학과 사회의 관계를 논하는 방향[2] 중 '노동을 통해 근본으로 파악될 수 있는 사회'이다. '노동'이 중요한 의미를 지니는 사회에서의 문학은 대체로 계급 및 당파성의 문제를 중심으로 삼는 정치경제학적인 질문과 밀접한 관계를 맺게 된다. 이러한 사회 속에서 문학은 결코 유희적인 텍스트가 아니며 기존의 현실 상황을 변화시킬 수 있고 또한 새로운 현실 상황까지도 창출해낼 수 있는 일종의 '진지한 생산 수단'으로 간주된다.[3]

---

1) 최문규, 「문학과 사회의 차이성에 대한 모색」, ≪문학동네≫, 1997년 가을호, 61면.
2) 문학과 사회의 관계에 대한 다양한 시각들을 크게 세 방향으로 분류하면, 첫째, 문학은 사회적인 것을 통해 결정될 수 있다는 견해, 둘째, 사회화될 수 없는 문학적 표현 자체의 고유한 특성을 주장할 수도 있다는 견해, 마지막으로 문학은 사회와는 다른 독특한 특성을 지님에도 불구하고 사회와 유기적인 관계를 맺을 수 있다는 견해가 그것이다. 최문규, 위의 글, 61면.
3) 최문규, 위의 글, 62면.

이러한 문학적 담론적 실천의 장은 말하는 자와 듣는 자의 '위치'를 상정함으로써 비로소 그 담론의 의미가 온전히 평가되는 일종의 정치적 영역4)이라고 할 수 있다. 이와 같은 정치적 영역을 담지한 문학을 해석할 때 제임슨의 비평 방법은 유용할 것인데, 그에 따르면 맑시즘 해석학의 주요 목표는 서사형식에 드러난 욕망의 충돌과 봉쇄를 읽어내는 일, 즉 텍스트의 정치적 무의식을 드러내는 과정인 동시에 서사를 '정치적 알레고리'(political allegory)로 읽어내는 과정이며, 그 과정에서 바람직한 미래의 유토피아로 우리의 욕망을 불러일으키는 일이다. 지금부터 1980년대 소설에서 담론적 실천이 어떻게 나타나고 있는지 살펴보기로 하자.

1. 이데올로기적 호명 기제와 주체 형성 양상

1) 분류의 담론과 대립적 주체 구성

민중적 전망의 관점에서 농민과 노동자의 삶의 고난과 투쟁을 형상화한 70년대 리얼리즘 문학의 성과가 없었다면 80년대 민중문학의 성장은 불가능했을 것이다. 1980년대는 시대의 현실을 적대적으로 인식하고, 적과 우리의 대립적인 구도로 현실의 모순을 타개하고자 하는 일련의 작품들이 양산된 시기다. 1970년대 소설의 작가가 주로 지식인이었던 점과 비교하여 80년대의 소설 쓰기의 주체가 노동현장에서 실체험을 했던 노동자였다는 점은 작품의 형질을 변화시키는 중요한 요인이다. 문학의 장을 움직이는 주체가 변모했음으로 해서 1980년대

---

4) 이경원, 앞의 글, 778면.

작품에는 '노동자' '노동'이 중요한 문제로 대두되었다. 노동자들에 의하여 있는 그대로의 생활을 드러내는 르포문학이 본격적으로 등장하고, 노동자 계급 출신 시인과 소설가가 대거 등장했다. 그 결과 80년대의 노동문학에는 노동자 시인이나 소설가들이 문단의 전면에 등장하는 단계를 맞음으로써 농민·도시 빈민에서 의식 있는 노동자로 성장하는 모습을 보여준다.

특이한 점은, 1970년대가 가히 문제작들이 대거 출연한 소설의 시대였다면, 1980년대는 소설의 생산이 줄어드는 반면 시가 많이 양산된 시대라는 점이다. 이런 현상은 사회적 상황과 문학 장르가 서로 무관하지 않음을 전제하는 것으로, 이에 대해 김병익은 70년대가 소설의 시대였다는 의미에서, 80년대에 시가 활발히 발표된 것을 프랑스와 러시아의 문학 경향을 통해 다음과 같이 설명하고 있다. 그에 따르면, 19세기 프랑스의 경우 발자크와 스탕달의 소설이 지배하던 전반기의 문학이 후반기부터 보들레르로부터 말라르메로 이어지는 시적 작업으로 바뀌었던 것, 그리고 투르게네프, 도스토예프스키, 톨스토이의 문호들이 주도하던 19세기 후반의 러시아 문학에서도 20세기로 넘어오면서부터 마야코스프케, 멘델스탐 등 시인들에게로 넘겨지게 되었다는 사실에서 그 관련성을 찾는다. 그는 이 두 가지 문학사적 사실에서 공통점을 찾았는데, 소설이 활기롭던 시대가 부르조아 계층이 대두되어 사회의 주도 세력으로 윤곽을 나타내기 시작한 때였고, 이어 시가 그 바톤을 받은 때에는 부르조아 계층이 난숙해지고 나아가 자기 계층의 타락과 퇴폐주의에 대한 비판이 가해지며, 노동자 계층이 새로운 사회 세력으로 솟아나던 시기[5]였다고 설명한다. 이러한 논의가 지나

---

5) 김병익, 「80년대 문학의 천착」, 『역사, 현실, 그리고 문학』, 지양사, 1985, 277-279면 참조.

친 대입이 아니라면 한국문학에서도 그와 유사한 경향을 보인다. 또한 장르의 속성에서 보면, 시가 어쩔 수 없이 현실의 일부를 재현함으로써만 자신의 임무를 다할 수밖에 없는 것이라면, 소설은 현실에 대한 직관만으로 쓰기 어렵기 때문에 소설은 그만큼 시보다 늦을 수밖에 없다.6) 이런 흐름에서 이때부터 소설은 시 분야와 대등한 위치에서, 혹은 시를 앞서기도 하면서 현재의 민족문학 흐름의 주된 양식으로 자리잡았다고 할 수 있다.

방현석의 소설들과 정화진의 「쇳물처럼」은 80년대 노동현실을 실감나게 그린 대표적인 작품들이다. 80년대 소설에 드러난 80년대의 절망은 '가난'에서 비롯된다. 그 가난은 개인적인 불성실함에서 나오거나 파산으로 비롯된 것이 아니다. 그 가난의 근저에는 자본주의가 배태한 체계(구조)가 있다. 작품의 주요 이데올로기인 '경제주의' 또는 더 일반적으로 '경제 이데올로기'는 핵심적으로 경제적 현상들의 자동성 또는 자생적 조절에 대한 이데올로기이다. 그 경제 구조에서 개인들의 가난은 운명처럼 반복되면서 절망을 낳는다.

> 공사판에서 허리를 다친 아버지가 보상금 한푼 없이 집안에 드러누운 것이 4년째다. 그의 앞에는 캄캄한 절망의 벽만이 버티고 있었다. 하루 열네다섯 시간 일해도 끝이 보이지 않는 가난. 그에게 내일은 절망 이외의 아무것도 아니었다. 원망조차 할 수 없이 살아가는 그를 사람들은 성실하다 했다. 실은 희망도 분노도 없이 그는 절망하며 살아왔다. 지난 여름 싸움을 통해서 그는 자신을 얽어매고 있는 것이 무엇인지 알게 되었다. 끝없는 가난과 절망을 강요하는 것이 누구인지 알게 되었다. 누구와 손잡고 누구에게 대항하여 싸워야 하는지 알게 되었다. 울고 있는 어머니를 보고 있자니 가슴이 저며왔다. 희망도 분노도 없는 노동자의 아

---

6) 채호석, 「노동문학-민족문학의 현 단계와 과제(2)」, 『민족문학사 강좌-하』, 창작과비평사, 1995, 307면.

내로 평생을 살아온 어머니의 절망이 그의 가슴에 못이 되어 박혔다.
(「내딛는 첫발은」, 29-30면)

산등성이마다 질펀히 쌓인 폐석더미들, 진회색의 거리와 먼지, 가축 우리보다 못한 사택, 아무리 깨끗이 옷을 빨아 입혀도 반나절 놀이에 땟국물이 꼬재재해서 들어서는 외아들 석환이, 막장에서 사고 한 번 날 때마다 가슴팍에 꼭 붙어 밤잠을 제대로 못 이루고 바들바들 떠는 아내……공포에 질리고 질려 천씨는 진저리를 쳤던 것이다. 이러한 연유로 야반도주하듯 광산촌을 빠져나온 천씨가 도시로 나와 일당잽이로 이리저리 구르다 결국 높은 단가 때문에 주물공장에 들어와서 탄가루와 다시 어우러지기 벌써 3년. 어찌 보면 무슨 운명의 장난 같기도 한 일이었다.(「쇳물처럼」, 107면)

탄광촌의 규폐를 피해 삶의 고통을 피하면 피하려할수록 더욱 깊어지는 천씨의 고통은 차라리 운명의 장난처럼 느껴진다. 그 가난과 절망 속에서 노동자들은 막연하게나마 자신을 얽어매고 있는 것과 끝없는 가난과 절망을 강요하는 것이 무엇인지 깨닫게 된다. 이러한 주체와 타자, 그리고 구조를 알게 되고 분리되면서 주체의 위치를 인식하게 된다.

어떤 것에 이데올로기를 부여한다는 것은 일차적으로 어떤 기준에 따라 '분류'하는 것으로부터 시작된다. 새로운 분류 체계들은 새로운 생산 양식과 새로운 사회 관계와 등장을 같이한다고 전제할 때, '타자'들이 서로 교차하고 중복되는 부분들을 살펴보고자 한다면, 사회적 분류법이나 심리적 과정들이 발생하는 담화적인 장소를 파악하는 것이 선결 과제이다. 이와 같은 연장선상에서 이야기의 진행을 결정하는 것은 사회어에 관련된 특유한 유관성 기준과 분류법이다. 지마는 『이데올로기와 이론』 전체를 통해 분류법의 중요성을 지적한 바 있다. 이데올로기는 선택·정의·분류·내포의 방법으로 구축되는데, 이러한 방법을 통해 이데올로기적 담화의 문장들은 하나의 이데올로기적 이야기로 결합된다. 부르디외(P. Bourdieu) 역시, 나이에 따른 계층, 성에 따른 계층, 사회 계층, 나아가서는 씨족·종족·인종·민족과 같은 집단의 구성에서도 분류법의 의미를 결정적인 것으로 보고, 사회적 대상 구성 과정에서 말이 수행하는 역할은 물론, 모든 계급투쟁에서 계층을 구성하는 과정에 수반되는 분류 투쟁의 역할까지도 연구해야 한다고 역설한다. 그만큼 유관성 기준과 분류법은 집단적 입장, 지배 메커니즘 및 사회적 갈등과 분리될 수 없다. 따라서 구체적인 발언자나 저자 개인에 따라 다소 수정될 수도 있으나 언어 상황의 측면에서 보나, 술화의 서술적 진행이라는 측면에서 보나 주체가 어떤 의미론적 대립을 출발점으로 삼느냐의 문제는 결정적인 중요성을 지닌다.7)

노동소설에는 대상을 지칭하는 지칭어, 외양묘사, 그리고 서술의 대립효과와 이들이 산출하는 담론을 통해 주체화의 과정이 일어난다. 먼저, 작중인물들의 담화과정에서 우선적으로 드러나는 계급간의 관계는 언어습관, 특히 자신과 타자를 부르는 호칭에서 잘 드러난다. 호칭관계는 대개 성명, 이름, 별명, 가명, 경칭, 인칭 대명사 등으로 구성되는데, 이 일군의 지표가 주체간의 이데올로기의 대립 효과를 창출한

---

7) 분류가 의미론적 사건일 뿐만 아니라 사회적 사건이기도 하다는 사실은 바르트의 유명한 경구에도 잘 나타나 있다. "당신이 어떻게 분류하는지를 말하라. 그러면 당신이 누구인지를 말해주겠다." 이 명제는 개인이나 집단을 막론하고 모든 의미론적 주체 구성에 대해 타당성을 지닌다. 미셸 뷔토르(Michel Butor)의 소설 『도(度)Degers』의 마지막 구절인 "누가 말하는가?" 새로운 단어·차이·대립 및 어휘소들을 끌어들여 새로운 대상을 구성하면서 학문·예술·사실주의·민주주의 또는 국가사회주의라는 이름을 이 대상에 부여하는 사람은 도대체 누구인가? 라는 질문도 이와 동일한 맥락이다. 페터 V.지마, 앞의 책, 369면, 370면, 625면 참조.

다. 특히 노동소설에서 호칭은 종종 작중인물의 사회적 위치를 적실히 반영하는데, 주로 노동자를 부를 때는 흔히 별명이나 성을 변형해 만든 별칭이 사용된다. 몇몇 노동자에게는 성 없이 이름만을 부여하는 경우도 있다. 노동소설에서 보이는 호칭의 대조는 별명, 이름, 경칭이나 직함이 없는 성/성명, 경칭이나 직함이 있는 성으로 구분된다. 인물의 지칭에 있어서 노동자들은 주로 '마씨·천씨·천가·칠성이 놈·근욱이' 등 성(姓)으로 불리거나 호칭 없이 이름이 불려지는 데 반해, 주로 관리자들은 '전 상무·공장장님·사장' 등의 직함으로 불려진다. 이같은 분류의 어휘소는 사회의 다양한 집단어들의 구별을 가능케 해 주는 "징후"가 될 수 있기 때문에 중요한 의미를 지닌다. 노동자들에게서 별명의 사용이나 성의 생략은 그들에 대한 사회의 시각을 반영하는 것으로 볼 수 있는데, 그들의 불분명한 개별적 정체성은 그들의 무의미한 사회적 중요성과 불가분의 관계에 있는 것이다.8) 이러한 분류적 인식은 다음 인용문에서 잘 드러난다.

"찾았습니까?"
"응, 거기 좀 앉아봐."
공장장은 용호가 현장사무실에 왔음을 인터폰으로 보고한다. 유리벽을 통해 현장이 한눈에 내려다보인다. 용호는 현장사무실에 올라올 때마다 울분을 느낀다. 왜 공장마다 현장사무실은 이렇게 천장에 만들어놓았을까. 여기서 보면 콧구멍 후비는 동작까지 감시할 수 있다.
"본관사무실에 좀 가봐."
"왜 내가 본관사무실에 가야죠?"
내가, 자칫 제가라고 나오려는 입끝을 다잡아 '내가'라고 말했다.
"사장님이 부르시는 거야."
"싫습니다. 할 얘기가 있으면 여기로 오라고 그러죠."

---

8) 유기환, 앞의 책, 52-53면.

　　"본관에 가면 누가 잡아먹나 왜 그래."
　　"예, 난 겁나서 못 가겠습니다. 또 경찰서에 붙들려갈까봐서."(「내딛는 첫발은」, 20면)

　　이 장면은 노조를 결정하고 실천에 옮기려는 용호를 공장장이 불러 사장에게 가보라고 지시하는 부분이다. 이 상황에는 두 가지 이데올로기가 작동하고 있다. 먼저 언어 사용에 있어서 노동자인 용호는 이름 그대로 불려진 반면에, 관리들은 '공장장'이나 '사장님'으로 불려진다. 이 상황은 단순히 개별성을 나타내는 것 이상의 계급적 배치를 보인다. 자본주의 사회에서 직함의 있음과 없음은 지배 구조와 계급적 대립을 일으키는 가장 직접적인 사회적 위치를 함의하고 있기 때문이다. 나이를 떠나 공적인 일터에서 공장장은 해라체를 쓰는데 반해서 용호는 존댓말로 대답한다. 바르트에 의하면 권력이 가장 뿌리 깊게, 그리고 가장 일상적으로 기재되어 있는 장소가 언어이다. 작중인물의 언어 습관을 통해 계급적 인식과 그들의 이데올로기를 짐작할 수 있다. 문체가 사회나 계층을 반영한다고 할 때, 현재 그들의 관계는 인간적인 정서나 존중하는 관계 맺음이 아니라 자본주의적인 상하관계·관료적인 시스템에 속해 있다. '자칫'과 '다잡아'라는 말 사이의 갈등을 통해 의식적으로 '제가'를 '내가'로 말하는 것은 주체로서 일종의 억압의 반영이자 저항의 제스추어이다.

　　또 다른 국면은 푸코의 원형감옥을 연상케 하는 권력방식으로서의 감시체계이다. 현장사무실을 천장에 만들어 놓고 하나하나의 행동까지를 감시하려는 권력의 시선은 자본주의 체계의 보이지 않는 감시-기계이다. "이쪽 쳐다보지 말고 얘기해라. 자슥들 저쪽에서 망원경으로 살필라"(170면)라는 말은 노동자들의 감시당하는 억압성을 단적으로 드러내준다. 이 두 가지의 상황이 작업 내의 이데올로기라면 그것을 감시하고 비호하는 권력이 '경찰서'로 대변되는 국가 권력기구이다. '또' 라는 말을 통해 그 일이 반복되었음도 알 수 있다.

둘째, 노동소설에서는 외양묘사에서도 대립적으로 그려진다. 육체적 초상은 고유 명사와 더불어 작중인물을 구성하는 기본 요소로 간주되어 왔다. 그것은 나이, 성(性), 취미, 행실, 습관, 문화, 유전, 환경 등 작중인물에 대한 다양한 정보, 의미론적 특징들을 집약적으로 보여주게 마련이다.9) 작중인물들의 얼굴은 일종의 사회적 유전을 반영하고 있다는 사실, 바꾸어 말하면 육체적 초상이 사회문화적 지표로 쓰이고 있다는 사실을 보여준다. 노동자들이 '퍼석퍼석하고' '꼬재재한' 모습으로 그려진 반면, 자본가는 '허여멀겋'고 '풍채 좋'은 모습으로 대립적으로 나타난다. 그리고 "일반작업자들의 안전모는 노란색이었고 관리직과 안전기강들의 안전모는 하얀색"(「지옥선의 사람들」, 169면)으로, 색깔은 또 하나의 분리의 표지로 기능한다. 한때 블루 칼라와 화이트 칼라의 구별이 노동자와 비노동자의 차별로 행해졌던 것처럼, 노동자들은 '노란색'과 '흰색'이라는 분리와 경계를 통해 그들의 계급의식을 인식하게 된다. 노란색으로 호출되는 주체는 일반작업자일 뿐이다.

셋째, 노동소설은 에피소드의 적절한 배열을 통해 계급 대립을 한층 부각시킨다. 서술의 측면에서 보면 노동자의 생활과 관리급의 생활을 인접 서술함으로써 대립 효과를 고양하는 데에 이러한 언술의 배치는 서술의 내용 이상의 효과를 발휘한다. 노동자들의 작업장은 기계로 가득 찬 "사방 두 자 크기의 가이드레일을 사람들은 공중에 뜬 감옥"(「지옥선의 사람들」, 162면)이라면, 사장의 사무실은 커피향기가 가득 메운 별세계이다. 가령, 같은 계절인 겨울을 대하는 태도에서도 그 점은 확연히 드러난다.

---

9) 유기환, 앞의 책, 37면.

통장은 깨서는 안 되겠고, 김장은 무슨 돈으로 하며…자주 찾아오는 몸살기에도 불구하고 있는 잔업이나마 빠지지 않으려고 혼신의 힘을 다하는 그런 망할 놈의 겨울이었다. 1년 동안 이때만큼 자신의 존재를 되씹어 보는 계절도 없을 것이다. 목을 잔뜩 움츠리고 언손을 싹싹 비벼대며 출근을 하면 현장 한 귀퉁이 훤히 뚫린 탈의실(?)에서, 그늘 밑에 포수 좆떨 듯 떨면서 빤쓰까지 작업용으로 갈아야만 했다. 옷을 벗을 때의 오한은 고사하고 전날 밴 땀이 얼음장처럼 식은 채로 몸에 찍찍 달라붙어 오는 이 한기!(「쇳물처럼」, 109면)

위와 같은 장면이 제시된 후 곧바로, "사장같은 놈들은 스팀이 훈훈한 방에서 폭신한 단잠에 빠져 있을 이 새벽"(109면)으로 그려진다. 노동자들은 탄식이 한숨처럼 꺾꺾 토해져 나올 때, 따뜻한 커피를 마시며 안락한 곳에서 맞는 사장의 아침과는 달리 노동자들이 맞는 아침은 "불러대는 그의 노래"가 "요란한 기계소리에 고스란히 묻혀가는, 그리고 그 요란한 기계소리를 뚫고 마이클 잭슨의 팝송이 작업장을 메우"(「내딛는 첫발은」, 5면)는 어지럽고 소음으로 가득 찬 공간이다. 이 같은 대립적 인식은, 주거지가 그 주거자의 정체성의 일부를 하나의 영토라고 할 때 공간에 대한 설명에서도 대립적으로 제시된다. 이처럼 서술의 인접은 대립 효과를 고양하는 데에 서술의 내용 이상의 효과를 발휘한다.

넷째, 이러한 지칭어와 외양묘사, 그리고 서술의 대립 효과들은 양자가 보여주는 어조에서도 다른 목소리로 발화된다. 이때 어휘 차원에서는 집단어의 특수성과 차이가 가시적으로 드러나는 경우가 많은 반면에 의미론적·거시 통사론적(서술적) 차원에서는 철저하고 포괄적인 분석을 통해서만 집단어의 특수성과 차이를 파악할 수 있다.

(a) 해포조선소의 사람들은 언제부터인가 자신들이 만드는 배를 지옥선이라 불렀다.(「지옥선의 사람들」, 144면)

(a′) 목숨보다 더 소중한 건 없다지만 이 조선소에서는 결코 그렇지 않았다. 목숨보다 소중한 것은 수도 없이 많았다. 오히려 목숨보다 덜 소중한 것이 적은 곳이었다. 존엄성을 인정받지 못하는 목숨을 지닌 사람들은 스스로를 마구 다루었고 동료들에 대해서도 그러했다. 그 속에서 정형은 사람의 목숨을 소중히 여기려 애써왔다. 자신의 목숨이 소중하듯 남의 목숨도 소중하며 아무도 보호해주지 않는 노동자들의 생명은 스스로 지켜내지 않으면 안 된다고 믿었다. 그러나 때로 그런 노력들이 모두 부질없는 짓이라고 여기지 않을 수 없게 하는 사고들이 일어났다.(「지옥선의 사람들」, 166면)

노동자들은 자신들이 만든 배를 '지옥선'으로 부르면서 현실 자체에 대해 체념적으로 생각한다. (a)의 현실이 참담하고 어려운데도 (a′)의 서술자 정형의 서술에는 외면상 그 분노를 가시적으로 나타내거나 저항의 몸짓을 보이기보다는 자책하거나 인정에 호소하는 휴머니즘적인 정서가 지배적이다. '목숨보다 수없이 중요한 것이 많은' 현실을 위해 목숨을 소중하게 생각하는 일은 숭고하지만 그런 노력들은 '부질없는' 것으로 나타난다. 정형은 그렇게 유발하는 것을 사고로 생각하지만, 그것은 단순한 사고 이상의 것이다. 그동안 열악하고 조금씩 누적된 자본주의적 현실이 잠재적으로 있다가 촉발되는 하나의 시뮬라크르로서의 '사건'이다. 후에는 적극적이고 투쟁적인 모습으로 변모하지만, 그 이전에는 하나의 '사건'이라는 인식에는 미치지 못하는 소극적인 태도로 그려진다. 노동자들의 체념적인 담론의 다른 쪽에 지배 권력에 대한 비판과 조롱의 어조도 나타난다.

"아니, 김용호 선생이 어디가 어때서. 모름지기 충성, 앉으나서나 자나 깨나 충성, 주식회사 부흥과 오직돈 사장님의 무궁무진 변화무쌍 웅비도약을 위해서 지금은 마음을 비우고, 고철을 잡고 백의종군하고 있지만 말야. 김용호 선생이 주임만 될 것 같으면 외부 불순분자의 사주를 받고 용공좌경세력과 연계하여 인류파괴, 체제전복, 시국불안, 과격극렬, 폭란혁명, 좌우지당간 오직돈 사장님의 정력을 저하시키는 의식화 노동자는 샅샅이, 구석구석 깡그리 추려내서 격리적 차원으로다 해고, 쉬운 말로 모가지를 시켜서 다수의 선량한, 어디까지나 열심히 일만 하려는 절대다수의 근로자들을 보호하고 오직돈 사장님의 물개 같은 정력을 회복시키고 그 싸모님의 나긋나긋 미끈미끈한 피부건강을 유지토록 하겠다 이 말씀입니다. 여러분, 밀어줘요. 어—때요."(「내딛는 첫발은」, 8면)

지배층에 대한 풍자와 조롱은 '오직돈'이라고 불린 사장의 이름에서 확연히 드러난다. 사장의 모든 가치는 '돈'에 있음을, 자본가에 저항하는 '노동자'는 해고하고 열심히 '충성' '백의종군'하는 '근로자'는 보호하는 자본가를 비판하고 있다. 단지 '주임'만 되면 외부 불순분자들과 연계하는 세력들을 억압할 수 있다는 말은 하급 관리자이지만 '권력'을 갖기만 하면 힘을 소유하고 휘두를 수가 있음을 우회적으로 보여준다. 이에 비해 지배 담론의 어조나 문체는 관용적이면서도 고압적인 모습을 드러낸다.

(b) "자네는 위원장, 사무장, 교선부장인가 하는 그놈들과는 다르다고 들었어. 나도 자식 같은 놈들이라 감옥에는 안 보내려고 부탁을 했지만 경찰에서 막무가내야. 완전히 새빨간 물이 들대로 든 놈들이라는 거야."
몇가닥 되지 않는 머리칼 사이로 머리가죽이 반짝거렸다. '창조·인화·도약'이라는 사훈 옆에 훈장받은 사장의 사진이 금색 액자에 담겨 있다. 아늑한 사장실 탁자 위에는 커피가 모락모락 김을 올린다. 별세계다.(「내딛는 첫발은」, 22면)

(b′) 잔업과 야근을 못해서 결과적으로 월급이 훨씬 줄어서 항의하러 사장실에 간 후에 사장은 우선 움찔하다가 여유 있게 말하기를,

　"그거야 불순분자들이 들어와서 설치니까 주문이 끊겨서 그렇지 않나. 주문이 없는데 어떻게 잔업을 시킬 수 있겠어. 지금 공장가동도 겨우 하고 있는 거라고. 생각 같아선 팔아버리고 은행에 저금해서 이자나 받으면서 편히 살고 싶지만 근로자들의 생계도 모른 체할 수 없고, 기업자의 막중한 사회적 책임도 저버릴 수는 없는 노릇이어서 사업을 계속하는 것이지. 근로자들도 기업주의 어려운 입장을 충분히 알아주어야 하는데 말야. 허허헛."(「내딛는 첫발은」, 23면)

(b)는 서서히 노동쟁의의 조짐을 알아챈 사장이 정형을 불러 회유하는 장면이다. 사장은 정형을 '자네'로 낮춰 부르면서 그의 동료들을 '그놈'으로 부르는 분리의 어법을 사용하고 있다. 또 그들을 '자식'으로 생각하며 인정에도 의탁하는 모습을 드러낸다. 그리고 공공 이데올로기적 장치인 경찰의 권위를 빌려 그들을 '새빨간 물이 든 놈들'로 사상범으로까지 몰아간다. 그것이 정형에게 사실처럼 다가오지 않는 것은 '빛나는 머리가죽'과 '훈장받은 사장의 사진이 담긴 금색 액자'와 '별세계'의 장소가 그들과는 너무 이질적으로 느껴지기 때문이다. (b′)는 '근로자'의 생계와 기업가의 '사회적 책임'의 명분으로 파업으로 인한 손실을 막아보자는 자본가의 은폐하는 의도를 엿볼 수 있다.

　분류법의 문제를 지배와 집단 관심(이해관계)의 문제에 결부시킨 프리에토(L. J. Prieto)는 담론은 언제나 특정한 의미론적 부류에 소속되어 있으며, 또한 이와는 다른 방식으로 분류될 가능성도 지니고 있다고 말한다. 또한, 언어 단위들을 새로이 분류하려는 모든 시도는 개인이나 집단으로 하여금 새로운 유관성에 주목하도록 만드는 것으로 의미론적 유관성이란 특정 집단과 계급이 언어적, 비언어적 현실을 분류할 때 취하게 되는 입장에 상응하는 것이라고 지적한다. 이럴 때에 지

배 집단은 항상 자신의 유관성 기준을 자연적인 것으로 내세우면서 이러한 기준이 지닌 역사적인 특수성과 도구적인 성격을 은폐하는 데 급급해 한다. 그리고 지배 집단은 자신들이 세운 분류 기준을 수용하고 다른 분류 기준을 상관없는 것으로 배척하면서 자신들의 분류법이 대상에 내재하는 것이라고 주장한다. 사실과는 거리가 멀다는 것을 아는데도, 부서 분리의 이유를 다양한 품목을 신속하게 생산하기 위한 것이라고 사장은 여유 있게 말한다. "그것은 며칠 지나지 않아서 명확하게 드러났다. 둘로 분리된 라인에 동일한 제품이 투입되었다. 그 결과는 서로 비교되지 않을 수 없었다. 한쪽에는 격려와 치하가, 또 한쪽에는 추궁과 압박의 살아있는 근거가 되었다."(「새벽 출정」, 49면) 사업주인 그들에게는 모든 게 이기적인 자신의 출세나 이익으로밖에는 연결이 되지 않으며, "자신의 이익에 어긋나면 인간을 짓이길 수도, 자신의 출세에 도움이 되지 않으면 인간의 처절한 외침 따위에는 언제든지 침을 뱉을 수도 있는"(「내일을 여는 집」, 135면) 권력을 소유한 주체이다.

소설 속의 노동자 담론이 체념과 유머(풍자)가 주를 이룬다면, 부르주아 담론은 확신과 도덕적 타락을 명시적으로 알 수 있는 위선의 언술이다. 여기에서 체념의 언어는 노동자들로 하여금 있는 그대로의 사회의 규칙, 즉 고정 관념과 기성 질서를 내재화하게 하는데 기능한다. 정리하자면, 이러한 외양묘사와 서술의 인접 효과, 그리고 공간에 대한 전체적인 환경은 노동자들에게는 탄식과 자조와 풍자의 담론을 발생시키고, 사용주(부르주아)는 확신과 위선의 도덕적 타락의 담론을 낳게 한다. 그리고 다양한 에피소드들의 적절한 배열을 통해 계급 대립을 한층 부각시키고 있다.

페쇠는 때때로 계급투쟁 전체가 어떤 단어를 옹호하느냐 반대하느

나를 둘러싼 투쟁으로 파악될 수 있으며, 어휘소(사회어)가 사회적 갈등의 대상이 될 수 있다는 점을 지적한다. 이처럼 단어 기호는 이데올로기적 함의와 기능을 부각시키기 때문에 단어 기호는 결코 중립적이지 않다. 그 언어기호를 사용하는 주체 또한 순수한 문법적 맥락 속에서 단어 기호를 이용하는 것이 아니다. 현실 속에서 말하고 듣는 것은 단순한 단어가 아니라, 진실과 거짓, 선과 악, 유쾌한 것과 불쾌한 것을 말하고 듣는 것이다. 또한 단어는 언제나 이데올로기나 삶에서 유래한 내용과 의미로 채워져 있는 것이다.

> "그때 솔직히 기술이 있었나, 시설이 있었나, 뭐가 있었노? 한마디로 인해전술이었제. 줄잡아 그 배 한 대 맹그는 데 백 명은 더 죽었을끼다."
> 유신선포 직후 헐값에 수주를 얻어올 때부터 정부는 국력신장의 상징인 양 열을 올리며 떠들어댔다. '하면 된다'는 유신구호가 도크에도, 제관공장 천장에도, 철판을 실어나르는 트랜스포터 옆구리에도 내걸렸다. 회사에서는 위대한 역사를 창조하는 '산업역군'으로서 자부심과 책임감을 가지라고 했다.(「지옥선의 사람들」, 196면)

노동자들의 언술들에서 분명히 드러나는 것은 대부분 육체노동자들이 그 정도는 다르지만, '그들'과 '우리'의 물질적 조건의 차이를 구분하고, 그러한 차이가 계급적, 집단적 불평등구조에 있음을 간파하고 있다는 점이다. '가진 자'와 '못 가진 자'의 대립도 있고, '부자'와 '노동자'의 대립도 있고, 대단히 애매한 '그들'과 '우리'의 대립도 나타나, 노동자의 삶의 조건을 규정하는 사회관계에 대한 인식이 불균등함을 보이고 있다. 노동현장에서의 경험이 오래된 노동자들일수록 그리고 노동조합에 참여하고 파업에 참가한 사람들일수록 착취적이고 불평한 구조에 대한 인식이 분명해지고, 그들이 사용하는 언어 역시 '정교해지고'(베른쉬타인

(Bernstein)의 정교한 언어(elaborated code)란 의미에서) 있다.

이러한 사용주와 노동자 간에 나타나는 분류의 표지들은 이데올로기적 국가장치들을 통해서 더욱 공고화된다. 그중 법과 경찰 장치 이데올로기는 "있는 사람들한테나 필요할까 없는 사람은 죽어도 하소연할" 수도 없이 가진 자의 편에 기대있다.

너도, 너도, 너도, 너도 말 안할 거야. 모두들 입을 굳게 봉하고 이름조차 대지 않고 있는 가운데 조사경찰의 지적이 윤희에게까지 갔을 때였다.

"너 이름 뭐야?"

"깡순이."

윤희가 퉁명스럽게 내뱉었다. 세광 조합원들은 자신들을 깡다구로 뭉친 세광 깡순이라 불렀다.

"강순희"

조사경찰은 아주 흐뭇한 표정이 되어 보고서에 이름을 기록했다.

"생년월일은?"

"깡순이"

"이름은 강순희고, 생년월일 말야, 생년월일."

"깡순이."

"강순희, 네 이름말고 생년월일을 대란 말야."

"깡순이"

조합원들이 더 참지 못하고 와 폭소를 터뜨렸다. 뒤늦게야 자신의 아둔함을 깨달은 조사경찰은 얼굴이 시뻘겋게 달아올랐다. 무안을 당한 조사경찰은 윤희의 뺨을 세차게 후려쳤고 그 손자국은 며칠간 지워지지 않았다.(「새벽 출정」, 37면)

파업 결성으로 경찰서에 끌려간 조합원들과 조사경찰 사이에 벌어진 장면이다. 약간은 우스꽝스러운 장면으로, 경찰에게 이름이 호명되었을 때 조합원들은 개인이 아니라 '깡순이'로 집단화된다. 이 대화에서 작동하는 이데올로기 역시 집단적 관심과 결부되어 있다. 이데올로기는 집단 언어의 한 형태(사회어)로서 현대 시장 사회에서 개인과 집단을 행동할 수 있는 주체로 만들어준다. 모든 개인은 수동적인 의미에서 그의 이름으로 불려진다. 자기 자신에게 이름을 부여하는 것은 결코 그가 아니므로. 그러나 윤희는 주어진 자신의 이름 대신 스스로 부여한 이름을 말한다. 경찰에 맞설 수 있는 힘이란 언어로밖에 안 되는 상황에서 윤희는 반복해서 자신의 집단화된 이름을 말함으로써 호명을 통해 역설적으로 저항의 말을 생산하고 있다. 그러나 그 집단을 한 개인의 폭력(공권력)이 압도하는 장면은 소수와 다수의 문제가 숫자의 개념을 넘어 권력을 누가 쥐고 있느냐에 달려있음을 보여준다.

이 다수의 권력을 비호하는 또 하나의 이데올로기적 장치는 '학교'이다. 알튀세르는 "이전의 지배적인 이데올로기 국가장치에 대항한 정치적·이데올로기적인 격렬한 계급투쟁의 결과 성숙한 자본주의적 사회구성체들 속에서 지배적인 지위에 놓인 이데올로기적 국가장치는 교육 이데올로기적 장치"[10]로 보았다. 전경(前景)을 차지하고 있는 정치적인 이데올로기적 국가장치 뒤로, 부르조아지가 그들의 가장 중요한, 따라서 지배적인 이데올로기적 국가장치로서 설치한 것은 교육 장치이며, 이전의 지배적인 이데올로기적인 국가장치인 교회를 대체했다고 말한다. 결과적으로 '학교-가족'이라는 쌍이 '교회-가족'이라는 쌍을 대체[11]한 셈이다. 그렇다면 왜 교육장치는 사실상 자본주의 사회구성체

---

10) 알튀세르, 앞의 책, 98면.
11) 이것은 한국의 현실보다 서구의 경우에 잘 맞는다. 서유럽은 프랑스혁명을 거치면서 정치적, 이데올로기적인 격렬한 계급투쟁을 한 결과 성숙한 자본주의 시민사회로 진입할 수 있었지만, 우리의 경우 근대의 초엽에 일본의 식민교육과 우리 내부의 계몽교육이 맞물려 교육장치는 중요한 훈육 이데올로기로 자리잡아 왔다. 그 역사적 배경은 다르지만 현재까지도 학교라는 교육장치는 이데올로기 전달의 역할을 충실히 수행하고 있다.

에서, 특히 80년대 노동소설에서 드러나는 것처럼 지배적인 이데올로기적인 국가장치로 기능하는 것일까?

「새벽출정」은 인천에 자리한 도자기 공장의 노조 조작을 파괴하려는 위장 폐업에 맞서 150여 일을 싸워온 젊은 여성 노동자들의 투쟁 과정을 단단한 문체와 긴박한 호흡으로 짜임새 있게 그린 작품이다. 1980년대의 산업을 이끈 주역은 흔히 '공순이'라고 불린 여공들이다. 이들은 가정 형편이 어렵고 수출 드라이브라는 산업 정책에 의해 배치된 '노동-기계'12)이다. 회사는 일하는 대가로 부설학교를 만들어 표면적으로는 교육을 제공하기도 하지만, 주로 교화에 중점을 둔 교육을 목적으로 한다. 산업체 부설 학교는 자본의 논리에 따라, 그리고 그들의 관리와 지배를 공고히 하려는 목적에 따라 학교를 열기도 닫기도 한다. '노사분규로 인한 주문단절, 경영악화'로 폐업을 결정하였고, 학업중단까지 가 '비행을 저지를지' 모르는 상황이어서 '상경하시어 임금 정산도 받으시고 농성장에 갇힌 자녀를 꼭 구해가'기를 촉구하는 회유반 협박반의 사장의 편지와 함께 야간학교 교장의 편지는 이점을 단적으로 보여준다.

학부모님께, 본교에 재학 중인 귀댁의 자녀가 취업하고 있는 회사에서 불법 집단행동에 가담하여 사회적으로 커다란 물의를 일으키고 있읍니

---

12) 들뢰즈와 가타리에게 있어 '기계'는 결코 은유가 아니다. 이들은 기계라는 개념의 외연을 통상적으로 사용하는 것보다 훨씬 넓은 의미로 사용한다. 우리가 흔히 생각하는 기계를 이들은 기술-기계라고 부르며, 사회적 조직체와 그 메커니즘에도 사회-기계라는 용어를 사용한다. '기계'는 "지속적인 물질의 흐름에 대한 절단의 체계"로 개념화할 수 있는데, 이런 정의에는 기계와 생명체를 절대적으로 구분하는 것이 불가능하며, 따라서 인간과 자연을 대립시킴으로써 자연을 극복하고 지배하는 일종의 초월적 존재로서 인간을 설정하는 근대적인 인간주의의 환상을 탈피하고자 하는 의도가 들어있다.

다. 막중한 교육의 책임을 맡고 있는 우리 학교 당국에서는 수차에 걸쳐
불법 집단행동을 중단토록 촉구하였으나 유독 귀댁의 자녀만 이를 거부
하고 있는 실정입니다. 학교로서도 더 이상의 선도가 불가능하다는 우려
를 하지 않을 수 없게 되어 마지막으로 학부모님께 직접 선도토록 당부
키로 하였읍니다. 만약 귀댁의 자녀가 계속하여 불법 집단행동에 가담할
경우 학교 당국으로서는 제적조치를 취하지 않을 수 없음을 거듭 알려드
립니다.(「새벽 출정」, 39면)

이 편지는 '학교-가족'의 쌍이 동시에 거론되면서 '유독 귀댁의 자녀'로
지칭된 특정인에게만 보내진 것으로 보이지만 여공들 전체로 보내진
일방적인 정보전달이다. 사업가들은 자신들의 지배 권력을 공문서나
위협적인 편지를 사용함으로써 노동자들의 활동 범위를 축소시킨다.
노동자들이 경험하고 느끼는 학교 교육은 다음의 인용들처럼 언어폭력
과 내면적 상처로 형상화된다.

 "김세호 이 씨팔새끼, 우리가 언제 누굴 가둬뒀다는 거야. 개자식, 거
짓말은 왜 해."
 미정의 거친 숨결이 옆에까지 들렸다. 공문을 움켜쥔 손등의 혈관이
파랗게 내비쳤다.
 "선생이란 것들까지 이럴 수가 있어. 학교가 도대체 뭐야. 교육이란게
뭐야."
 "다 똑같은 인간백정 같은 새끼들이야."
 농성에 참여한 산업체 야간학생들은 매일같이 교무실에 불려 다녔다.
농성이탈과 노조탈퇴를 종용받지 않은 조합원은 없었다.
 "하라는 공부나 잘해. 그렇게 해서 언제 공순이 신세 면할래."
 견디지 못한 조합원 일부는 학교를 포기했다. 그보다 많은 숫자의 조
합원들이 학교를 선택하고 농성장을 떠났다.(「새벽 출정」, 40면)

 그러나 마지막 3학년 담임은 옆차기나 돌려차기 따위는 하지 않았다.

윤리선생이던 나이 든 담임은 고작 회초리로 손바닥 정도를 때렸지만 성만에게 가난이 얼마나 크나큰 죄악인가를 사무치게 가르쳐주었다.(「내일을 여는 집」, 97면)

대상이 주체로 동일시되기를 기대하는 사유의 틀은 개별적인 존재들을 모두 '노동자'라는 이미지로 범주화하면서 동일화시킨다. 동일성의 논리란 "타자를 동일자에 환원시키고 그럼으로써 차이를 동일성에 종속시킴이 없이는 타자를 제시할 수 없는 사고의 형태"[13]를 가리킨다. 그런데 자본주의에서 개인에게 부과된 모순은 결국 해결이 됐다고 하더라도 지배계급의 이익이 되도록 해결된다. 이데올로기적 호명이 끊임없이 우리가 누구인지를 형성하고 재형성하기 때문이다. 이데올로기적 투쟁은 경쟁하는 노동관 사이에서 홀로 투쟁되는 것이 아니다. 그것은 또한 특정 주체성의 주장에 대한 투쟁이기도 한 것이다.

사회의 모순은 단지 계급과 계급 사이, 지배계급과 민중 사이, 그리고 제국주의와 신식민지 사이와 같은 거시 구조에만 존재하는 것은 아니다. 그러한 모순은 각 계급과 계층에 속하는 개인들의 의식과 일상적인 삶 속에도 존재한다. 그것은 삶의 방식으로서 그리고 이데올로기로서 작동하고 있다.[14] 대표적인 것이 가족 내에서의 주체들의 위치이다.

자신이 아내에게 다름 아닌 착취자요 지배자로 군림해왔다는 각성은 소름끼치는 사실이었다…남편이라는 이유 하나로 자신의 주장을 강요하는 것이 얼마나 부끄럽고 창피한 일인가를 그 역시 회사와의 싸움과정을 통하여 알게 되었다. 사장은 부장을, 부장은 과장을, 과장은 주임을, 주임은 기사를, 기사는 현장노동자를 지배하는 것이 당연한 미덕이 되도록

---

13) 베쌍 데꽁브 저(박성창 역), 『동일자와 타자』, 인간사랑, 1993, 97면.
14) 채호석, 앞의 논문, 313면.

뒷받침하는 것이 남성의 여성에 대한 지배라는 사실, 계급지배의 신봉자
들이 계급의 착취를 인간사회의 보편적인 진리로 위장시키는 출발점이
가정에서의 불평등이라는 사실을 성만은 예전에 단 한번도 생각해보지
않았다.(「내일을 여는 집」, 114면)

노동자를 비인간적으로 만드는 자본주의의 현실은 일상적 삶 속에
파고든다. 가족 속에서도 가족이데올로기로 침투해 있는 적의 모습을
발견한다. 윌리스(Willis)의 간파, 제약, 교란의 개념에 따르면, 간파란
한 사회 구성원들이 자신이 처한 삶의 조건과 전체사회 속에서 그들의
위치를 꿰뚫어 보려는 충동을 가리킨다. 이러한 간파는 물론 직접적으
로 표출되는 것이기보다는 그들의 생활 안에서 행동과 언어 그리고 실
질적 선택 등 문화적 형태를 통해서이다. 그런데 문화적 간파가 잠재
력을 발휘하지 못하고 정치적인 것으로 발전하지 못하는 것은 제약과
교란 때문이다. 제약은 윌리스에 따르면 가부장제와 정신노동과 육체
노동의 분리로부터 온다. 가부장에 근거한 남성성을 강조하는 '사나이'
문화를 지닌 남성 노동자들은 자신들에게 혜택이 되는 남/녀의 분리를
의식적으로 때로 무의식적으로 받아들인다. 동시에 그들은 생산관계에
서 불이익이 되는 정신노동과 육체노동의 분리를 수용함으로써 문화적
간파는 대단히 부분적인 영역에 머무르게 된다. 이러한 가부장제와 정
신/육체노동의 분리 그리고 남/녀의 분리가 접합되는 과정이 제약을
의미하며, 교란은 자본주의적 사회관계에 대한 간파가 이데올로기의
작용을 통해 흐트러지는 과정을 유보한다.

80년대 노동소설이 보여주는 가장 근본적인 부분은 노동력 재생산
의 문제이다. 알튀세르의 설명에 따르면, 노동력의 재생산은 지배적
질서에 대한 복종을 재생산하는 것이다. 이것은 노동자에게는 지배 이
데올로기에의 복종을 재생산하는 것이며, 사용자 측에는 지배 이데올

로기를 사용하는 능력을 재생산하는 것이다. 여기에서 주목할 것은 지배 계급이 지배 이데올로기를 그들의 계급 이해에 따라 의도적으로 만드는 것이 아니며, 지배자나 피지배자나 똑같이 이 지배 이데올로기에 종속된다는 점이다.

> 노동력의 재생산은 그 자격의 재생산만이 아니라, 동시에 세워진 질서의 규칙들에 대한 복종의 재생산을, 즉 노동자들에게 있어서는 지배적 이데올로기에 대한 복종의 재생산을, 한편 착취와 억압의 대리자들에게 있어서는 (그들이 또한 '말을 통해' 지배계급의 지배를 보장하기 위하여) 지배 이데올로기를 잘 다루는 능력의 재생산을 요구한다.[15]

노동소설은 다수의 동의, 즉 헤게모니를 얻기 위한 이데올로기적 투쟁의 일환임에 틀림없다.[16] 그 속에서 사용자와 주체는 자본주의 시스템에서 노동력의 재생산이라는 보이지 않는 거대한 흐름에 맞물려 가면서 때론 대립적으로 또는 억압적인 형태로 주체화된다. 양자를 주체화시키는 기제들은 두 대상이 얽히고 갈등하는 이질 언어들이며, 거시적인 부분과 일상적인 삶에 투여되는 이데올로기적 국가장치들이다. 이러한 주체의 형상을 치열하게 그려낼수록, 다시 말해 노동소설이 '미학적 질'을 더 많이 구현하면 할수록 그 '사회정치적 테제'는 더 큰 설득력을 얻게 될 것이다.

2) '광주성(性)', 제국 이데올로기와 주체화

노동자들은 그들의 자리를 인식하면서 노동자들이 행복할 수 있는, 인간적 대우를 받을 수 있는 사회에 대하여 노동쟁의의 방식 외에 여

---

15) 루이 알튀세르 저(김동수 역), 앞의 책, 80면.
16) 유기환, 앞의 책, 182면.

러 각도에 관심을 갖게 된다. 경제적 부와 문화의 혜택의 부분에서 뿐만 아니라 직간접적으로 영향을 미치는 외세에 의하여 분단된 조국의 모습의 문제나 공해 문제, 여성 문제 등 지배층의 이익이나 이데올로기에 정면으로 거부하는 입장에 선 문제들에 관심을 기울인다. 80년대 벽두를 열며 80년대 전체의 시대정신과도 결부되는 '광주' 체험은 문학의 현실 반영의 측면을 여실히 드러내 준다. 문학은 그 시대를 담지하는 기제라고 할 때, 문학 속에 형상화된 80년대의 '5월'과 '광주'는 예사로 흘려 넘길 수 없는 문제 중의 하나다. 여기에서 다루고자 하는 소설은 물론 80년대에 생산된 것이다. 광주의 문제가 90년대에 젊은 작가들에 의해 '후일담 문학'으로 불리는 소설들에서 비중있게 그려지긴 했지만, '그때 그곳에서' 일어난 이데올로기와 주체 형성을 살피려는 측면에서 현재성을 지니는 80년대에 생산된 소설로 한정한다. 광주민중항쟁을 다룬 윤정모의 「밤길」, 「홍희담의 「깃발」 등의 소설들을 분석할 경우에 광주를 둘러싼 이데올로기와 주체화 과정은 잘 파악될 수 있겠기 때문이다.

누적된 사회적 모순이 거대한 용암이 되어 폭발한 5월 광주항쟁은 그런 점에서 80년대를 지시하는 하나의 역사적 전형이다. 80년대 민족문학이 이후에 거느리게 된 두 줄기인 계급문제와 민족문제는 바로 광주항쟁의 진정한 의미 찾기로부터 발원해 나온 셈이다. 그에 따라 민족 차원의 문제와 민중의 실제적 삶의 문제를 전체적인 시야에서 논의하게 되었으며, 민족문학 내부에서도 '총체성' '계급성'이라든가 '사회적 전망' 혹은 '당파성' 개념이 중요한 문학적 개념으로 자리잡게 된다.17)

---

17) 임규찬, 「분단을 넘어서」, 『민족문학사 강좌-하』, 창작과비평사, 1995, 282면.

　"신부님, 빛고을에 난리가 났다면서요?"
　한 농부가 경운기 소음 때문인지 큰 소리로 물었다.
　"글쎄요, 그렇다곤 합니다만……."
　"사람들이 많이 상했대요."
　"뉴스에 나왔습니까?"
　불쑥 요섭이 물었다.
　"웬걸요. 소문만 돌고 있지요."
　살생을 단죄한 석가탄신일이었다. 십자로에서 금남로에서 충장로까지
도청 앞에서 남공 상공까지 사격이 가해졌다. 그것은 죽음의 면허탄이었
다. 누구든지 죽을 수가 있었다. 은행 앞에서 호텔 앞에서 차 속에서 거
리에서 병원에서 주검은 단죄를 비웃었다. 그날 김 신부는 일기장에 "그
렇다. 그렇다. 아니다. 아니다"라고 기록했다. 그것은 마태오 5장 37절
이었다.
　"주여……."(「밤길」, 47면)

　위 대목은 윤정모의 「밤길」의 전개 부분으로, 여러 개의 이질적인
담론들이 섞여 있다. 무언가 급박한 일이 한반도 '광주'라는 지역에서
일어나고 있고 그것은 공식적인 담론 중의 하나인 '뉴스'에는 없고 그
저 소문으로만 퍼질 뿐이다. 또한 그 살육의 현장이 아이러니하게도
살생을 금한 석가탄신일이며 그것을 안타깝게 전하는 이는 김 신부와
요섭이다. 그 소문의 공간은 죽음의 방식이 무작위적이고 어느 시간,
어느 공간에서든 행해질 수 있다는 죽음에의 공포가 도사리고 있는 곳
이며, 그 죽음과 죽임의 관계가 하나의 인종에서 이루어지고 있다는
사실이 드러난다. 그리고 다수의 피해자는 있는데 폭력을 가한 집단이
드러나지 않고 가면을 쓴 것처럼 은폐되어 있다는 점 또한 알 수 있
다. 이방인들의 눈에 비친 모순된 현대의 정치사건, 이 모두가 80년
대 초엽에 이루어진 '광주'를 둘러싸고 일어난 일들이다. 여기서 '빛고
을'은 '광주'에 대한 순우리말 풀이다. 같은 지역을 나타내는 '빛고을'이

라는 말에는 정서적, 공동체적 삶이 엿보이는 반면에 '광주'라는 말은 혼란한 80년대의 정치적 소용돌이의 환유처럼 맴도는 말이다. 그 혼란 속에서 모든 것은 '주변이 망을 보는 자의 은밀한 눈빛'(47면)으로 전해질 뿐이다. 이러한 주체들의 반응을 통해 근대가 시선(응시)의 감시체계를 기저로 하고 있음을 알 수 있다. 그곳에서 끝까지 싸움을 벌이는 시민과 일상적인 사람들은 '불순분자'이며 '폭도'로 호명된다. 그 '누명'을 벗기 위해 김신부와 요섭은 '밤길'을 걸어가는 것이다.

노동문학이 국가권력과 자본의 유착관계에 대한 날카로운 인식에 기반해 있다면, 광주를 다룬 문학은 국가권력과 정치권력의 유착관계를 여실히 드러내고 있다. 홍희담의 「깃발」은 오월 광주에서 순박한 여공인 형순과 그의 동료들의 눈을 통해 시민군과 계엄군의 교전하는 장면, 그 참상의 현장을 사실적으로 묘파하여 충격을 준 작품이다. '그때 그들'을 그려냄으로써 현장성과 팽팽한 긴장감으로 형상화된 강렬한 소설공간을 구축하고 있다.

남자는 무기를 어떻게 습득하게 되었으며, 그 전쟁에서(라고 남자는 표현했다.) 자신은 어떤 역할을 했으며, 그 무기로 공수특전단을 어떻게 통쾌하게 물리쳤는가를 신이 나서 이야기했다.

"…아가씨는 잘 모르겠지만 공수특전단이라는 게 단순한 군인이 아니지요. 명령만 내리면 어디에나 어느 사람이나 쑥밭을 만들든가 살해하든가 무엇이든지 해치우는 살인마들이지요. 말하자면 특수 부대죠. 전쟁이 났을 때 적의 심장부에 투입되어 효과적인 전투를 수행하는 임무를 맡고 있지요. 그들은 아군의 승패와 관련 없이 적진 속에서 죽음을 불사하는 철의 인간들이지요. 이런 임무를 같은 동족에게 해치웠으니 말이나 됩니까? 아마 공수부대가 생겨난 이후로 세계적으로도 이런 일은 없을 겁니다."

순분은 몸을 떨었다. 그녀도 보아서 안다.(「깃발」, 453면)

광주는 국가폭력에 의해 자행된 '살(殺)의 정치'의 가장 극명한 단면을 보여준다. 광주 체험은 개인을 넘어 집단적이고 대사회적인 차원에서 행해진 참극이라는 점에서 80년대의 정신적 외상, 트라우마에 해당한다. 또한 빠른 시일에 치유되지 않는다는 점에서 역사적으로 잠재적인 원상(冤傷)이라고 할 수 있다. 동일한 사건을 두고 시민과 국가는 각각 배타적인 이접적(disjoctive) 선택의 논리 위에 서 있는데, 무기가 있는 '전쟁'에서 폭력을 행사하는 한편은 공수부대원이자 '살인마'이고 '철의 인간'들이자 '악귀들'이고, 그들에 호명되는 다른 한편은 '폭도'와 '불순분자'이다. 이 같은 극대화된 거리에서 양자가 한 자리에 수렴될 수 있는 여지는 없어 보인다. 온 거리가 '피의 강' '통곡의 바다'로 변함에 따라 시민들은 '살아 있는 것이 무서운' 공포의 순간에 직면해 있다. 이때 공수부대의 이데올로기는 목적을 달성하고자 하는 정치이데올로기인 반면에 시민군의 이데올로기는 같은 민족끼리 투쟁을 한다거나 '인간의 탈'을 쓰고 그런 행위를 할 수 없다는 윤리도덕적인 휴머니즘 이데올로기를 드러내고 있다.

국가 폭력은 투쟁이나 무력과 같이 가시적·직접적 형태로 드러날 뿐만 아니라 비가시적 형태의 억압과 인권 유린의 형태로 지속적이며 간접적으로 작용한다. 그 대표적인 곳이 80년대 노동운동과 학생운동을 담은 소설들에서 빈번하게 형상화되고 있는 '감옥'이다. 감옥은 신체를 감금하고 자유를 제한함으로써 훈육과 교화를 목적으로 기능하는 공간인 동시에 지배담론의 재생산이 폭력적으로 이루어지는 공간이다.

교도소에서는 폭력배들의 조직을 인정해 주고 그들에게 미결사의 질서유지를 거의 떠맡기다시피 하고 있었다. 그들은 막강한 조직력을 바탕으로 미결사에서 교도관들 이상의 힘을 휘두르고 있었다. 관과 밀착되어 재소자들 위에서 폭력으로 군림하는 조직 폭력배들과 학생들 사이에는

잦은 마찰이 있었다. 15방에서도 원태와 막손이와의 갈등이 심각한 상태
였다.(「십오방 이야기」, 76면)

　"재소자 여러분! 오늘 우리는 성장 위주의 경제정책의 발로인 살인적
인 저임금과 온몸을 썩어 문드러지게 하는 근무 환경을 개선하기 위해
죽어가야 했던 한 청년 노동자의 삶을 되새기면서 팔십년 오월 이천 여
광주시민을 학살하고 들어선 현정권의 본질을 낱낱이 폭로하고 자기네의
이익을 위해서 현군부독재정권의 살인적 만행을 지원하고 있는 미국에
대하여 여러분과 같이…."
　"18방 새끼 먼저 끄집어 내서 묶어!"
　전 주임의 거친 말소리가 들렸다.(「십오방 이야기」, 83면)

지배 권력의 폭력성이 감옥에서 어떻게 이루어지고 있는지 단적으로
보여주는 장면이다. 육체의 감금을 수행하는 감시체계로서의 '감옥,'
사회의 축소판이라 할 수 있는 '감옥'이라는 공간은 80년대 노동운동
과 학생운동 등을 통해 미시-권력이 가장 노골적인 형태로 그려지고
있는 장소이다. 작은 공간 안에서도 계급적 위치가 지정되고 폭력이
공공연하게 묵인되며 오히려 장려된다. 이것은 '성장 위주의 경제정책'
으로 인한 경제적인 모순과 '자기네의 이익'을 비호하는 보이지 않는
권력인 '미국'으로부터 기인된 억압이다. 푸코에 따르면, 감옥18)은 감

---

18)　감옥의 역사와 권력 관계를 분석한 푸코의 저작 『감시와 처벌』에서 제시된
　　원형감옥(panopticon)은 한가운데 감시탑이 높이 솟아 있고 그 주위에 원형
　　으로 감방들이 배치되어 있어서, 감시탑에 있는 감시원은 죄수들을 항상 감
　　시할 수 있지만 죄수들은 그 감시원을 볼 수 없도록 설계된 곳이다. 이것은
　　'모든 것을 볼 수 있는 권력'을 형태화한 것으로, 감시자의 눈길은 항상 죄수
　　를 감시할 수 있다. 그리고 중앙탑의 감시자가 실제로 없는 경우에도 죄수는
　　감시를 받는다고 여긴다. 즉 이 경우 구체적인 권력의 행사가 없더라도 권력
　　은 유지된다. 그 점에 있어서 감옥은 사회에서 가장 미시적이면서도 은밀하
　　게 지배자의 권력과 이데올로기가 작용하는 공간이라고 할 수 있다.

시 작용과 처벌 작용을 동시에 행함으로써 비가시적 형태든 가시적 형태든 그 안에 있는 수감자는 끊임없이 시선(감시)을 의식하게 된다. 그들은 이 시선을 내면화하여 스스로를 통제하고, 규율에 복종하게 됨으로써 지배 권력에 의해 타자화되고 복종하는 주체로 만들어지게 된다. 구체적인 권력의 행사가 없어도 권력이 유지된다는 점에서 감옥은 사회에서 가장 미시적이면서도 은밀하게 지배자의 이데올로기가 작동하는 공간이라고 할 수 있다. 한 마디로 감옥은 근대 사회의 상징 자체이자 근대 정부의 원리와 동일한 원리가 내재해 있는 근대 공간의 표상이다. 점차 이 양극화된 이데올로기는 공수대원들의 무자비한 학살이 공포의 분위기를 넘어, 산다는 것 자체를 뒤흔들어 놓음으로써 시민들 또한 '폭력의 정당성'을 획득하게 됨으로써 투쟁의 국면으로 나아가게 한다.

폭력과 투쟁의 결절에 광주의 이데올로기성이 있다면, 그 기저에는 제국적 이데올로기로 그려진 '미국'의 권력이 존재한다. 근대의 에피스테메가 중심과 주변의 이항대립적 인식을 기저로 할 때, 제도와 습속, 그리고 일상의 작은 사고의 영역을 포함하는 한국 현대사에 대해 알기 위해서는 우리에게 미국이 어떤 존재인가라는 숙고의 과정을 거쳐야 한다. 왜냐하면 '미국'이란 국가는 1세기 전부터 우리에게 극대화되고 미화된 환상과 이미지로 깊숙이 개입되어 왔기 때문이다.

이성욱의 글19)에 따르면, 미국을 실제 관찰하고 돌아왔던 보빙정사 민영익(민비의 조카)이 "나는 암흑계에서 광명계에 갔다가 다시 암흑계에 돌아왔다. 나는 아직 나갈 길이 똑똑이 보이지 아니하나 미구에 보여지길 바란다."면서 조선과 미국을 암흑과 광명으로 이해했다고 한

---

19) 이성욱, 「노란 피부, 흰 가면 혹은 '아미리가 학동'?」, ≪문화과학≫ 17호, 문화과학사, 1999년 봄호.

다. 미국과의 접촉 초기, 관료나 지식인들에 의해 제시되는 미국에의 재현과 담론은, 민중들이 미국을 만나기가 거의 불가능했던 사실을 감안하면 미국 이미지를 조형하는 데 결정적이었다고 해도 지나치지 않을 것이다. 즉 당시 지식인들이 미국이라는 기표에 갖다 붙이는 기의의 대부분이 '사모, 동경, 목적, 희망, 피안' 등이었다는 점20)은 그 단적인 예이다. 이러한 점은 우리(조선)의 집단 무의식에 깊숙이 각인된 미국의 형님, 대국 이미지가 지난 역사에서 중국을 대국으로 섬기던 사대주의적 사고의 연장선상에서 그 대상만 '미국'으로 옮겨져 100년에 걸쳐 모든 영역에 걸쳐 미국이 조선의 절대적 지향점이 되어왔음을 알 수 있다. 이런 집단적 무의식 체계에 대해 미국의 한국계 작가 리차드 김은 다음처럼 진단했다고 한다.

　　추상적 개념은 흔히 지능적 체조라는 재빠른 게임을 가능케 한다. 그러므로 많은 한국 사람들은 그들의 미국인과의 관계를 생각할 때—특히 그들의 심리적 관계—그들은 우정, 동반자·형제적 사랑 등 고상한 용어로 생각하거나, 또는 민주주의의 기지나 공산침략을 막는 보루 등등 감동적인 용어로 생각하려 든다. 때로는 진리의 핵심을 가진 그런 진부한 말을 쓰는 것이 나쁠 것은 없다…사실을 이야기할 때, 나는 다른 여러

---

20)　미국은 그 당시 담론 생산의 주체라고 할 수 있는 지식인 계층과 미국 유학자들에 의해 지선극미의 존재이자 국가로 묘사되었는데, 그 매체가 일반대중들이 구독하는 일간지나 공론장을 형성하는 잡지 등에 실렸다는 점에서 미국의 이미지는 근대화로부터 비롯되었다고 할 수 있다. 그 한 예를 인용해 보면, 미국은 다른 나라와 같이 전쟁을 일삼지 않고 다만 편민리국(便民利國)할 신법을 창설하여…안락·평안함이 가히 극락세계가 되었는지라…. 태평양에 있는 모든 섬나라들이 자원하여 미국의 속국이 되기를 원하되 미국정부에서 허락지 않고 도리어 자주하라 권하며 혹 약한 나라가 강한 나라에게 무례히 압제를 받든지 자유권을 뺏긴 나라가 있으면 자기나라 군사를 죽이며 재물을 허비하여 그 약한 나라를 기어이 도와주니 이는 미국사람의 큰 도량이요.(≪독립신문≫, 1899, 2. 27일자 논설.), 이성욱, 앞의 글, 261면에서 재인용.

한국 사람들과 같이 한미관계를 생각하는 데 있어 마치 우리 선조들이
중국과의 관계를 생각하던 것처럼 길들여 왔다. 형과 동생의 관계 등등
으로…그리고 미화된 이 용어는―여지없이 솔직히 말한다면―그런 관계
에 자리 잡고 있는 기생충적 심리상태를 숨기고 감싸고 있는 것이다. 남
과의 관계에 있어 기생충적인 요소가 있다는 것을 시인하고 받아들인다
는 것은 스스로 자존심을 산산조각 내는 것이 되기 때문에 한국 사람들
이 과거에는 중국과의 관계를, 그리고 그 후엔 미국과의 관계를 규정짓
고 표시하는 데 있어서 좀더 듣기 좋고 추상적인 공존공생적인 술어에
의존한다는 것은 충분히 이해할 만하다.21)

이렇듯 지난 120여 년간 한국의 집단 무의식에서 미국에 대한 복제
욕망의 탄착점은 크게는 국가 이념과 제도에서 작게는 일상의 자잘한
감수성에까지 이르러 미국에 대한 강렬한 욕망과 그 이미지의 내면화
라는 동질적 체험을 갖게 되었다. 미국은 우리에게 이념 층위에서는
수호자, 큰형, 보호자, 구세주(Savior)로, 현실층위에서는 따라가야 할
모델 국가이자 시스템으로, 형상의 층위에서는 어머니를 자신의 얼굴
로 오인하는 라깡의 상상계 단계의 거울 같은 것22)으로 내면화되어

---

21) 리차드 김, 「한·미 유대의 회고」, ≪코리아헤럴드≫, 1982. 1. 1. 이성욱,
    앞의 글, 258면에서 재인용.
22) 이성욱, 앞의 글, 269-273면 참조. 프란츠 파농의 『검은 피부, 흰 가면』을
    연상케 하는 글의 제목은 식민성과 탈식민성의 문제를 제기하도록 만든다.
    논자에 따르면, 한국의 식민성은 이중으로 꼬여갔는데, 정치적으로 일본에,
    정신적·문화적으로는 미국에 종속되어 왔던 역사현실이 그것이다. 20세기
    의 한국 또는 그 속의 식민지성을 탈식민주의론으로 설명하기 곤란해지는 까
    닭이 여기에 있으며, 따라서 한국의 역사 경험은 탈식민주의론 밖에 놓여있
    는 것으로 지적한다. 최근 한국문학사에서 친일문학에 관한 논의와 탈식민주
    의 문학에 대한 담론들이 큰 목소리를 내고 있는 즈음에 이러한 지적은 되짚
    어 볼 만한 문제의식이라고 할 수 있다. 왜냐하면 문학이란 그 문학이 생산
    된 태생지의 특수한 환경, 인식의 장과 무관하지 않기 때문이다.

왔다. 이러한 설명은 왜 많은 민중-주체들이 미국의 이데올로기성에
대해 잘 모르고 있거나 왜곡된 상을 그대로 받아들이는 것과 무관하지
않다.

　미국 항공모함 부산 앞바다에 정박중.
　우리의 우방인 미국은 민주주의와 인권을 수호하는 나라입니다. 광주
의 민주 시민을 보호하기 위하여 지금 부산에 미국 항공모함이 정박중에
있읍니다. 더 이상 광주는 피를 흘리지 않을 것입니다. 시민들은 동요하
지 마시고 도청에 집결합시다.

　시민들은 그 대자보를 보고 안심을 하는 눈치였다. 자유의 여신상을
상표로 하는 나라를 떠올리며 막연한 기대감을 갖고 있었는지도 모른다.
나이 많은 할아버지 한 분이 순분에게 물었다.
　"왜 그러세요? 할아버지."
　"큰 나라는 믿을 것이 못 돼."
　…
　"할아버지. 아까 하신 말씀인데요. 큰 나라는 믿을 것이 못 된다고 하
셨잖아요."
　"그게 뭐 어때서?"
　"왜 그런 말씀을 하셨나 하고 여쭈어 보는 거예요."
　"늙은이가 뭐 아나? 경험으로 봐서 무심코 나온 거지."
　"경험이라니요? 어떤 경험요?"
　…6·25사변시 할아버지는 국방군에 입대해서 평양까지 밀고 올라갔
다. 코 큰 병사들까지 합세해서 파죽지세로 밀고 올라갈 땐 신나기까지
했다. 그들이 평양에 입성했을 때 이미 쑥밭이 돼 있었다. 시가는 말할
것도 없고 교외 부근까지 하나도 남아 있는 것이 없었다. 유엔군의 무차
별 폭격 때문이었다. 살아 있는 것은 모조리 요리해 버려 그야말로 죽음
의 도시였다.
　"……은근히 부아가 치밀더군."
　할아버지의 음성에 노기가 띠어 있었다.

> "…이겼다는 생각보다 금수강산이 초토화됐다는 생각이 앞서드구만. 그때 큰 나라는 믿을 수 없다는 생각이 들었지. 믿을 건 제 민족밖에 더 있겠어? 싸우네 마네 해도 제 새끼, 제 민족, 제 동족이 제일 중요하지 않겠나. 살붙이니까. 딴 나라는 믿을 것이 못 된다니까…."(「깃발」, 478-9면)

혼란함을 잠재우기 위해 공공기관에서 붙인 대자보의 문구는 100년 전의 미국에 대한 한국의 이미지에서 크게 벗어나지 않는다. 여전히 미국은 '우방'이면서 '민주주의와 인권을 수호하는 나라'로, 다른 나라의 시민까지 '보호'하는 '피'의 선동성과 정반대의 존재로 그려지고 있다. 이러한 권력 집단의 지배적인 담론은 역사적으로 자연성을 획득했기 때문에 그것을 보는 시민들의 '안심'과 눈치를 통해 재생산되고 있다. 미국은 '큰 나라'이고 다른 나라에 개입하는 것에 아무런 거리낌이 없이 항공모함을 정박시킬 수 있는 나라다. 특정 도시인 광주가 현 정부의 국가폭력을 드러내는 공간이었다면, 한반도는 국가 간의 이데올로기와 이권 다툼으로 무차별 폭격을 받은 '죽음의 땅'이다. 80년대의 광주와 50년의 한반도가 똑같은 얼굴을 하고 있다. 첨언하면, 관변의 언술을 따라가면, 미국은 '우리의 우방'이고 '민주주의와 인권을 수호하는 나라'이다. 이러한 미화된 미국의 이미지는 100여 년 전에 인식한 대상으로부터 한걸음도 나아가지 못하고 있다.

그렇지만 미국과 한국의 역학적인 관계와 미국의 실체를 명확히 이해하고 비판하는 일반 대중들의 각성이 미치지 못하고 있지만 나름대로 미화된 미국을 비판할 수 있는 가능성을 보여준다. 구세대와 신세대의 '미국'에 대한 인식의 간극은 경험의 유무에서 비롯된다. 그 비판은 머리로 행해진 것이 아니라 몸으로 기억하는 공포와 제국주의의 억압이다. 그런데 구세대의 미국에 대한 적대감은 '살붙이'로 묶여진 민

족이나 한 동포로 회귀하고 있는 것에서 자민족중심주의적인 이데올로
기를 드러낸다. 같은 민족끼리 싸우고 있는 상황인데도, '단일민족' 이
데올로기의 단면을 보여주고 있으며, 이점은 「밤길」의 젊은이의 담론
속에서도 드러나고 있다.

> 신부는 길게 한숨을 쉬었다. 그래도 목숨 보존에 대한 특허를 따낸 사
> 람들이 있었다. 이국인들……. 그들은 그 패찰을 휘두르며 셔터를 누르
> 고 무비 카메라를 돌리며 이쪽과 저쪽을 누비고 다녔다. 어제 상황실에
> 와서는 진압군들을 맘껏 능멸했었지. 마치 자기들에겐 당연히 그럴 자격
> 이 있다는 듯이. 그러자 홍보반의 한 젊은이가 점잖은 영어로 충고를 했
> 었다.
> "욕설을 삼가시오."
> "무슨 뜻?"
> 카메라를 만지던 푸른 눈의 사나이가 되물었다.
> "어쨌든 그들도 내 동족이란 말이오."
> 정말 이해할 수 없다는 듯 푸른 눈의 사나이는 한참이나 젊은이를 쳐
> 다보았다. 젊은이가 다시금 대답했다.
> "하긴 이해하기 힘들겠지. 당신처럼 여러 인종이 모여 사는 나라 사람
> 들로선……."(「밤길」, 48면)

다시 말하자면 미국에 대해 거부하는 반동일시의 태도를 취하지만 '살
붙이' '민족'과 같은 부르주아적 통념을 자명한 것으로 받아들여 부르
주아 지배 체제의 재생산에 기여하는데 머물고 있다. 구세대가 반감과
적의의 감정이 단일민족인 내부로 향해 있다면, 신세대의 파시즘에 대
한 인식은

> (a) "언니, 그래도 미국은 좋은 나라잖아. 어쨌든 우리를 도우러 온다
> 니까."

“글쎄, 난 할아버지 말씀이 맞을 것 같아. 우린 군사 독재 정권에 의해 피를 흘렸거든. 그리고 미국은 군사 독재 정권을 인정하고 옹호하지.”

“…….”

“생각해 봐. 순분아. 우리 국군 군사작전권을 누가 갖고 있는 줄 아니?”

순분은 고개를 가로 저었다. 형자가 말을 이었다.

“서울만 빼놓고 한미연합사령관이 갖고 있어. 그리고 연합사령관은 미국인이야.”

“그럴 수가 어딨대?”

“그렇다니까. 너 텔레비전에서 가끔 판문점 회담 장면을 보여주는 것 보았지? 이북은 분명 이북 대표자가 나오는데 이남은 미국인이 대표자로 나가지. 남의 나라에 와서 주인 행세를 하는 격이지.”

순분이의 입술에 파르르 경련이 일어났다. 막연했던 부분들이 환하게 명확해지면서 순분은 기쁨과 분노의 감정을 동시에 맛보았다. 형자가 다시 말했다.

“분명한 건, 광주가 또다시 계엄군에 함락되려면 미국의 동의가 있어야만 되는거야.

“그렇겠지.”

“우린 미국에 대해서 막연한 환상을 갖고 있어. 어쩌면 미국의 정체를 분명하게 깨닫게 해주는 일일거야.”

“뭐가?”

“만의 하나라도 도청이 함락되고 우리가 저들의 총에 맞아 죽게 된다면, 그땐 미국의 정체를 분명히 깨닫게 될 거야.”

“…….”

“겨도 지는 것이 아닐 수 있어. 그래도 이런 엄청난 피의 대가로 알게 되는 것이 슬퍼.”(「깃발」, 481면)

개별 국가들의 외교는 외견상 동의와 대화를 통해 이루어진다고 알고 있다. 미국과 한국의 관계 역시 ‘동의’로 이루어졌지만, 위의 대화를 보면 ‘동의’라고 하는 기표는 동일하지만 그것은 받아들이는 입장에 따라 확연한 차이가 남을 알 수 있다. 미국에 대한 한국의 동의는 굴종과 식민성의 기의로, 한국에 대한 미국의 동의는 '일방적 통고'이면서 '관리'의 기의라는 점이 전제된다. (a)와 같이 처음에는 '좋은 나라'였다고 생각했던 것에서 점차 그 실체를 (b)처럼 막연한 '환상'으로 규정함으로써 미국의 실체를 분명하게 인식하는 단계에 이른다.

　(b) "미국이라는 정체를 이번에 분명히 알았어."
　"정체고 나발이고 미국은 적이야. 형자 언니가 죽었잖아. 도청 함락은 미국의 동의하에 이루어진 것이니까."(「깃발」, 496면)

　(c) 이번 싸움은 적들의 잔학한 폭력성을 폭로하는 데에 특히 중점을 두기 바람. 또한 개헌정국에 관해서 중점을 둘 것은 미국이 강요하고 있는 이원집정부제의 본질과 현정권의 장기집권음모의 흉계를 폭로할 것. (「십오방 이야기」, 74면)

더 나아가 이러한 각성을 통해 (c)에서처럼 잔악한 폭력성의 근저에 작용하고 있는 미국적인 제국주의의 이데올로기성을 '폭로'하고자 한다. 곧 광주의 상처는 단순하게 특정 지역에만 가해진 폭력이 아니라 제국주의와 식민성의 문제와 관련된 제3세계 국가의 주체화와 관련된 이데올로기의 각축장에서 빚어진 것이다.

2. 호명된 주체의 탈구 방식

1) 적대의 구축과 투쟁을 통한 새로운 주체 생산

민족문학에 대한 기존의 가장 일반적인 시각은 구체적 대상(노동현장 등 생활현장, 기존 정권 및 권력, 체제 등)에서의 싸움과 승리의 줄거리를 가지고 있다는 것이다. 말하자면 이들 작품이 풍기는 가장 강력한 이미지는 자기 몸을 던질 만한 그 무엇과 그 무엇을 향한 삶의 재조직일 것이다. 그것은 단순히 작품 자체만의 문제가 아닌 현실 속에서 길어 올린 새로운 삶의 형태였고, 이른바 실제적인 민족운동과의 살아있는 문학적 결합이었다.23) 이때의 현실은 선험적 실체가 아니라 주체의 실천에 의해 구성되는 운동이다. 따라서 주체의 실천적 개입은 해도 그만 안 해도 그만인 자의적 선택의 문제가 아니라 현실을 이루는 본질적 요건이다.24)

이러한 역동성의 갈등적 토대는 질적으로 우월한 존재수준에 의해 과잉결정된다. 이것은 정동들의 복잡한 역동성이 우월한 존재수준을 향해 조금씩 나아가는 적대 및 상호파괴의 힘을 인정하기를 거부하지 않으며, 오히려 이런 힘을 중심적인 것으로 간주하고 고무한다는 것을 의미한다.25) 이점은 6·25 전쟁 이후 '국가 안보'라는 의미에서 국가 간의 대결체제를 표현하는 동시에, 국가 내부의 '적'에 대한 통제를 의미하는 것이기도 하다.

일종의 교의(doctrine)의 하나인 '근대화와 국가 안보'는 교의화(indoctrination)의 기제, 혹은 '담화의 습득 및 운용체계'와 그 과정에 연관되며 교의가 지니는 담화의 질서와 성격을 분유한다. 즉, 푸코의 교의의 특징을 따르면, 국가안보 및 반공의식은 하나의 담화영역으로서 다른 담화영역들과 환유적으로 관련되는 하나의 결절점(nodal point)으로 기능하며, 그것은 말의 자리이므로 여러 담화구성체(discursive formation)

---

23) 임규찬, 「민족문학론의 자기갱신과 민족문학의 가능성」, 『21세기 문학이란 무엇인가』, 1998. 발표문, 37면.
24) 하정일, 앞의 논문, 840면.
25) 안토니오 네그리, 앞의 책, 327면.

의 투쟁의 자리이다. 교의의 일종으로서 말하는 주체는 담화와 상호예속의 성격을 지닌다.26) 이글튼(T. Eagleton)의 지적처럼 곧 이데올로기는 무정형의 진공 속에서 구축되는 것이 아니라 특수한 상황에 대한 주체의 반응이며, 따라서 상황과 주체의 관계망을 통해 구성된다. 헤게모니를 획득하기 위한 실천으로서의 이데올로기적 실천은 현실 속에서의 특정한 이데올로기적 효과를 기획하며, 그 효과는 현실 속에서 권력을 획득하고 유지하며, 지배를 공고화하고자 함에 놓여 있는 것이다. 물론 그 권력과 지배는 표상의 체계를 근저에 두고 벌여나가는 쟁투로 표현된다. 그리고 담론의 생성과 이해는 이러한 권력과 지배를 이면에 두고 수행되는 이데올로기적인 실천인 것이다.27) 담론은 일련의 구성체들(formations)들에 의해서 엮어지고, 때로 삼투하며 서로 각축하면서도 타협하는 투쟁의 공간으로, 그 투쟁의 총체적 효과로서 권력효과의 산출이 이루어진다.

자본주의적 억압에 대한 저항의 주체를 설정하는 일은 억압적 토대를 넘어서는 이행의 조건을 마련하는 출발점이 될 수 있다. 가장 주체적으로 해야 할 일은 그것에 저항하는 것일텐데, 80년대 노동소설에는 '적대'의 설정과 혁명에로의 이행의 모습이 담겨 있다.

> 노예로 살지 않으려는 노동자가 선택할 수 있는 길은 노동운동뿐이었다. 그때는 승리할 것인가 패배할 것인가 하는 걸 생각해볼 여유가 없었다. 죽음을 넘나드는 노동과 참을 수 없는 모멸, 질식해버릴 것만 같은 암담한 노동자의 내일을 봉수는 운명으로 받아들일 수가 없었다. 그래서 선택한 길에서 만나는 사람들은 누구나 피를 나눈 형제와 같았다. 87년, 그 뜨겁던 여름보다 더욱 뜨겁게 타오르며 전국을 뒤흔든 노동자의 투쟁

---

26) 김종엽, 앞의 논문, 4면.
27) 김상욱, 앞의 논문, 31면.

은 봉수를 감격으로 전율케 했다.

　허용되는 것은 뜻없는 복종과 보람없는 노동의 자유뿐이었던 긴 어둠의 터널을 지나 노동자의 삶도 햇살처럼 빛날 수 있다는 사실을 머리가 아니라 벅차게 고동치는 심장으로 마주하게 되었다.(「지옥선의 사람들」, 218면)

　적대란 네그리(A. Negri)가 맑스의 저작을 분석하면서 제시한 개념으로, 자본의 발전과정은 곧 적대의 심화과정이기도 하다는 점에서 내부에 이미 이행의 조건이 마련되어 있다는 아우토노미아 이론의 토대가 되고 있는 핵심 개념이다. 자본주의 안에 내재된 모순의 상황은 그 안에 체계를 전복하고자 하는 또 다른 적대를 끊임없이 만들어냄으로써 혁명의 잠재태를 생산한다. 노동자는 노동자로서 자신을 규정하고, 억압하고 있는 계급을 적대적인 계급으로서 인식함으로써 자본가에 대한 대타적 자기인식으로 나아가고 있다. 그리고 그 대타성은 자본가에 대한 그리고 자본주의가 가져온 모든 비인간적인 것에 대한 투쟁에서 비롯하는 것이다.[28]

　그러나 이러한 투쟁에의 의지는 예기치 않은 곳에서 교란되면서 낙관적인 혁명에의 기대가 어렵다는 점을 보여준다.

　사흘이 멀게 안병욱이 따위의 대학교수란 것들을 불러다 일하는 기쁨에 대한 특강으로 교양을 쌓게 해주고 있다. 어제 점심시간 가두매점에 몰려온 열예닐곱 되는 아가씨들은 신이 나서 재갈거렸다. '다음번엔 한국화장품 미용강사한테 피부미용 특강을 받게 된다.' '어젯밤엔 11시까지 신나게 디스코를 췄다.' 그들의 화끈한 사장은 회사안에 디스코장을 만들었다. 이제 그네들은 음료수값 없이도 매일 삭신이 쑤시도록 디스코를

---

28) 채호석, 앞의 논문, 303면.

출 수 있게 되었다.(「내딛는 첫발은」, 12면)

열예닐곱 된 여공들에게 문화에 대한 접촉의 기회는 자신들의 현실을 잊게 하거나 관심을 다른 곳으로 유도한다는 점에서 노동운동에는 큰 걸림돌이 아닐 수 없다. 사용자 측에서는 이름 있는 대학교수를 불러 '일하는 기쁨'과 교양을 쌓게 해주고, 미용강사에게 피부미용을 받을 수 있도록 해 준다. 또한 돈 들이지 않아도 오락과 여가를 즐길 수 있는 여건을 만들어줌으로써 회사의 요구에 동일화되도록 만들고 있다. 서술자 정형은 '대학교수란 것들' '따위'의 언술로 그것의 은폐성을 알고 있지만 여공들은 그것을 의식하지 못한다. 회사는 여공들이 가장 관심 있어 하거나 선망할 수 있는 대상을 제공함으로써 그들의 의식을 교란시킨다. 노동자들이 비록 그들의 처지를 간파했다 하더라도 이런 회사측의 문화생활 등의 교란으로 제약받게 된다. 강연회와 같은 고급 문화에의 선망과 '디스코장'으로 상징되는 오락문화는 감성적 실천의 장이면서 욕망 창출과 유혹을 통한 자발적 유도라는 방식으로 노동자들을 포섭하고 있다. 이것은 '해방'의 몸짓을 통해 기계와 라인에 새겨진 노동자들의 억압적 육체와 공장제도가 지닌 규율적·억압적 성격을 다른 방식으로 보충하는 것이다. 다시 말하면, "이들 공장에서는 매우 노골적인 방식으로 권력이 자본주의 작업장의 현실을 근접 감독의 형태를 띤 감시로 생산할 뿐 아니라 노동주체의 구성도 압도적으로 많은 수의 여성 노동력의 성적 욕망과 성 정체성을 포괄하는 '규격화하는' 규율적 권력의 자본주의적 적용에 의해 확장된다."[29]

이런 문화를 경험한 여공들은 묵종과 자기규제 그리고 일상적 반항

---

29) 론 사콜스키(저), 이호창(역), 「규율적 권력,' 노동과정, 노동주체의 구성」, ≪문화과학≫ 94년 여름호, 문화과학사, 1994, 246면.

행위에서 정확한 정체감을 갖기 어렵게 된다. 대중문화의 접촉을 통한 교란과 함께 노동운동을 제약하는 가장 두려운 감정이 자기 내부의 갈등과 집단의 의지를 꺾는 질시와 반목이다.

　　적개심. 가는 곳마다 자리잡은 가진자들의 튼튼한 장벽 앞에서 조합원들의 가슴속에는 분노를 넘어선 적대감이 고스란히 쌓여갔다. 본사는 물론 노동청과 노동부, 정당, 그 어느 곳 하나 사장의 편이 장벽을 치고 있지 않은 곳은 없었다. 그리고 경찰은 그때마다 빠지지 않았다. 감당하기 어려운 분노와 적개심은 때로 동료들을 그 표적으로 삼기까지 했다. 힘겨운 싸움 속에서 여유와 너그러움을 잃어가는 조합원들의 가슴속은 동료 하나를 받아들일 공간조차 남아 있지 않았다. 승리에 대한 확신이 흐려져감에 따라 강화되어오던 단결력도 질시와 반목으로 변해갔다.(「새벽 출정」, 43면)

　　상근자들의 단식은 일주일간 계속됐지만 결과는 참담한 패배였다. 아무것도 회사로부터 따내지 못한 것은 차라리 문제가 되지 않았다. 치명적인 것은 조합원에 대한 조합간부들의 경멸에 가까운 불신이었다…눈앞의 자기 배부른 것밖에 모르는 조합원들, 이것이 간부들의 머릿속에 남겨진 식당투쟁의 결과였다.(「또 하나의 선택」, 229면)

삶의 조건에 대한 경험으로부터 나오는 저항과 대항적 해석은 언제나 이데올로기의 작용을 통해 '예외적'인 것으로 받아들여진다. 투쟁이 강화되면서 노동자들 내부에서는 승리에 대한 확신이 흐려가는 반면에 본사는 오히려 관청과 경찰의 비호를 받으면서 노동자들의 단결력을 와해시킨다. 문화적 간파를 통해 부분적으로 이루어지는 '우리'의 사고와 문화적 형태들은 언제나 우리 안에 있는 '그들'에 의해 교란된다. 이때 이데올로기는 우리 안에 있는 그들이 되고, 투쟁의 원초적인 '적'은 바로 '조합원에 대한 조합간부들의 경멸에 가까운 불신'과 계속되는 패배로 인해 동료들로 그 표적을 삼기까지 하는 '감당하기 어려운 분노와 적개심'이 도사리고 있는 내부에 있다. 그 형상은 공업에 의해 타자화되고 죽어가는 자연처럼 노동자들을 둘러싼 모든 현실에서 기인한 것이다.

> 시커멓게 누운 개펄로 바닷물이 차오르고 있었다. 개펄 양켠의 대형 하수구에서는 쉼없이 폐수가 흘러나왔다. 바닷물과 폐수가 뒤섞인 똥바다는 가는 물결로 일렁거렸다. 그 물결 위로도 함박눈이 내려앉고 있었다.(「새벽 출정」, 47면)

> 흰색보다는 검은색에 가깝도록 더럽혀진 몸뚱이를 한 갈매기들은 바쁜 날갯짓을 하며 건너 개펄로 옮겨갔다.
> "저 갈매기들은 뭘 먹고 살까."
> 민영이 걱정스럽다는 듯이 중얼거렸다.
> "쉿물."
> "화공약품 찌꺼기."
> 미정과 철순의 대꾸를 흘려들으며 민영이 되물었다.
> "똥바다엔 물고기도 살지 않을 텐데. 식당에서 버린 짬밥을 먹고 살까."
> "짬밥은 돼지 기르는 데서 다 걷어가지 않니. 갈매기는 꿈을 먹고 사는 거야."
> 미정은 자신의 말에 스스로 웃었다.
> "저 갈매기들은 아마 썰물을 따라 나가면 드넓은 바다가 열린다는 걸 모를 거야. 노동자의 운명은 가난과 굴욕이라고 생각하는 우리들처럼 똥바다가 바다의 전부라고 생각할 거야."(「새벽 출정」, 56면)

생태문학으로 읽을 수 있는 이 장면에서 노동자들의 삶은 화공약품 찌꺼기로 더럽혀진 '쉿물'에서 부유하는 갈매기의 삶과 오버랩된다. 자연과 노동자는 산업 자본주의의 현실에서 소외되고 물화된 근대의 주체라는 점에서 동류항으로 묶인다. 짬밥조차도 경제적 부를 위해 돼지에게 주어질 뿐 비현실적인 '꿈'을 먹고 사는 갈매기들과 노동자들의 '가난과 굴욕'의 운명은 "개펄 언저리 곳곳엔 밤사이 몰래 버린 공단 폐기물들이 산더미를 이루"고 "버려진 폐수와 오물, 쓰레기들의 썩는 냄새가 소금냄새와 뒤섞여 코를" 찌르는 '똥바다'의 운명으로 치환된다. 대상을 경유한 '가난과 굴욕'의 운명을 깨달은 '나'는 직접적으로 '주체'의 문제와 정면에서 대면하게 된다.

백지 세 장이 주어졌다. 민영과 철순에게는 사직서가, 미정에게는 각서가 요구되었다. 8년과 7년 그리고 3년 동안 '우리 회사'라고 생각하며 다녀온 그들에 대한 '우리 회사'의 요구였다. 셋은 그 한 장의 백지가 주는 의미를 무섭게 깨달았다.

민영은 7년 동안 정든 세광물산과 자신의 관계를 생각해보았다. 구석구석마다 자신의 숨결과 손때가 묻은 세광물산은 민영에게 우리 회사이기를 거부하고 있다. 내밀어진 사직서는 세광물산은 너 따위의 것일 수 없다고 비웃고 있다. 세광물산은 어디까지나 사장 김세호의 것일 뿐이라고 호통쳤다.

나는 무엇인가, 세광물산에서 나의 의미는 무엇인가. 세광물산에서의 나의 7년은 무엇인가.

사무들의 모든 것들이 갑자기 낯설게 느껴졌다. 근면·자조·협동, 벽높은 데서 내려다보는 사훈이 낯설었다. 액자에 담긴 '사원을 가족처럼 회사일을 내 일처럼' 사장의 친필도 새로운 의미로 다가왔다. 사무실 직원들의 얼굴도 낯설었다. 창밖으로 보이는 공장건물도 낯설다. 강민영, 너는 일당 사천팔십원짜리 고용인 이상의 그 무엇도 아니야. 그리고 이제 사장은 네가 필요없어졌어. 매일 구매하던 4,080원짜리 물건을 이제는 다른 곳에서 구입하겠다는 거야. 내가 앉혀졌던 자리에 다른 누군가 앉혀져도 도료를 만지게 될 거야. 7,8년 동안 흐려져 있던 것이 한순간에 명확해졌다. 결코 사장과 자신들은 같은 줄에 서 있을 수 없음을, 7,8년이 아니라 70년 80년을 다녀도 그들이 서야 할 줄은 노동자의 대열임을 뼈아프게 확인하였다.

그놈의 정 때문에를 되풀이하며 다닌 세광에서의 세월은 이날부터 바뀌지 않을 수 없었다. 이날의 배신과 분노를 통해 가슴속 깊이 각인된 것은 노동자라는 세 글자였다.(「새벽 출정」, 59면)

인용된 이 부분은 개인에서 '나'라는 주체로의 인식이 드러나는 장면이다. "나란 무엇인가." 이 말은 주체에 대한 가장 근본적인 물음인 동시에 나를 인식하게 하는 이데올로기 구조에 대한 자각이다. 정체성은 분리에 의해 강화된다. 거부되고 소외된 억압받는 집단 속의 주체가 어떻게 지배 체재 내에서 지배 이데올로기의 언어를 스스로 발언할 수 있는가의 문제로부터 전복의 전략을 탐구하려는 경향으로 이어진다. 민영이 깨달은 것은 고용인 그 이상도 그 이하도 아닌 오로지 사물화된 대상일 뿐이며 그것으로부터 소외와 물신화 현상이 배태되고, 자본-기계의 배치로 전락하는 전도현상이 발생하고 있는 현실이다. 또한 교환가치에 의해 내가 '4,080원짜리' '물건'이 되고 정과 긴 시간이 의미가 없는 자본주의 속성을 간파하고 있다. 모든 것이 교환가치에 의해 측정되는 현실이 '낯설음'으로 다가온다. 공고한 가치와 신념, 익숙하게 느껴지던 대상을 낯선 것으로 인식한다는 것은 바라보는 주체의 인식이 변화될 수 있는 심리적 작용이다. 의심과 낯섦은 동일성을 깨고 그 동일화하려는 힘에 대해 비판을 가할 수 있는 주체 생산의 기제이기 때문이다. 그때 노동자들이 깨달은 것은 배신과 분노의 감정과 함께 '노동자'라는 주체의 확인이다. 그 깨달음은 '주체'에 의한, 그리고 '주체'에 종속된 주체라는 사실에서 비롯된 것이다. 즉 '주체'가 주체로, 그리고 '주체' 그 자신이 주체-'주체'로 이중화되어야 하는 놀라운 필연성[30]을 인식하게 된 것이다.

---

30) 알튀세르, 앞의 책, 125면.

노동자계급 당파성이란 우선 노동자계급의 입장에서 이 현실과 세계를 바라보는 것을 의미한다. 회사에서 쓸모없이 버리는 나뭇조각으로 그의 어린 딸 단비의 장난감을 만들어준 것이 상습적인 절도죄로 둔갑해버리는 현실 앞에서 "석철은 태어나서 처음으로 이 사회체제를 증오하게" 된다. 이 어처구니없는 일을 겪으면서 그는 노동자들이 상대해오던 회사라든가, 그 회사와 손을 잡고 있는 경찰과 노동청이라는 제한된 영역을 넘어서 더 큰 힘이 존재하고 있고 그것이 바로 권력이라는 것을 알게 된다.

> "저는 예전에 법은 공평하고 누구나 지킬 가치가 있는 것이라고 배웠읍니다. 또한 국가의 권력은 모든 국민을 위해 존재하는 것으로 알고 있었읍니다. 그러나 제가 노동조합을 하고 나서 이 자리에 서기까지 이 땅의 법과 국가권력이 보여준 것은 그 반대였읍니다. 이 땅의 법이 아주 소수의 사람들을 위해 다수의 사람들을 짓밟는데 그 용도가 있으며 이 땅의 국가권력은 그것을 집행하기 위해 존재하고 있을 뿐이라는 사실을 저는 분명히 알게 되었읍니다."

라고 재판정에서 석철이 외치는 부분은 법과 국가권력과 사회체제가 그 동안 은폐해오던 계급적 본질을 너무나 선명하게 꿰뚫는다. 이후 '스스로' 규율을 만들어 '새로운' 질서를 만들겠다는 다짐은 지배이데올로기와 동일화되기를 거부하고 더 이상 포섭되지 않겠다는 절연의 의지이며 자발성의 표출이라고 할 수 있다. 이러한 움직임은 네그리가 혁명의 이행을 강조했던 실천성과 그 맥이 닿아 있다. 그리고 국가로부터의 일방통행적 감시와 규제를 벗어나 내면적 자발성과 실천으로 나아가려는 코뮨적 공동체로 이행할 수 있는 가능성을 제시한다. 중요한 것은 국가 그 자체에 대한 비판이 아닌 국가주의에 대한 비판을 통해 국가주의 이데올로기를 넘어서는 공동체의 실천이다. 즉 80년대 소설은 국가주의 이데올로기를 넘어서는 또 다른 형태의 국가의 실현을 모색해야 한다는 것을, 그리고 '스스로' 만든 규율과 감당해 낼 수 있는 새로운 질서를 만들어가고자 욕망하는 주체들에서 그 가능성을 보여준다.

> "2억, 너무나 큰돈입니다. 그러나 우리가 원했던 돈은 인간다운 삶을 이어나가기 위한 것이었을 뿐, 돈에 대한 탐욕이 아니었습니다. 우리는 부자가 되려고 했던 게 아닙니다. 인간답게 살고 싶었던 것뿐입니다. 김세호 사장이 내놓은 2억의 돈을 우리는 뿌리치기로 결의했읍니다. 김세호 사장에게는 돈이 가장 소중한지 모르지만 우리에게는 돈보다 더욱 소중한 것이 있기 때문입니다. 우리는 이제 천만 노동자의 자존심을 보여주어야 합니다. 돈으로 되지 않는 게 있다는 것을 보여주어야 합니다. 우리의 가슴에 피눈물을 흐르게 하고 자신은 궁궐 같은 집에서 제 피붙이와 희희낙락 살게 내버려두지는 말기로 합시다. 이제 우리는 사랑을 말하지 않습니다. 이제 우리는 화해를 믿지 않습니다. 우리는 오직 불타는 적개심으로, 비타협적으로 싸울 뿐입니다."(「새벽 출정」, 91면)

> "…우리의 요구는 단 한가지, 우리의 일터를 돌려달라!
> 이제 우리는 당신들을 2,500만 노동자의 이름으로 응징할 것이다!
> 우리는 선언한다, 죽을 수는 있어도 질 수는 없다!"(「새벽 출정」, 92면)

70년대 소설이 보여준 개인적인 차원에서 요구되었던 '사랑'과 '윤리'의 측면이 80년대 소설에서는 집단적 주체의 투쟁의 방식으로 전환되고 있음을 알 수 있다. 새벽출정을 앞두고 "캄캄한 새벽하늘에 펄럭이는 깃발들만 소리 없는 함성으로 이들의 출정을 배웅"하는 장면은 노동문학의 한계로 지적되곤 하는 낭만적 열정이 절정을 이루는 장면이다. 이 작품에서 주가 되는 부분은 압도적인 부분을 차지하고 있는 적대적 현실이 지닌 힘으로서, 비장함은 주체가 일정한 역량을 갖추고 있지만 그것이 대면하고 있는 이 세계의 힘이 그보다 더 강력할 때 발생하는 것이다.31) 동지들의 분신자살과 사용주들의 비인간적인 태도는 노동자들의 집단파업과 연대투쟁을 야기하는 상황에서 논리적 이성이란 거의 불가능한 상황이라 할 수 있다. 그런데 문제는 파토스의 과잉 자체의 문제라기보다는 그 전망의 부재와 '일터' 이상의 대안을 제안하지 못했다는 것에 있다.

노동하는 주체가 자신을 '노동자'로 부르고, 같은 주체를 자본가 및 사업주가 '근로자'라고 부르는 맥락에는 그들의 이데올로기가 개입되어 있다. 사전적으로 부지런히 일하는 사람을 가리키는 것이 '근로자(勤勞者)'라면, 육체적 노력을 들여 일을 하는 사람은 '노동자(勞動者)'이다. '근로자'라는 용어는 1964년 독재 권력과 자본가들이 '노동자'의 의미를 희석 또는 무화시키기 위하여 제정한 '근로자의 날'에서 더욱 부각된 어휘이다. 부르주아 담론에서는 '근로자'라는 말이, 노동자 담론에서는 '노동자'라는 표현들이 일정한 방향으로 쓰이고 있으며 그 말을 통해 구속력을 갖게 된다. 이처럼 하나의 단어가 특정한 담론 과정에 들어가면 다른 단어들과 일정한 관계를 맺게 되면서 의미 생산이 이루어진다. 노동자들은 목숨을 담보로 "통통선이나 만들 기술과 설비를 가지고 20만 톤을 건조"한 불가능한 일을 해냈고, "헤아릴 수조차 없는 수많은 목숨과 평생 병신이 된 노동자들과 살아남은 자들의 피와 땀을 제물로 20만 톤급 선박 건조에 성공을 했다." 그러나 TV와 라디오, 신문을 통해 요란하게 선전된 유조선의 진수식에는 가장 기뻐할 노동자들은 진수 장면을 지켜볼 수 없었다. 오히려,

---

31) 김재용, 앞의 논문, 284면.

　형형색색의 만국기가 도크를 뒤덮고 오색 천이 선수에 드리워진 진수
식장은 높은 분들의 것이었다. 박정희를 비롯한 권력과 돈을 가진 사람
들과 노랑머리의 외교사절들의 열렬한 박수 속에 도크의 수문이 열렸다.
그들이 하얀 장갑을 끼고 도크를 빠져나가는 유조선을 바라보며 건배를
할 때 노동자들은 제관공장과 철구공장, 엔진공장에 내팽개쳐져 있었다.
지옥선을 만든 노동자들은 그들의 잔치가 끝나도록 갇혀 있어야 했다.
정형도 예외일 수 없었다. 출입구마다 기관단총을 들고 서있는 경호요원
들을 지켜보는 정형은 영락없이 포로가 된 심정이었다. 경호요원들이 보
이지 않는 구석지로 몰려 담배를 돌려 피우는 지옥선의 노동자들 눈에서
는 아롱져 흐르는 것이 있었다.

　그들은 다만 죽지 않고 살아남은 것을 다행으로, 복으로 여겨야 한다
고 체념할 수밖에 없다.

　"테레비에서는 말하데, 아시아에서 두 번째로 큰 배라꼬. 세계만방에
도약하는 한국의 국력과 기술을 과시한 쾌거라꼬 말이다. 그러면서도 공
기를 앞당기기 위해 눈 내리는 겨울밤에 오십 미터 난간에서 일하다 눈
보라에 날려 죽어가야 했던 노동자들에 대해서는 한마디도 안해주두마
는. 단 한마디도 말이다. 기자 글마들 눈에는 웅장한 배만 보였지 노동
자들 따위는 보이지도 않았는기라. 글마들 눈에 우리는 글마들하고 똑같
은 인격을 가진 인간이 아니었을지 모르제. 결국 우리한테는 우리가 만
드는 배가 지옥선일 뿐인기라."(「지옥선의 사람들」, 198면)

맑스는 개인적 주체가 인간으로서의 존재를 부정당한 채 한낱 사물의
차원으로 추락하는 과정을 '사물화reification'라고 불렀다. 사용가치를
창출하는 것은 노동인데, 정작 노동자 자신은 일정한 급료와 교환되는
대상, 즉 교환가치의 물신화된 상품의 노예가 되고 마는 것이다.

　'근로자'의 의미가 아닌 근로하는 노동대중인 '노동자'의 의미를 희
석시켜 보려는 시도들이 이 땅에 근대적 의미의 노동계급이 등장한 후
에 끊임없이 계속되어 왔는데,32) 많은 이들은 근로자의 의미에 세뇌

---

32) 윤여탁, 「노동문학의 임무와 노동시의 역할」, ≪문학과비평≫, 문학과비평사,

되어 그 의미를 인식하지 못하다가 총파업 등을 통해 노동자와 노동운
동의 의미를 새롭게 인식하게 된다. 기존 사회의 권력 관계에서 가장
이라는 특정 주체가 확보하던 권력의 중심적 위치가 '모두'라는 노동자
집단 주체로 전이됨으로써, 가족뿐 아니라 사회에서도 권력 관계의 새
로운 '혁명적' 구성 방식을 투영한다. 그 미래에 대한 희망찬 전망이
'아이들'의 말을 통해 드러나고 있는 점은 80년대 소설이 보여주는 특
징이다. 노동소설에서 제시하는 미래에의 전망은 다음 세대인 아이들
에게 기대되는 것으로 제시된다.

> 너희는 우리 사회의 내일, 너희의 엄마와 아빠는 이 세상에서 가장 훌
> 륭한 사람, 이 세상 누구도 속이지 않고 누구도 억누르거나 빼앗지 않으
> 며 지상의 모든 것을 생산해내는 사람들이다. 너희의 엄마와 아빠는 너
> 희의 내일과 너희들이 만들어갈 새나라를 위해 이 순간에도 일하고 있었
> 다는 것을 너희들은 멋 훗날 자랑으로 알게 되리라. 여기는 가장 많이
> 생산하는 자들이 가장 풍요롭게 살아가는 내일을 위한 집, 일터에 있는
> 엄마 아빠를 대신해서 너희를 밝고 튼튼하게 키우는 것은 우리의 너무나
> 큰 기쁨이고 보람이다.(「내일을 여는 집」, 111면)

> "좋았어. 하나 둘 셋 넷!"
> 사랑도 명예도 이름도 남김없이, 한평생 나가자던 뜨거운 맹세,
> 발음이 분명치 못했지만 음정이 틀리지 않게 녀석은 노래를 이어갔다.
> 앞서서 나가니 산 자여 따르라.
> 방 안 가득 박수소리가 울려 퍼졌다. 모두들 네 살배기 인식이를 깨물
> 어주고 싶도록 어여뻐했다.
> "박인식, 너희 아빠가 누구지?"
> 진숙이 물었다.
> "에이급 선반공."

1989 여름, 325-6면 참조.

녀석이 뽐내듯 대답했다.

"에이급 선반공이 뭐야?"

"노동자."

"노동자가 뭐하는 사람이지?"

"역사의 주인."

강범이 인식이를 낮은 천장에 닿도록 번쩍 안아 들었다.

"웜머, 이쁜 자슥!"

그날 송림동 산 27번지의 문간방은 손님들이 다 떠난 뒤에도 오래도록 불이 꺼지지 않았다. 진숙이 옷장 속에 고이 보관되어 있던 다이아몬드 마크 선명한 대성 중공업의 작업복을 꺼내 다리를 동안 성만은 휘파람을 불려 설거지를 했다.(「내일을 여는 집」, 223면)

"저는 어젯밤, 여기 계신 형님의 집에 갔었습니다. 형님의 여섯 살 난 예쁜 딸에게 물어봤습니다. 너의 아버지가 누구냐고 말입니다. 노동자라고 또랑또랑하게 대답했습니다. 노동자가 누군데 하고 다시 물었을 때 뭐라고 대답했는지 아세요? 역사의 주인입니다라고 대답합디다."(「내딛는 첫발은」, 24면)

가장 많이 생산하는 자들이 가장 풍요롭게 살아가는 내일을 꿈꾸는 일, 당당한 '역사의 주인'으로 살아가기를 바라는 마음은 아이들에게 투사된 어른 노동자들의 기대이자 희망이다. 그런데 중요한 것은 억압된 주체의 일면만의 각성과 전망만으로, 더욱이 어린이의 의식을 지배하게 될 이러한 전망들은 사회를 총체적으로 이해하고 변화시키기 어렵다는 점도 내포한다.

"해방되지 않으면 불행과 가난으로부터 벗어날 수 없는 사람들이 노동운동의 진정한 주인이겠지. 뒤집어서 말하면 노동자의 해방을 위해서 아무리 더디고 힘들고 어렵더라도 투쟁의 전선을 꿋꿋하고 끈질기게 지켜 나가는 사람만이 노동운동의 주인이 아니겠냐. 주인은 남을 원망하지 않

고 남의 부족한 점을 껴안으려고 하는 거 아니겠니. 그리고 동지들로부
터 자신의 부족함을 배우고."(「지옥선의 사람들」, 219면)

　　진숙은 며칠새 딴사람이 되어 있었다. 돈과, 아니 앞으로 마련해야 할
집과 아이밖에 모르는 것 같던 그녀의 작은 몸뚱이 어디에서 도대체 그
런 힘과 용기가 나오는지 알 수 없었다. 성만은 아내의 그러한 변화가
놀랍고 한편으로는 두려웠다. 아내의 행동에는 무서운 힘이 있었다. 반
드시 이긴다는 믿음, 이기고야 만다는 자신감이 배어 있었다. 그가 지금
까지 싸워온 것과는 근본적으로 다른 점이었다. 될까, 어렵다, 그래도
하는 데까지 해봐야지, 이런 식이었다.(「내일을 여는 집」, 133면)

혁명을 통한 낙관적인 미래에 대한 절대적 믿음, 이것은 인간의 윤리
를 절대화하는 절대윤리의 지점을 보여준다. 결백한 사람의 반란보다
더 강력한 것은 없으며, 윤리적 평온함과 합리적 척도에 의한 역습보
다 더 측정불가능한 것은 없다. 근본적으로 다른 싸움의 방식, 전면적
으로 온몸으로 싸우는 방식은 지금까지 해 왔던 노동운동의 한계를 보
여주는 것이라고 할 수 있다. 비판과 전화의 관점은 자본의 계급성을
볼 수 있는 노동자의 입장, 가족의 가부장제적인 성격을 볼 수 있는
여성의 입장에서 더욱 가능하다고 전제할 때, 투옥 이후 부과된 실천
적 행동을 통해서 자아와 자기 계급과 세계에 대한 인식을 획득하는
여공들과 남편의 계급의식을 인식하고 변화하는 여성주체들은 그 가능
성을 적극적으로 보여준다.

　　살아있는 자들은 정치적이다. 아무리 혼자 무력감에 빠져 있어도 계기
가 주어지면 정치성의 면모가 드러난다. 반골이든 반동이든 야당세이든
여당세이든……. 정치적 입장을 갖는다는 것은 참으로 중요하다. 올바른
정치적 입장은 삶의 방향을 올바르게 결정짓는다. 광주는 지금 정치적
입장을 분명히 하고 있다. 군사 독재 정권은 물러가야 한다. 군사 독재

정권이 만들어 낸 공공 건물이 불타 버린 것을 보면 안다. 싸움의 격렬
함치고는 건물은 그리 많이 파괴되지 않았다. 꼭 없애야 될 곳만 불태워
없앴다. MBC, 세무서, 노동청, 어용 언론, 민중의 기본권이 박탈된 곳
만이 정확하게 파괴되었다. 이 사실은 이 항쟁이 절대로 무정부주의자들
이나 폭도들의 싸움이 아니라는 점을 드러내 준다. 도청을 불태워 버릴
수도 있었다. 그러나 도청은 건재하다. 그것은 우리들이 정치를 하겠다
는 의지이다. 진정한 민주 정부를 수립하겠다는 표현이다. 정치의 현실
성을 획득하겠다는 행동이다.(「깃발」, 479면)

80년대 소설에는 국가, 경찰, 정당, 국가 기관이라는 가시적인 국
가 장치와 교육, 제도언론 이데올로기 등에 봉쇄되어 호출되는 모습이
사실적으로 그려지고 있다. '적'의 설정은 계급을 인식한다는 것으로
그것은 곧 자본주의 이데올로기를 포함하여 비인간적 현실에 대한 투
쟁의 조건을 의미한다. 곧 80년대 노동문학은 '적대'를 통한 투쟁의
미학적 성취라고 할 수 있다. 지배이데올로기는 노동자를 동일화시키
려 했고, 노동자들은 그에 대해 파업을 감행하거나 자살, 분신의 형태
로 저항하는 모습을 보여주었다. 그러나 이러한 노동자들의 탈구 방식
은 지배 체제를 재생산하는 반동일시의 면모를 보여줌으로써 진정한
주체화의 지점으로까지는 나아가지 못한 한계를 보인다. 한계로 지적
되곤 하는 도식성, 전형성을 벗어나는 창작방법으로 다음의 구절을 눈
여겨 볼 필요가 있다.

이제 우리는 리얼리즘만이 혁명과 정치, 민중의 관점에서 문학을 다루
는 유일한 방법이라는 생각에서 자유로워져야 하며, 역사에 의해 이미
그 모든 힘을 상실한 리얼리즘의 고식화된 도식에서 벗어나 다시 혁명과
문학을 사유해야 한다. 코뮨주의(commune-ism)를, 또한 코뮨주의적인
혁명과 정치를 가두고 있는, 저 '오지 않을 미래'의 시제의 봉인을 풀고,
항상-이미 현재의 시제를 갖는 "끊임없는 이행운동 그 자체"란 위치에서

그것을 다시 세워야 한다.[33)]

2) 민중적 연대의식과 해방을 통한 주체 생산의 모색

전망이란 현실주의적인 문학에 고유한 특질이다. 좋은 세상을 향해 나아가고자 하는 노동자들의 유대감, 그리고 그 주변에 있는 사람들까지도 모두 하나의 정서로 끌어안으려 했다는 점에서 80년대 노동문학을 추동했던 정신은 어떤 '집단적 열정'이라고 할 수 있다.

> 둘러섰던 동료들이 너나 할 것 없이 한마디씩 거들었다. 근욱이의 주저함 없고 우렁찬 주제에 뒷일이야 어떻게 되건 그들은 열렬한 지원을 보내고 있었다. 오히려 그들 모두가 적극성을 띠고 주장하고 있다고 하는 편이 더 정확한 듯싶었다. 얼마나 오랫동안 응어리져 왔던 한이었던가! 그리고 얼마나 긴 세월 제대로 펼쳐 볼 엄두를 못냈던 못난 의식이란 말인가! 그것은 얼마를 더 받고 덜 받고의 문제가 아니라 뼈를 깎는 노동을 하면서도 사람다운 대우를 받아 보지 못한 자신들의 과거에 대한, 또한 그 동안 자신들을 기만해 온 당사자에 대한 쇳물같은 분노였다. 그들 하나하나가 가슴 속에 수천 도의 분노를 안고 있는 용광로와도 같은 것이었다. 천씨는 격하게 치솟는 감정을 애써 참아내고 있었다. 분노에 얽힌 감격이 핏줄을 타고 살갗을 뚫고 나올 듯했기 때문이다.(「쇳물처럼」, 117면)

그동안 노동을 하면서도 사람다운 대우를 받아오지 못한 노동자들의 감정은 '한'과 '쇳물같은 분노'로 표출된다. 이러한 파토스의 열정은 현실과 미래에 대한 낙관적인 전망을 낳게 하는 이면에 하나의 이념태 혹은 가능태로서의 한계를 드러내기도 한다. '뒷일이야 어떻게 되건' 지금 그 치솟는 감정이 중요하다는 집단적 파토스는 한으로 표상되는

---

33) 고미숙 외, 앞의 책, 17면.

과거의 고통에 대한 자아각성의 측면은 있지만 미래에 대한 진정한 주체의식으로까지 나아가지 못한다. 다시 말하면, '노동하는 우리'는 물론 자본가의 무리에 대립하는 '우리'이기는 하지만, 그 대립을 어떻게 극복할 수 있을 것인가의 문제에는 아직 다가서고 있지 못하는 '우리'이다.34)

그러나 「밤길」의 마지막 부분은 현재의 현실 극복뿐만 아니라 미래의 해방을 염두하고 있다는 점에서 집단적 파토스를 넘어선다. 죽어가는 시민들을 보고 그 밤길을 나서서 탈출하는 것을 '족보에도 없는 비겁자'라고 생각하는 요섭에게 들려주는 신부의 독백은 집단적이거나 혁명적 파토스에 함몰되지 않은 태도를 보여준다.

> 요섭아, 우리도 지금 안전한 곳으로 대피하고 있는 게 아니란다. 거기에도 장벽은 있다. 그 장벽을 깨뜨려 달라는 임무가 우리에게 주어진 거야. 우린 그걸 해내야 돼. 비록 이 밤길이 영원히 끝나지 않는다 해도 이젠 서둘러야 한다.(「밤길」, 57면)

이 장면에서 소용돌이같은 비극적 상황을 넘어 진실을 말하는 것이 또 하나의 역사적 주체의 사명이라는 점을 알게 해준다. 정치적 폭압과 국가 권력의 잔인성으로 점철된 시대의 '장벽'을 넘어, 즉 '밤길'로 환기되는 시대의 진실을 올곧게 알리는 것이 또 하나의 시대적 사명임을 암시한다.

후의 노동소설에는 집단적 열정을 넘어 그들이 처한 현실을 타개하려는 언술들이 드러난다. 추상적·감정적인 현실인식이 아니라 구체적인 답변을 요구하려는 조직된 연대감을 드러낸다.

---

34) 채호석, 앞의 논문, 307면.

"거 상무님 말끝마다 불량 찾고 양심 찾고 하시는데 누가 잘못됐는지 한번 따져봅시다. 현장 안에 환풍장치가 있습니까, 안전장치가 하나라도 돼 있습니까? 이중에 누구 헬맷 쓰고 일해 본 사람이나 쇳물 부을 때 보안경 써본 사람 있습니까? 아니면 장갑을 매주 받아 본 사람 있습니까? 게다가 하루에 뽑아 대는 물량이 다른 주물공장에 비하면 아마 20%는 더 될 겁니다. 저번 10월에 익수 형 허리 나간 걸로 올해 벌써 산재가 네 건입니다. 노동부가 경고를 냈는데도 눈썹 하나 까닥했읍니까?"

전 상무만이 붉으락푸르락 안절부절못할 뿐 현장은 마치 폭풍 전야라도 되는 듯 숨소리 하나 제대로 새어나오지 않았다.

"자 상무님, 대답해 보시죠. 이러고도 우리가 비양심적인지, 아니면 생산물을 뽑아내기 위해서 착실하게 노동하는 우리를 개돼지만도 못하게 취급하는 당신들의 양심이 불량한지를 말입니다!"(「쇳물처럼」, 117면)

양심의 가치기준은 확연하게 다르다는 것을 전제하면서 양심과 비양심을 두고 '우리'와 '당신'으로 분리된다. 이전의 언술들이 자신들만의 공간에서 체념적, 자조적 독백이었다면, 점차 두 주체는 입장이 다른 대립적 이데올로기를 대화적 상황에 드러냄으로써 직접적인 실천에 옮겼다는 점에서 변화하는 주체의 삶을 보여준다. 변혁의 운동은 모순이 작동되어야만, 그래서 물질운동이 일어나야만 가능하다. 각 주체들은 모순을 타개할 방법으로 점차 민중적 연대의식을 자각하고 확산시킨다.

…그러나 낯선 사람들이 아니었다. 도시 전체가 일치감을 느끼고 있었다. 모두가 하나였다. 모두가 보고 웃었다. 피어나는 기쁨에 손에 손을 잡았다.(「깃발」, 453면)

…그녀는 야학에 잠깐 얼굴을 비추다 만 소년을 보았다. 구두닦이였다. 소년은 카빈총을 들고 싸우고 있었다. 소년이 형자를 기억하고 씩 웃었다. 그리고 카빈총을 높이 치켜들어 보였다. 형자는 총을 든 사람들을 본능적으로 알아보았다. 대부분이 그녀와 같은 하층계급의 사람들이었다.

그녀는 그들과 같이 저녁 늦게 해방의 기쁨을 나누었다. 개인은 개인을 열어, 마을은 마을을 열어, 거리는 거리를 열어, 금남로는 금남로를 열어, 최후의 결전장인 도청의 열림과 더불어 민주공동체를 이루어 내었던 것이다.(「깃발」, 465면)

위 대목은 변혁과 혁명의 진정한 주체가 순수한 민중이라는 점을 강조하고 있다. 짐짓 최서해의 「홍염」의 마지막을 연상케 하는 이 장면은 '지는 싸움'임이 분명함에도 저항하는 순결성을 통해 민중의 힘을 보여주고 있다. 이 순결성은 자신의 주체성을 획득한 데서 비롯되었다고 할 수 있다.

그 각성의 한 차원이 연대를 통한 주체 구성의 방식이었다면, 다른 한 차원은 '글쓰기' 행위를 통한 주체의 발견이다.

순분이가 전태일이며 석정남이라는 이름을 알게 된 것도 형자 덕분이었다. 형자는 겉장이 다 닳아진 잡지책을 갖고 왔다. 『대화』지였다. '불타는 눈물'이 어찌 석정남 하나뿐이겠는가.

"언니, 이런 글이라면 우리도 쓸 수 있겠네."

하고 순분이는 말했었다.

"글이란 게 별게 아니야. 혼자서 간직하기엔 너무 벅찬 것 있잖니? 또 공장에서 일하다 보면 화나는 일들이 많잖아. 그런 일들을 글로 쓰는 거지."

"그래두 글재주가 있어야지."

형자는 도서목록 중에서 책 한 권을 꺼내 보였다. 『난장이가 쏘아올린 작은 공』. 순분이는 페이지를 넘겨보았지만 너무 어려웠다.

"뭐가 뭔지 모르겠네. 언니. 분명히 우리 얘기 같기도 한데."

"이게 바로 글재주라는 거야. 우리 얘기를 이상하게 써 놓았잖아. 우리 얘긴 우리가 써야 되지 않겠니?"

그래서 그녀들은 작은 책자를 만들었다. 시도 있었고, 수기, 고향으로 보내는 편지, 수필 등등이 실렸다. 형자의 의견으로 이름을 모두 떼었다.

"이름을 떼고 읽어 봐. 모두가 우리들 글 같잖아."

정말 그랬다. 모두 각자가 쓴 것 같았다. 하나하나 읽을 때는 잘 드러나지 않는데 전체적으로 읽고 나면 치밀어 오르는 것이 있었다. 개인의 불만들이 합쳐져서 집단의 분노가 표현되었다. 순분으로서는 처음으로 자신을 되돌아보는 계기였다. 그녀 가정의 가난만 탓해 왔었는데 그게 아니었다. 집단의 문제였다. 노동자 집단의.(「깃발」, 466면)

길게 인용된 이 부분은 80년대 문학의 지향점이 무엇이었나를 알려주는 대목이다. '집단적 주체 생산'이 그것이다. 들뢰즈와 가타리는 군중을 두 가지로 구분했는데, 미시-권력의 생산자로 권력의 토대를 굳건히 하는 것이 군중의 첫 번째 측면이라면, 한편으로 권력의 거시-정치에 구멍을 내는 분자적 무의식의 소유자가 군중의 두 번째 측면이다. 그 동안 노동자들의 태도가 전자의 모습으로 나타났다면 투쟁과 노동운동을 통한 민중은 후자의 국면이라고 할 수 있다. 각 개인들의 의식과 각성이 모여 하나의 '거대한 주체'로 나아가는 점은 들뢰즈와 가타리가 추구하는 탈주의 욕망과도 맞닿아 있다. 개인적으로 보면 현실의 문제가 가정에 국한된 '가난'의 문제였겠지만 주체로 성장했을 때에는 그 불합리한 위치들은 사회구조의 모순으로부터 기인되었음을 알 수 있게 된다.

70년대 소설이 주로 지식인이나 전문 작가에 의해 창작된 것에 비해 80년대의 문학은 위에서처럼 비전문 작가이자 실제 노동자들에 의해 생산된다. 수기, 르포, 편지 등 다양한 문학 형식이 나왔고, 실명이 거론되는 등 직서적으로 기술되었다는 점이 이전 문학과는 다른 특성을 드러낸다. 또한 여기에서 70년대 문학으로 거론된 『난장이가 쏘아올린 작은 공』의 난해함에 대한 이야기는 70년대가 정치적인 유신체제로서 언로가 80년대보다 더욱 차단되었다는 점을, 80년대는 크고 작은 산업투쟁을 통해 정치사회적 의식이나 언로가 좀더 자유로워졌다는 점을 예견할 수 있다. 또한 70년대 문학이 지닌 비현실성과 혁명적 대안의 부재 등도 간접적으로 드러낸다.

각각의 이름을 떼어내는 장면에서 이름을 지우는 행위는 각 개인성의 소실이 아닌 집단적인 주체성을 획득한다는 점에서, 그리고 '글쓰기'를 통한 주체 형성이라는 점에서 현실성 있는 대안처럼 다가온다. 특히 글쓰기 주체가 '여성'이면서 '노동자'인 점은 90년대 여성작가들의 글쓰기가 폭발적으로 이루어진 이유의 어떤 징후가 아니었을까 그 상관성을 따져봄직하다.

신문에서나 인권 단체, 종교 단체, 어디에서나 화해라는 말이 많이 나돌았다. 용서라는 용어도 뒤따랐다. 정부에서는 화해와 용서의 뜻으로 폭도들을 사형에 처하지 않는다고 발표하였다. 화해와 용서라는 말 속에는 진상을 가리려는 음모의 냄새가 풍겼다. 그녀들은 절대로 화해할 수 없었다. 그 누구와 화해할 수 없다는 말인가. 군사 독재 정권일 수도 있고, 폭도라고 떠드는 언론, 살아남은 자들 그리고 자기 자신일 수도 있었다. 군사 독재 정권, 언론, 살아남은 자들은 저 멀리에 있었고 가장 구체적으로 맞닿은 것은 자기 자신과 동료들이었다. 그녀들은 자신을 할퀴고 상대방을 할퀴고, 상처 난 부분에 피가 흐르고, 피가 흐른 부분이 채 아물기도 전에 다시 칼을 꽂았다. 그리하여 더 이상 혼자서 감추어 두었던 내밀한 부분마저 찢겨져 나와 아무것도 감출 것이 없었다. 그것은 마치 대검으로 찔리어 내장이 길 위에 삐져나와, 좀 전에 먹었던 밥알이 햇빛에 선명히 드러난 것 같았다. 그녀들은 눈을 똑바로 뜨고 진단하지 않을 수 없었다. 살아 있는 것은 부끄러운 일이었다. 그녀들은 비로소 살아 있는 것에 정당성을 부여해 왔던 자신들의 부분을 여지없이 부수어 버릴 수밖에 없었다.

살아 있는 것은 개인의 선택이었고 하늘 우러러 한 점 부끄러움이었고, 비겁이었고 또한 죄악이었다. 그것을 인정해야만 했다. 그리고 다시

시작할 것이었다.(「깃발」, 492-493면)

노동자들은 "언론이라는 것이 가진 자들의 나팔수에 불과하다는 것을 꿰뚫어보고"(「지옥선의 사람들」, 194면) 있다. 담론적 실천과 물질적 실천이라는 면으로 볼 때 노동자 계급이 분산방식을 통한 대립적, 모순적, 적대적인 실천이라면, 자본가 계급은 통합의 방식으로, 즉 모순을 무모순으로, 적대를 우호적으로, 대립을 통일로 은폐 내지 지배 내 통합의 다른 표현의 담론적 실천을 행하고 있다. 폭도들을 사형에 처하지 않겠다는 발표는 용서와 화해의 제스추어를 표면에 내세움으로써 이면에 은폐된 지배 이데올로기의 진상을 가리려는 음모 혹은 공모이다. 그 과정에서 폭도라는 말은 바뀌지 않았으며, 여전히 군사 독재 정권, 언론, 살아남은 자들은 저 멀리에 있어 책임을 물을 수 있는 대상들이 아니다. 그 책임의 소재는 다시 자신들과 동료들로 되반사된다. 살아 있음에 대한 부끄러움은 역설적으로 다시 시작할 수 있는 힘을 부여한다.

그녀들은 부상자와 구속자 명단을 놓고 계급적으로 분류해 보았다. 사망자는 제외했다. 잘못 알려지면 그 숫자만 죽었다고 확정될 수도 있으니 말이다. 사망자는 좋은 세상이 오면 정확히 확인해야 될 일이었다.
유산자 계급—엄밀한 의미에서 이 계급의 한 사람은 한 사람도 없다. 그러나 안정된 직업을 가진 사람들을 이 계급에 포함시켰다. 회사원, 축산업, 공무원 등.
지식인 계급—재야 인사, 운동권 청년, 교사, 대학생, 학생, 지적인 일에 종사하는 사람들 등등.
농민계급—농업에 종사하는 모든 사람들.
무산자계급—세 곳에 포함되지 않은 모든 사람들을 이 계급에 집어넣었다. 공원, 세차공, 음식점 배달원, 무직, 외판원, 타일공, 양복공, 세탁

공, 청소부, 노점상, 점원, 가난한 주부, 운전수, 보일러공, 소상인, 막노
동, 고물상, 행상, 용접공, 자개공, 목공, 구두닦이 등등.
　　유산계급—34명
　　지식인 계급—240명
　　농민계급—47명
　　무산자계급—822명
　　"어떤 사람들이 이 항쟁에 가담했고 투쟁했고 죽었는가를 꼭 기억해야
돼. 그러면 너희들은 알게 될거야. 어떤 사람들이 역사를 만들어 가는가
를……. 그것은 곧 너희들의 힘이 될 거야."(「깃발」, 493-495면)

　　이름의 물신성은 주체의 실천에 충실한 것이 아니라 주체와 분리
된, 그 이름의 실천 즉 이름이 끊임없이 등재, 호출, 지명, 반복, 기
억, 각인되는 과정에서 주체와 분리되더라도 이미 욕망-권력이 이름
그 자체에서 양생되는 것처럼 믿어지도록 유도한다. 이와 함께 이름
앞에 내걸어지는 '간판'과의 은유관계들에서 주체의 실천과 연계되는
헤게모니나 이데올로기는 형성된다.[35] 은유관계를 크게 두 집단으로
분류해 보면, 하나의 집단은 지적인 능력이 결여되고 소유 능력이 결
여된 노점상, 농민, 공장 노동자, 구멍가게 주인, 택시기사, 철도기관
사, 청소미화원 등으로, 다른 하나의 집단은 지적인 능력을 소유했거
나 안정된 직업을 가진 검사, 의사, 교수, 언론인, 기업총수, 장관 등
으로 나뉜다. 은유집단 내에서는 권력의 친화성이 존재하지만, 그 권
력의 친화성은 두 은유집단 사이에는 모순과 충돌로 얼룩지고 있으며,
무엇보다도 후자의 집단이 전자의 집단에 대하여 구조적으로 지배적인
권력을 행사해 왔다면, 전자의 집단은 억압되고 소외된 타자성을 내면
화한 타자 집단이다.

---

35) 고길섶, 앞의 논문, 231면.

위의 언술에도 이러한 권력관계가 드러나고 있다. 유산계급과 지식인 계급에게 부정적 어조가 실려 있으며, 반공주의와 근대의 폭력성이 가장 가시적으로 드러난 상황에서 폭력에 동일화되기를 거부하는 투쟁은 특히 무산자계급에서 이루어졌음을 알 수 있다. 이는 권력을 행사해온 집단은 보수적이고 지배담론에 동일화하는 순응하는 주체라는 점을, 억압을 받아온 계급은 혁명을 통해 반동일화를 지향하는 '나쁜 주체들'임을 알 수 있다.

한 주체의 입장에는 무의식적으로 타자의 입장이 스며들게 되는데, "'나'를 타자에게 드러냄으로써만, 타자를 통하고 타자의 도움에 의해서만 나는 나 자신을 인식하고 나 자신이 된다. 자기 인식을 구성하고 있는 가장 중요한 행위들은 다른 의식('너')과의 관계에 의해서 결정된다. 존재한다는 것은 타자를 위해서 존재함을 의미하며, 그리고 타자를 통해서, 대자적(對自的)으로 존재함을 의미한다. 인간은 그만이 가지고 있는 내적 영역을 가지고 있지 않다. 그는 완벽히 늘 경계에 놓여 있다. 자기 자신의 내면을 바라볼 때 인간의 타자의 시선으로, 타자의 시선을 통해서 바라본다."[36]고 역설했던 바흐친의 대화 이론은 여공 자신들의 광주 체험과 노동현실에서 타자에 대한 주체 형성과 맥락을 같이 한다. 바흐찐의 언급에서 '나'와 '주체'의 자리에 노동자, 특히 이중으로 억압받아오면서도 자신의 위치를 주체화시키지 못했던 여성노동자들을 대입해 보면 타자의 시선과 언술들의 대화적 관계를 통해 주체적인 자리로 부각된다는 점을 알 수 있게 된다.

투쟁은 '끝까지 책임지는 것'이다.

---

36) 츠베탕 토도로프 저(최현무 역), 『바흐찐:문학사회학과 대화이론』, 까치, 1987, 136면에서 재인용.

> "없는 사람들이 끝까지 책임지고 투쟁을 했어. 그렇다면 5월은 진짜
> 투쟁의 시작이야."
> …"그 연장 위에서 우리의 투쟁 목표는 분명해졌어."(「깃발」, 503면)
> 머리카락이 휘날렸다. 작업복 자락이 펄럭였다. 점점 멀어지면서 새벽
> 여명 속에 옷자락의 펄럭임만이 보였다. 수없는 펄럭임이었다. 그것은
> 깃발이었다.(「깃발」, 504면)

여성노동자들의 분류행위는 계급적 인식을 반영하는 것으로, 그녀들은
계급적 인식과 당파적 성격을 갖게 된다. 그런데 계급이 미시적 흐름
들을 통해 선별, 동일화, 표준화함으로써 형성되는 거시적인 몰적 구
성체[37]라고 할 때 계급적 인식이 각 주체들을 그들의 계급 인식에 동
일화되기를 강요할 때는 또 하나의 권력 계급이 될 소지가 있다. 이러
한 몰적으로서의 구획된 집단이 아니라 차이와 개별성을 인정하는 집
단적 주체로 나아갈 때에 진정한 주체를 생산할 수 있는 동시에 해방
의 지점을 선취할 수 있을 것이다.

> "이제 겪은 얘기는 그만 하자. 지금 중요한 건 그게 아니야. 지금부터
> 가 정말 중요한거야."
> 형자의 말로는 완전한 해방이 아니라는 것이다. 지금 광주는 해방구이
> 지만 고립된 해방구다. 해방구라는 말 자체가 풍기는 구역 분계선이 있
> 다. 이제부터는 해방구를 중심으로 구역 분계선을 넓혀 나가야 한다. 전
> 라도 전역, 경상남북도, 충청남북도, 강원도, 경기도, 서울이어야 한다.
> 그리고 한라에서 백두까지 해방구가 되어야만 진정한 해방이다.(「깃발」,
> 468면)

'광주'는 해방구이면서 동시에 고립된 해방구다. 작가는 '감옥'과 같은

---

37) 서울사회과학연구소, 앞의 책, 132면.

곳이면서도 경계선인 벽을 통해 지역을 넘어 진정한 해방으로 나아가
야 진정한 해방임을 역설하고 있다. '광주'는 곧 욕망의 흐름들이 잠재
해 있는 잠재적 공간이자 가능태로 존재하는 기관 없는 신체38)인 '알'
의 공간이다. 즉 어떤 욕망의 극점에서 포획되고 현동화(actualization)
될 수 있는 해방의 공간이며, 하나의 카오스 상태, 어떤 고정된 질서
로부터도 벗어나서 무한한 변이와 생성을 잠재적으로 품고 있는 횡단
가능한 공간인 셈이다. 이와 함께 「깃발」에서도 감옥이라는 장치를 푸
코가 보여준 감옥 판옵티콘과 다르게 매우 긍정적으로 제시하고 있다.
즉 감옥을 미시-권력을 파헤치고 사회를 혁명적으로 전복시킬 공간으
로 상정하고 있다.

　"감옥이 바깥과 차단되어 고독할 것 같지?"
　"그렇지가 않아. 절대로 고독하지가 않지."
　하나의 커다란 집단으로서, 아무리 엄격하게 격리한다 하더라도 그들
은 강한 연대감으로 맺어져 있다는 것이다. 연대는 두터운 벽도 파고든
다. 벽은 살아 있어 말을 하기도 하고 쿵쿵 하는 신호로 의사를 소통하
기도 한다. 한마디의 말이나 한 번의 눈짓으로도 모두를 이해한다. 감옥

---

38)　들뢰즈와 가타리의 기관화되기 이전의 '기관 없는 신체(Body without
　　Organs)'라는 말은 원래 프랑스의 다다이스트 시인이자 잔혹극의 창시자인
　　앙토넹 아르토로부터 빌어온 것으로, 유기체화 되기 이전의 신체를 가리키며,
　　본성적으로 유기체화되는 것을 거부하는 신체로, 가장 적절한 대상물인 '알'로
　　비유되곤 한다.(들뢰즈와 가타리, 『천의 고원』, 9면)
　　　한편, 아사다 아키라는 『逃走論』에서 기관없는 신체를 다음처럼 설명하고
　　있다. "한마디로 말하면 이것(기관 없는 신체)은 힘들의 원질료 같은 것이라
　　고 하면 되지 않을까 생각합니다…운동의 강도(強度)가 무한대가 되고 그것
　　이 곧 제로가 되는 상태, 그것은 거기에서 힘들이 다양한 강도의 파동군(群)
　　으로 구성되어 가는 원질료로서의 강도 제로＝무한대이며, 그 위에서 기계들
　　이 브라운 운동을 해서 리좀적으로 연결되어 움직여 가는 기반이기도 합니
　　다."(아사다 아키라 저(문아영 역), 『逃走論』, 민음사, 1999, 59-60면)

은 갇혀 있는 것이 아니다. 사회를 진단하는 하나의 집단이다. 그것도 전투적인 집단이다, 하고 윤강일은 말했었다. 또 하나 노동자 집단도 전투적 집단이라고 덧붙여 말했다. 윤강일은 두 집단의 유사성을 여러 예를 들어 설명했다.

　본래 인간에겐 양면성이 있다. 강함과 약함. 용기와 공포. 아름다움과 추함. 존엄성과 비열성. 이 두 집단에는 이런 양면성이 허용되지 않는다. 어느 한쪽만이 요구된다. 이것 아니면 저것이다. 강함, 용기, 아름다움, 존엄성. 이러한 면모들은 두 집단이 갖고 있는 성격-적이 분명한-으로 이 선택은 사회의 어느 계급보다 용이하다, 라고 윤강일은 말했었다. 그가 잘 쓰는 용어들은 다음과 같다.

　혁명. 비지. 피티. 전사. 빨치산. 무장투쟁. 계급투쟁. 시가전. 유격전. 죽창. 게릴라. 봉기. 제국주의. 자본주의. 주변부자본주의. 종속이론. 해방신학. 제3세계. 민중. 프랑스혁명. 빠리꼼뮨. 러시아혁명. 레닌. 볼셰비키. 베트남…….(「깃발」, 462면)

　위의 대목을 따르면, 강학들 중에 윤강일은 데모 주동자가 되어 감방 생활을 했던 경험을 통해 감옥 집단(아마도 사상범과 정치범에 한정하는 듯 보이는)과 노동자 집단의 유사성을 위와 같이 이야기한다. 두 집단은 사회를 진단하는 지표이자 전투적 집단이며, 모든 인간적 양면성이 허용되지 않는, 한쪽만을 요구받는 집단들이라는 점에서 공통적이다. 또한 그 양면성 중에서 윤리도덕적으로 (＋)극에 가까운 '강함, 용기, 아름다움, 존엄성'을 보다 용이하게 얻을 수 있는 계급 집단이기도 하다. 그렇다면 반대로 감옥 집단과 노동자 집단을 억압하거나 '적'으로 인식하는 권력 집단은 휴머니즘의 측면에서 '약함, 공포, 추함, 비열함'의 (－)극에 가깝게 된다. 이러한 인식은 70년대 문학에서도 보여준 측면으로 좀더 직접적이고 현실적으로 그려내고 있다는 점에서 차이가 있다.

　그러나 지식인(대학생)의 이론적 무장과 생경한 용어들, 달리 말하면 다른 나라의 사상을 수용하는 과정에서 얼마나 연속성과 역사성을 지니느냐에 대해서는 다소 회의적이다. 작가도 그리고 있듯이, "용어들은 잠시 동안 역사 한가운데에 젖게 하는 마력을 갖게 하지만" 정작 중요한 질문인 "그러나 어떤 역사인가. 전봉준의 농민전쟁. 항일유격대. 이름 없이 죽어간 전사들이 만들어 낸 역사와 어떻게 관통할 수 있는가"라는 뼈아픈 질문을 통해 운동권 지도부와 지식인들의 운동성향에 대해 비판하는 것을 볼 수 있다. 힘의 논리에서 물론 광주는 패배로 돌아갔지만 그 운동의 핵심적 실천의 주체가 누구인가를 묻는 의미에서 이 점은 중요하다. 즉 역사를 현재화하는 과정에서 그 사건의 본질을 꿰뚫어 다시 기억한다는 행위는 현재와 미래를 위한 토대가 될 수 있기 때문이다.

그런 점에서 작가 홍희담은 유강일의 도피와 급진파와 온건파로 나누어져 끝내는 분열되고 마는 집단을 보여줌으로써 대립집단 뿐만 아니라 동일한 이데올로기를 지닌 집단 내에서도 진정한 대화를 통한 연대감을 형성하기가 어렵다는 점을 비판적으로 보여준다. 곧 광주 체험에서 드러난 연대의식이 '벽'을 살아있는 실체로 생성해 내지만 정작 현실에서는 과거 동학농민전쟁이나 항일유격대, 그리고 이름 없이 죽어간 전사들이 만들어낸 민중의 역사와 희생의 역사와는 다소 괴리감이 있는 사건이자 한계점으로 드러내고 있는 듯하다.

> "광주가 광주로서만 존재하는 것이 아니라, 광주의 지평을 확장하여 광주가 곧 서울이고 부산일 수 있다는 말이지."…
> "그게 무슨 말이냐면 전제와 폭압을 격파하고 새 질서를 창조하려는 민중의 피가 흐르고 있는 곳이라면 어디나 다 광주라는 거야 내 말은. 예를 들어 리비아의 트리폴리나 이란의 테헤란, 남미의 여러 도시들도 광주일 수 있다는 거지. 또 역으로 광주가 트리폴리나 테헤란 마닐라가

될 수도 있고.”(「십오방 이야기」, 99-100면)

이행의 근본 요소는 광주의 분자적 성격처럼 ‘대립이 아니라 다양성’의 인정, 즉, ‘부정’이 더 이상 결핍을 함의하지 않으며, 결정이 더 이상 형이상학적 하향화 그리고/또는 대립이란 기제의 요소로서 파악되지 않고, 틀은 확실히 총체성의 분절들이 지닌 상대성 안에 있지 않다는 사실로 이루어진다.39) 80년대의 소설은 많은 평자들이 한계점으로 지적하곤 하는 단순한 이분법적 구도에 놓여있는 것이 아니라, ‘우리’와 ‘그들,’ 그리고 ‘나’와 ‘또 다른 나’의 적대적 구축을 통해 80년대적인 현실과 그 현실에서 벗어나고자 하는 분자적 흐름의 욕망을 가장 적실하게 보여준 것이다. 또한 분산된 주체들로 남는 것이 아니라 결절점을 가지면서도 분리되는 ‘절합’된 주체의 모습으로 나아갈 수 있는 가능성을 보여주었다. 벽으로 남는 것이 아니라 벽을 뚫어 나아가는 자발적인 연대의식이야말로 이행의 근본 조건이자 진정한 해방으로 나아갈 수 있는 요건일 것이다.

문학이 삶의 방식을 변환시키는 문학이라고 할 때, 민중적 문학은 민중을 다룬 문학이나 민중을 옹호하는 문학, 혹은 민중에 의해 창작된 문학이 아니며, 민중의 삶을 재현하는 문학도, 민중의 입장을 대변하는 문학도 아니다. 총체성이나 전망이라는 성분을 거기에 추가하는 것 또한 재현이나 대변, 신원이란 지반 안에 있을 뿐이다. 누가 만든 것이든, 무엇을 소재로 한 것이든, 민중적 문학이란 민중의 삶을 변화시키는 문학, 민중의 감각과 지각 능력을 변화시키는 문학, 다른 종류의 삶의 방식으로 민중을 촉발하고 변용하는 문학이다.40) 이런 전제

---

39) 안토니오 네그리, 앞의 책, 284면.
40) 고미숙 외, 앞의 책, 29면.

로 80년 민중문학의 진정성을 말할 때, 80년대 소설은 80년대의 현
실을 살아간 노동자들의 삶을 노동자들이 직접 체험했다는 의미를 넘
어 민중적인 투쟁과 연대의식을 통해 자본주의의 지배 담론과 교환 가
치에 균열을 내고 새로운 주체적 삶으로의 이행을 보여주었다는 점에
서 그 의의를 찾을 수 있다.

제 5 장

1990년대 여성소설의 호명 양상과 탈구 방식

'민중문학'이 근대성 구현의 한 정점으로서 민중의 의미가 특권화되었던 시대의 산물이라면, 여성문학은 탈근대를 표방하는 90년대에도 여전히 타자로 남아 있는 여성의 위치를 극복하려는 열망의 산물이다.1) 그만큼 '여성'이라는 기호에는 근대 체험과 타자의 욕망이라는 이중의 흔적이 남아 있다. 정절 이데올로기로부터 야기된 유교적 습속은 여성을 요부(妖婦)와 요조숙녀로 분리될 것을 강요했고, 일제 식민지로 말미암아 여성들은 국가에 동원되거나 근대교육을 통해 신여성의 지위를 획득해야만 하는 의무를 의식적, 무의식적으로 강요받게 되었다. 이러한 과정에서 근대의 여성은 가장 직접적으로 식민화된 '몸'을 내면화하기에 이르렀다.

이러한 역사적 내면화는 오랜 습속으로 남아 한 세기가 지나가는 90년대 여성소설에서도 드러나고 있다. 가부장제는 여성의 몸을 식민화하는 기제로 여전히 작용하고 있으며, 성 또한 죄와 금기, 터부와

---

1) 김정란, 「비평정신과 여성시」, 《문예중앙》, 1999년 가을호, 146면.

타락의 영토에 갇혀 있다. 다시 말하면, 끊임없이 여성의 몸을 가두고 지배하는 어떤 힘, 즉 거대한 주체(대타자Other, 대주체Subjcet)가 여성의 삶 위에서 조감하고 있는 모습들이 90년대에 등장한 다수의 여성소설들에 형상화되어 나타난다.

여성소설에서 특히 언어의 문제는 중요한데, 왜냐하면 라캉의 견해처럼 언어는 부권제적 압제의 근원으로 간주되며, "존재하자마자 언어 속에 태어나 언어는 여성에게 말을 하고, 법칙을 지시하고, 죽음의 법칙"을 제시하는 매개로 작용해 왔기 때문이다. 이런 남성언어는 부권제의 문화 속에서는 남성이나 남성다움이 긍정적인 것 혹은 규범으로 세워지고, 여성이나 여성다움은 부정적인 것, 비본질적인 것, 비규범적인 것, 즉 타자로 간주된다.[2] 즉, 당신(여성:인용자)이 말하는 언어는 당신(여성 스스로: 인용자)을 죽이고 있는 단어들로 만들어진다. 그들은 말하기를, 여성이 말하는 언어는 정확히 말하자면 남자들이 착취해 간 것들을 지칭하는 기호들(signs)로 만들어진다.[3] 이러한 문제의식을 전제하여 성이 담론화될 때 지배이데올로기가 여성을 어떻게 불러내고 있는지, 그리고 그러한 타자의 주체일 뿐인 소설 속의 여성인물들이 어떤 탈주의 모색을 하는지 살펴보기로 하자. 이는 오랜 기간 몸에 각인된 식민성과 근대극복의 차원을 넘어 새로운 주체를 형성하는 모습을 모색하는 것이기도 하다.

---

2) 조세핀 도노번 저(김익두·이월영 역), 『페미니즘 이론』, 문예출판사, 1995, 227면.

3) Monique Witting, Les Guerilleres, 크르스테바 외 저(김열규 외 역), 『페미니즘과 문학』, 문예출판사, 1988, 34면에서 재인용.

1. 이데올로기적 호명 기제와 주체 형성 양상

1) 여아(女兒)의 명명(命名)을 통한 주체 형성

아리스토텔레스에게 있어서 특성은 이차적인 것일 뿐만 아니라 본질적인 것도 아니다. 그러나 모든 행위자는 적어도 한 가지 특성, 즉 그가 수행하는 행동으로부터 도출되는 특성만은 가지고 있음이 분명하다. 이것은 행위자의 이름(nomina agentis)에 함축되어 있는 사실로서4) 그만큼 이름이란 개인의 아이덴티티를 형성하는 중요한 요소라고 할 수 있다.

소설에서 인물은 고유한 이름으로 명명된다. 그 이름은 개인의 이름이기도 하고 가족의 이름이기도 하다. 이름짓기에 대한 의미부여는 인물의 인물짓기 뿐만 아니라 무생물의 상호명(商號名)에도 이른다. 인물의 성(姓) 혹은 이름은 가족 구성 안에서 가족의 기대와 기준을 반영하는 대표적인 상징 기호이다. 인간은 모두 자신의 이름에 함의된 가족의 정신적 유산을 짊어지며 살아가도록 기대되어 있다. 특히 여성소설에서 '이름짓기'란 아버지의 권력을 표상하는 결정적인 행위였고, 명명 행위 속에서 여성은 타자로 존재해 왔다. 리치(A. Rich)는, 명명 행위 자체가 어떻게 남성의 특권이 되어 왔으며, 어떻게 우리가 새롭게 보고 새로 이름짓기-즉 새롭게 살기 시작할 수 있는가 하는 데 대한 실마리를 찾은 바 있다.5)

이름과 권력 관계의 관련성에 대한 논의를 보면, 일차적으로 이름은 개인의 정체성을 의미하기도 하지만, 더 나아가 이름은 집단의 권력을 상징해주는 표지이기도 하다. 왜냐하면 언어가 어떤 하나의 장

---

4) 시모어 채트먼, 앞의 책, 144면.
5) 크리스테바 외 저(김열규 외 역), 앞의 책, 22면.

(champ)에서 권력의 이동을 제어하거나 추동하는 보이지 않는 상징자본으로 작용한다고 말한 부르디외의 주장처럼, 명명행위는 권력을 행사하는 것과 연관되기 때문이다. 일례로, 우리는 식민지 시대에 이름이라는 아이덴티티의 박탈이 개인에게는 죽음에 이르는 길과 동일한 차원이었다는 것을 알고 있다. 곧 정체성의 상실은 인간의 위기이고 그것의 보존은 인간의 필수 요건6)인 동시에 자아의 정수로서 이름은 인간의 본질적인 존재 기호이며 역사적 흔적이다. 따라서 이름에 대한 박탈은 인간 존재의 근원적인 뿌리를 단절시키는 것과 다름없다.

1990년대 여성 작가 중에서 가부장적 가족 질서에서 타자화된 여성 인물의 이름과 그 이름 속의 정체성 형성을 둘러싼 호명의 의미에 대해 생각하게 하는 이가 전경린이다. 그녀는 작품 곳곳에서 유년 시절의 호명의 의미와 그 호명에 의해 부자유스러움을 겪는 여성서술자들의 모습을 잘 표현하고 있다. 이러한 경향은 부계적 의미 '중심'에 대한 해체·수정·전복의 다원적 시도와 맥락을 같이 하는 것으로 볼 수 있다.

전경린의 여러 단편들의 처음 부분에는 태어나면서 결정된 이름에 대해 유년 시절에 겪거나 혹은 성장해서 경험하는 여자 아이의 이름 부르기에 대한 부분이 많이 나타나고 있다. 그 부분을 제시해 보면 다음과 같다.

> 진은 미와 이란성 쌍둥이로 태어났다. 그 애들이 태어났을 때 위로 이미 언니가 둘이나 있었다.
> 어른들은 애타게 아들을 바라다가 딸 쌍둥이를 받게 되자 한 아이를 남자애로 키우기로 했다. 어른들은 딸애에게 남자애 이름을 붙여 부르거나, 남자애 모양으로 키우면 터를 고추밭에 팔아 다음에 남동생을 본다

---

6) 크리스테바 외 저(김열규 외 공역), 앞의 책, 223면.

고 믿었다. 하필이면 진이 그 역할을 맡게 된 건 우연이었다. 무슨 이유 같은 건 있을 수가 없었다.(「환과 멸」, 188면)

위의 경우는 남성중심적 가부장제의 남아선호사상을 단적으로 보여 준다. '여자'라는 생물학적인 성을 '남자애의 이름'인 언어로 지우고 억 압함으로써 대를 잇기 위한 필사적인 모습이 암시되고 있다. '부계혈 통 의식'과 '남아선호사상'이 여전히 여성의 현재의 삶을 크게 지배하 고 있음을 알 수 있다. 남아선호 사상은 대를 잇는다는 봉건적 인식뿐 아니라 본질적으로는 남성성이라는 동질성을 중심으로 권력화 되어 있 는 사회적 구조에 의해 규정7)되는 것이다. 여성성을 열등하고 이질적 인 것으로 배제한다는 의미에서 가족은 계급적 장치이자 가족 구성원 에게 최초의 계급적 지위를 부여하는 기구이다. 이러한 문제는 '가족' 자체에 있는 것이 아니라 가족주의 · 가부장주의 · 봉건적 잔재와 같은 사회적인 모순들에서 비롯되는 것이다.

계집아이와 사내아이에게 붙여지는 이름 역시 매우 시사적이다. 사 실 이름은 부모의 표현되지 않은 욕망이나 포부를 반영할 수 있는 것 이므로 우리에게 일정한 고정틀을 강요하기도 한다.8) 그런데 성이 지 워지게 된 계기가 필연적이 아닌 우연적이라는 데에 여성서술자의 비 극이 있다. 후에 진은 자신의 정체성을 찾지 못하고 방황한 끝에 자살 함으로써 생을 종결한다. 언어의 상징적 폭력이 성을 압도한 셈이다.

내 이름은 이미나. My name is MINARI. 중학생이 되어 세 번째 영어 시간쯤이었을 것이다. 아직 서로 이름도 알 수 없었던 낯선 단발머 리 여자애들은 까르르 웃어댔다. 그로부터 나는 미나리로 불린다. 미나

---

7) 권명아, 앞의 책, 75면.
8) 마리나 야겔로 저(강주헌 역), 『언어와 여성』, 여성사, 1994, 221면.

리, 스물세 살의 청년이었던 남편은 나의 별명에 열광했다. 미나리, 미나리, 미나리…. 그는 어쩌면 누군가를 향해 미나리라고 부를 수 있었기 때문에 나를 사랑한 게 아닐까. 미나리라고 부르면 쌉싸름하고 연한 이미지가 이빨 사이에서 아삭 씹힌다고 했다. 남편은 여전히 나를 미나리라고 부른다. 그것은 여자에 대한 그의 취향인지도 모른다. 그가 미나리, 라고 부르면 나는 여전히 세 번째 영어 시간의 단발머리 중학생인 것처럼 느껴진다. 유순해지는 느낌이면서 동시에 너무 작은 스웨터를 껴입고 있는 것 같은 불편한 느낌…. 딸도 가끔 미나리 엄마라고 부른다. 아주 화가 났을 때나 아주아주 기분이 좋을 때.(「새는 언제나 그곳에 있다」, 216-217면)

담론의 이데올로기는 무엇보다도 어휘에 부과되는 함축을 통해 실현되고 확장된다. 위의 화자는 성장하면서 겪게 된, 특히 대표적인 이데올로기적 국가장치인 학교9)의 수업시간에 공개적으로 '호명'되고 미묘한 웃음을 유발시켰다는 의미에서 내면적 상처를 갖게 된다. 성인이 되었을 때도 여전히 그 이름을 둘러싼 '이미지'로 하여 불편한 느낌을 갖게 되는 모습을 보여주고 있다.

한번 정한 아이의 이름은 쉽게 바꿀 수가 없으며 가정의 안팎에서 끊임없는 확인작업이 일어난다. 아이에게 엄마 아빠 이름을 외우게 하고 자기 이름을 숙지시키는 과정이 진행되는 것이 그것이다. 이때 이름과 명칭체계는 중요한 자기 확인의 도구가 된다. 각자의 이름은 개인정체성의 대체물이라고 할 수 있으며, 이름이 없는 존재는 자기 존재를 결여할 수밖에 없다. 이름이 등재되는 경로를 따라가면 한 인간

---

9) "학교는 모든 사회의 계급들의 취학 연령 자녀들을 수용하며 이후 가족 국가장치와 학교 장치 사이에 꽉 끼인 채 가장 상처받기 쉬운 여러해 동안 새롭거나 낡은 방법으로 그들에게 지배이데올로기에 둘러싸인 노-하우들(불어, 산수, 자연사, 과학, 문학 등) 또는 단순히 순수 상태의 지배 이데올로기(윤리, 공민교육, 철학 등)를 주입하여 가르친다."(알튀세르 저(김동수 역), 앞의 책, 100면.)

어린애의 일생이 확인되며 그와 함께 그의 정체성 형성과정, 그가 자
신은 어떤 존재라고 여기는 과정이 확인된다.

> 나, 윤미소. 처음 만나는 사람들은 언제나 내 이름을 되묻곤 했었다.
> 미소? 입가에 제각각 나름대로 미소의 기억을 떠올리며. 미소라니……
> 나는 종종 그런 생각을 했었다. 아버지는 어쩌자고, 이 심란한 생을 향
> 해 이토록 우화적인 이름을 붙여 나를 내놓았을까? 아마도 아버지는 생
> 이 이 이름에게 조금은 더 관대하기를 바랐던 것인지 모른다. 아니면 이
> 이름이 생에 대해 관대하기를 바랐을 수도 있겠다. 그것도 아니면 생이
> 란 것의 우스꽝스러움을 일찌감치 꿰뚫어보셨던 것일까…… 아버지의 염
> 원 덕분인지 몰라도 어쨌든 나는 내 식대로는 관대한 편이다. 이 생에
> 대해, 그리고 나에 대해. 그러니 제발, 이 참을 수 없는 생도 내게 조금
> 은 관대해주었으면 좋겠다.(「염소를 모는 여자」, 7면)

주인공인 윤미소는 딸아이와 남편이 있는 서른 두 살의 평범한 주부이
다. 텍스트의 처음 부분에는 자신의 이름인 '미소'에 대한 사연이 제시
되고 있다. '미소'는 한 여성을 지칭하는 이름으로, 그녀에겐 밝고 경
쾌한 소녀적인 이름10)이 붙어 있다. 문제는 문자 그대로의 미소라기

---

10) 고길섶은 이름이 성(性) 차이-권력임을 말하면서, 남자가 양성이므로 진취,
    발전, 활력, 적극성, 투쟁, 지능 따위의 상징체계를 수호해야 하는 것처럼,
    여자는 음성이므로 안정, 유순, 평범, 소박, 단정, 후덕 따위의 상징체계를
    수호해 왔음을 지적하면서, '여성적인 이름'이라는 관념이 생물학적이거나 우
    주론적인 이유 혹은 이름미학(여성적인 감성미)에서 그 정당성을 보장받으려
    한다고 하더라도, 그것이 역사적 실천을 통해서 드러난 것은 성(性)의 모순
    을 첨예화시킨 허구적 이데올로기라는 것, 즉 문화적 지리학과 함께 여성성
    혹은 여성의 정체성을 여성적이어야 한다는 이름의 담론구조에 환원시킴으로
    써 여성들의 권력을 억압해 왔다는 것 이외의 다른 무엇이 될 수 없다고 말
    한다. 그와 함께 '여성적 이름'이라는 지시어의 배후에는 '남성적 이름'이라는
    또 다른 이데올로기가 공존하면서 여성만이 아니라 남성들도 억압당하고 있
    다는 공론화의 필요성을 제기한다. 앞의 글, 232면.

보다는 심란한 생에 대한 '우화적인 이름'이라는 데 있다. 이 '미소'는 문자적 의미 외에 그것을 포함한 문장들을 생과 연결지을 때 다른 의미로 전이될 수 있다. 이름인 동시에 삶의 방식과 연결지어 읽을 수 있는 이 은유적 문장들은 의미론적으로 다른 해석가능한 이차적 문장들의 가능성을 열어놓는다. 이 작품에서 '미소'는 문자 그대로 '소리를 내지 않고 빙긋이 웃는' 웃음이다. 큰소리내지 않는 미소는 생이 내게 관대할 때도, 내가 생에 대해 관대하거나 생이란 것이 우스꽝스러울 때에도 지을 수 있는 헛헛한 웃음일 가능성이 크다. 이름은 가타리의 표현을 빌면 '초자아'의 영역이다. 이름이 적절한 균형을 획득할 수 있는 유일한 방식일 경우는 크게 문제가 되지 않겠지만, 그와는 달리 개인을 억압하는 기제로 발휘된다면 미시-파시즘적인 요소로서 작용하게 된다. '미소'라는 이름은 '아버지의 법'에 따라 부여된 이름이다. 그런데 여성서술자가 느끼는 곤란함은 처음 만나는 사람들의 '되묻는', 반복이 주는 강박적 기억이자 각인의 과정이라는 점에서 유발된다. 이처럼 이름 부르기 행위는 대개 여성소설에서 잘 등장한다. 소년·소녀기가 인격형성의 결정적 시기라고 할 때, 특히 가부장적 이데올로기에의 갈등, 억압 등의 흔적이 여성서술자들의 이름을 통해 드러난다. 아버지의 성을 이어받는 원칙은 가부장 사회를 있게 한 근거이며, 이를 통해 권위와 명명권 사이에는 밀접한 관계가 있음을 알 수 있다.

'미소' '미나리'라는 명칭은 여성의 호칭으로 부여된 상을 자기 자신으로 오인11)하면서 정작 역행자는 소외되고 마는 주체 형성의 과정을

---

11) 라깡에 의하면 에고라는 것은 자신의 거울상에 대한 동일시를 통해 얻어지며, 이를 통해 정체감을 획득하게 된다. 이런 점에서 거울상이라는 소외된 상은 상상을 통해 자신을 동일시함으로써 얻어진 오인인 셈이다. 이진경, 「라깡: 도둑맞은 편지, 도둑맞은 무의식」, 『탈현대사상의 궤적』, 새길, 1995, 260-262면.

함축적으로 보여주게 된다. 결국 주체란 분열된 주체인 셈이다. 어린이는 어른이 바라는 대로 자라나야 한다고 믿게 만들며, 어른의 모델에 들어맞지 않는 면모에 대해 죄의식을 갖거나 그 의미를 경시하도록 만들기 때문에 어른, 특히 아버지는 어린이를 영토화하는데 효력을 발휘한다. 어른들이 '어린이'라고 호출하는 순간 그것은 이미 '어린-이-만들기'라는 지배문화적 계열로 포섭12)되는 동시에 어른들이 요구하는 주체 형성의 과정을 겪게 된다.

위에 제시된 부분들의 공통점은 라깡의 상징계, 곧 가부장제 이데올로기 언어가 존재 그 자체를 압도한다는 점이다. 일반적으로 언어에 나타난 남녀 차별 현상으로서 '남성'을 가리키는 말이나 남성이 쓰는 언어는 중립적이고 무표적(unmarked)인데 비해서 '여성'을 가리키는 말이나 여성이 주로 쓰는 언어의 특성은 유표적이라 할 수 있다. 이로써 기호와 그 기호가 내포하는 '이미지'에 따라 여성서술자들은 지워지기도, 반복되기도, 대체되기도 하며 강박적으로 주체화된다.

아이의 주체 형성 과정에서 호명에 의한 상징적 작용13)이 일어난다는 점을 기본적으로 수용한다면, 아이의 정체성 형성은 아이가 가족

---

12) 김화선, 「韓國 近代 兒童文學의 形成過程 硏究」, 충남대학교 박사논문, 2002.
    2, 92면.
13) 여성 주체의 명명과 호명 기제를 논하는 경우 남성 주체의 명명을 함께 검토하는 일이 필요하다고 말할 수 있다. 이러한 요구는 정당한 것이기는 하지만, 텍스트를 독해하는 과정에서 남성 주체가 그들을 호명하는 권력에 대해 심각하게 고민한 남성작가의 소설을 볼 수 없었다. 부권제적 의미를 갖는 언어를 사용할 때 여성들이 그들에게 부여되는 타자성에 대해 깊이 인식하고 억압적인 것으로 받아들이는 반면에 남아(男兒)가 등장하는 경우 그들은 명명될 때에 여성 주체들에 비해 강박적이거나 유의미한 것으로 다루지 않는다는 것을 알 수 있었다. 따라서 '남성적 이름'의 공론화의 제기는 남성/여성이라는 성적인 단순비교가 아니라 '언어'의 속성과 그에 대한 전제로부터 새롭게 비교되어야 하리라 생각한다.

내에서 이름을 부여받는 것으로 끝나지 않을 것으로 보인다. 이름을 부여받는다는 것은 가족적 질서에 귀속되는 일일뿐만 아니라 호적에 등재된다는 것이며 따라서 법제도 등 사회체제의 관리를 받게 되기 때문이다.14) 이때 아이는 그 자체로서 독자적인, 또 하나의 운명이라기보다는 어른에 부속된, 더 구체적으로는 여성에 부속된 존재로서의 의미만을 지니고 있을 뿐이다. 여기에서 "한 남자와 한 여자가 낳은 작은 동물을 작은 인간 어린애로 변화시키는 기이한 사건과 그 결과들"15)을 해명하는 일은 또 다른 주체 형성을 살펴볼 수 있는 통로가 될 수 있다.

이점은 배수아 소설에서도 잘 나타난다. 배수아의 소설에서는 아버지의 주문에 의해 딸(소녀들)이 오인의 플롯 속에서 의미화되는 서서화된 가족이야기의 모순적 구조를 찾을 수 있다.

> 아버지의 손을 잡고 기차를 타러 역으로 향하던 여자아이의 젖은 두 눈동자. 긴 머리칼에 나비처럼 앉아 있던 붉은 비단 리본, 비안개 속을 천천히 걸어가던 여자아이의 아버지의 휘어진 두 어깨, 이 세상의 처음부터 있었던 그 쓸쓸함. 사람들은 여자아이의 아버지가 나타남으로 해서 여자아이가 미지의 세계에서 온 공주도 아니고 중국 마법사의 딸도 아니고 그냥 가난한 오리 장수의 많은 딸들 중의 하나일 뿐이라는 것을 알게 되었다. 그때까지 여자아이의 놀라운 재주를 신비스러워하던 사람들이 결국은 아무것도 아니었어, 하면서 여자아이에 관한 것을 잊게 되었다.
>
> (「바람인형」, 149면)

아버지에 이끌려 쓸쓸하게 걷는 어린아이의 풍경은 떠나기 전의 아버지가 부여해 주었던 공주도, 마법사의 딸도 더 이상 아니게 된다. 그

---

14) 알튀세르 저(김동수 역), 앞의 책 참조.
15) 알튀세르 저(김동수 역), 위의 책에서 「프로이트와 라깡」 부분 참조.

환상은 아버지가 나타남으로 해서 그 동안의 환상이 오인이었다는 것을 알게 된다. 아버지로 대변되는 상징적 질서는 아이(인간 전체까지도)의 자아—형성identity-formation의 토대를 이룬다. '나'라고 말함으로써, 그리고 아버지 이름으로부터 추출된 고유이름을 받아들임으로써, 아이는 언어체계에 의해 분열된 인간 주체가 되며, 그 언어 체계는 그 혹은 그녀의 '순수한' 언어 이전의 존재로부터 영원히 소외시키고 상징적 타자 위에 자아의 어떤 감각과 의식을 의존하게 되는 역설을 수반한다. '긴 머리칼에 나비처럼 앉아 있던 붉은 비단 리본'은 공주 이미지에 덧대어진 휘황찬란한 신성함의 기호가 아니라 아무 것도 아닌 것으로 살해되는 여성적인 것의 비극적인 운명을 보여주는 그로테스크한 기호로 작용한다.16)

가부장적인 제도와 관습 속에서 여성 인물들은 지배 이데올로기의 자연화와 은폐성으로 인해 자아가 상실되거나 부계적 가족 이름 속에 묻히게 된다. 이러한 내면화 과정은 여성을 상징하는 대상의 호명을 통해 어떤 특징적 국면을 제시하는 상징적 차원으로 나타난다. 전경린의 「평범한 물방울 무늬 원피스에 관한 이야기」에서는 작품 전체에 걸쳐 원피스 이데올로기가 인간 개체를 주체로서 호명하는 과정을 볼 수 있다.

> 여자라면 한번쯤은 물방울 무늬 원피스를 입었던 시절이 있을 것이다. 또 남자라 해도, 한때 물방울 무늬 원피스를 입은 여자와 알고 지낸 적이 있을 수 있다. 물방울 무늬 원피스란 패션이라기보다는, 오히려 분 냄새나 마스카라, 혹은 뾰족구두같이 여성의 원형적인 향수를 환기시키는 하나의 기호처럼 느껴진다. 자신의 생에서 반복될 뿐 아니라, 어머니에게서 딸에게로, 그 딸의 딸에게로 반복되는 여성에 관한 몽상과 꿈과

---

16) 권명아, 앞의 책, 113면.

오해와 추억 같은 본질적인 아련함을 내포하고 있다.(「평범한 물방울 무
늬 원피스에 관한 이야기」, 12면)

위 인용문은 물방울 무늬 원피스가 옷의 본래적 기능을 벗어나 '여
성다움'을 고착화시키는 분 냄새나 마스카라— 혹은 뾰족구두처럼 여
성의 원형을 상징하는 기호로 제시되는 상황을 보여준다. 부권제의 문
화 속에서는 남성이나 남성다움이 긍정적인 것 혹은 규범으로 세워지
고, 여성이나 여성다움은 부정적인 것, 비본질적인 것, 비규범적인 것,
즉 타자로 간주된다. 화장품과 패션은 여성을 그들의 타자성 속에 집
어넣는 데 기여한다. 그런데 이러한 원형의 심각성은 자신뿐만 아니라
무수한 여자들로 반복된다는 데에 있다.

「사막의 달」에서도 옷은 여성의 삶의 사회적, 운명적 기호로 나타
나고 있고, 「거울이 거울을 볼 때」의 사촌언니의 칸나색 원피스 역시
여성적 삶의 기호다. '원피스'는 여성적 운명의 상징으로서 '원피스 이
데올로기'라 칭할 수 있는 상징의 차원으로까지 확대된다. 근친상간의
엄격한 금제를 알게 된 후 얻게 된 원피스는 '나를 지배한, 혹은 나의
공범자적인 하나의 정신'으로까지 영향을 미치고 있다. 그것은 또한
'비정상적으로 길고 선병질적이었던 소녀기' 전체를 드리웠던 것이기도
하다. 「밤의 나선형 계단」에 나오는 이웃집 여자 아이의 '빨간 원피
스,' 영화 속에 나오는 뚱뚱한 여자의 '흰 원피스,' 그리고 「사막의 달」
에서의 해연의 흰 원피스, 「거울이 거울을 볼 때」에서의 사촌 언니의
칸나색 원피스 등은 여성의 순결성, 가부장제에서의 여성다움, 그리고
연약함의 여러 의미를 지니는 여성을 상징하는 또 다른 호명 기제라고
할 수 있다.

나에게 이름을 부여해 주고 그 이름을 부여받음으로써 내가 종속하

게 되는 이 이데올로기는 신, 국가, 민주주의, 도덕률, 자유, 평등 혹은 여자다움과 같은 매우 강력한 가치 개념으로 차있는 신념 체계이다. 이러한 신념 체계에 한 개체가 종속되고 그 가치들을 내면화하고, 그것을 통해 하나의 정체성을 획득하게 되는 과정(여자다운 나), 즉 여성인물들에게 타자의 정체성을 부여해준다. 「세 번째 묘지, 세 번째 계곡, 세 번째 폭포」에서 남자의 "이녁을 행복하게 해줄게"의 말은 "한 여자를 소유하게 하는 유혹의 말이며, 자녀들을 거느리게 해주는 약속의 말이며, 일가를 이루고 가장으로 군림하게 해줄 권력의 말"이다. 그러나 그 말이 '생을 혼란에 빠뜨린 재앙'이 된다는 점을 그 남자는 알지 못한다. 자신이 누군지 간절하게 알고 싶어 하는 여자의 간청의 말에 남자는

> 당신은 이미 내 아내요, 당신은 이미 내 아이의 어미요. 제가 누구인지를 알면 무엇을 하겠다는 말이오? 나는 당신이 누구라 해도 놓아주지 않을 테요.(「세 번째 묘지, 세 번째 계곡, 세 번째 폭포」, 241면)

라고 말한다. 남자에게 여자가 누구인가는 중요하지 않다. '아내'와 한 아이의 '어미' 그리고 그 위치가 중요한 것이다. 여기서 호명 행위는 정체성을 부여해 주는 것으로 나의 존재의 근원과 이 세상에서의 나의 자리를 지정해 준다. 그리고 정체성을 부여받은 뒤에 필연적으로 따르는 행동의 규범을 따를 것을 강제한다.

여성의 문제를 전면적으로 다루지는 않지만, 오정희의 「새」에서도 아이에게 있어 이름이 어떻게 작용하는가를 보여주는 부분이 있다.

> …비행기가 하늘에서 떨어졌을 때 태어났으니까요. 그때 사람들이 수도 없이 많이 죽었대요. 내 이름은 우미에요. 우주에서 제일 예쁜 아이

구요. 내 동생은 우일이에요. 우주에서 제일 멋진 남자가 되라고 우리 엄마가 그렇게 지었대요.

우주에서 제일이라구? 네 엄만 욕심이 많구나. 어느 해였지? 비행기가 떨어져 사람들이 떼죽음을 했던 때니까. 그래 네 말이 맞다. 열두 살이구나.

비행기가 떨어졌을 때 나는 태어났다. 아버지는 꽃을 기르고 있었다.…꽃장수는 떼죽음이 있어야 돈을 번다고 아버지는 두고두고 그 시절을 그리워했다. 나는 실제로 커다란 비행기의 배가 물고기처럼 갈라지고 인형처럼 두 팔과 다리를 벌린 채 떨어져 내리는 사람들을 본 것 같았다.…어쩌면 나도 그때 그렇게 떨어진 아이들 중의 하나인지도 몰랐다.

아버지는 그 이후 큰돈을 쥐어보지 못했다. 다음해의 우박과 홍수로 집과 꽃밭을 떠내려보내고 도시로 나왔다. 우일이는 운이 나빴다. 그애를 낳았을 때 아버지는 빈털터리였다. 우리가 아주 가난해졌을 때 우일이는 나뭇가지처럼 가느다란 팔다리와 커다란 머리통을 가진 아이로 태어났다.(「새」, 136-7면)

이 작품은 어머니가 죽고 아버지의 바람기로 거의 고아인 것처럼 내몰린 어린 남매가 큰집과 산동네 방을 전전하면서 성장해 가는 모습을 그리고 있다. 열두 살 난 어린 여자아이가 어떤 아저씨의 술을 받으면서 나이보다 성숙해 보인다는 말에 자신의 나이와 출생에 대해 스스로 말하는 대목이다. 냉담하리만큼 건조한 문체가 비의적으로 느껴진다. 어른의 기대와 우려로 붙여진 '우미'와 '우일'이라는 이름은 그 의미에도 불구하고 가난과 죽음의 흔적들로 채워져 있다. 이처럼, 이름은 자기동일성을 표현하는 주체의 욕망이나 주체 형성과도 연계되는 한편, 사회적 관계들에서의 차이와 권력의 호명메커니즘이 개입하는, 따라서 이름은 투명한 주체의 평화로운 거울이 아니라, 항상, 부정과 저항, 모순과 갈등들로 잠들어 있거나 출렁거리는 사회-역사적 실천의 장소이다.17) '우일'이와 '우미'의 기호에는 아버지의 '파산'과 '비행기가 추락한 대가로 치러진 사회적 죽음,' 그리고 가족 해체의 근대사회의 모순이 집약적으로 드러난 역설적인 의미를 담고 있다. 결국 하나의 담론체계에서 진정 의미 있는 것은 개별 낱말들의 조각들이 아니라, 개념들이 움직이는 배치이다. 이 작동의 메커니즘을 간과한 채, 오직 낱말의 의미를 우선 규정해 놓고 일의적 해석을 가하는 것은 일종의 동일성의 폭력이다.18) 부여된 이름대로 동질화되기를 바라는 희망은 자아를 억압할 수도 있는 상징폭력인 셈이다.

구조의 측면에서 여성소설에서 여자 아이가 겪게 되는 유년시절은 주로 1인칭 시점으로 여성의 내면을 고백하는 성장소설의 양식19)으

---

17) 고길섶, 앞의 논문, 218면.
18) 고미숙, 『한국의 근대성, 그 기원을 찾아서-민족·섹슈얼리티·병리학』, 36면.
19) 성장소설의 갈래적 특성을 정리하면, ①내재적 요소와 외재적 요소가 상호텍스트적으로 결합되어 있는 갈래 구분이 쉽지 않은 소설 유형이며, ②이항대립의 구조를 가진 탐색담과 통과의례를 바탕으로 한 입사담의 특질을 갖고 있다. ③자아와 세계에 대한 새로운 인식과 실천을 보여주며, ④담론주체의 정립과 유년서술자가 등장하는 양식적 특성을 갖고 있다. ⑤기억이나 회상의 방식과 반성적 사유에 근거한 자기 고백의 담론 특성을 가지고 있으며, ⑥기성사회에 대한 강한 비판이나 부정의 반담론과 함께 기성사회를 수용하고 내면화하게 하는 상징권력의 담론이 반어적으로 구조화되어 있다.(최현주, 『한국 현대 성장소설의 세계』, 박이정, 2002, 28-45면 참조.) 문재원은 1970년대 소설을 논하면서 성장소설은 합리화와 더불어 새로운 입사를 준비하는 신참자에게 성장의 모델을 제시하고 그것을 수용하게 하려는 의도를 함축하고 있다는 점에서 당대 사회의 상징권력의 한 유형으로 파악하고 있다. 즉 기성사회의 강한 억압과 강요에 대해서 수용과 인정을 간접화, 내면화시키는 상징권력의 작용으로, 모든 성장주체들의 행위는 기존의 사회질서를 정당화시켜주는 상징권력의 담론에 의해 구조화되어 있다고 기술한다.(문재원, 앞의 논문, 85-86면) 물론 이러한 측면도 타당한 면이 있지만 이데올로기의 호명과 주체의 관계에서는 이와는 반대로 읽힐 수 있다. 즉 무주체에서 이데올로기의 경합을 통해 자신의 예속된 주체를 발견하고 후에 새로운 주체를 생산하고 모색한다는 점에서 성장소설로 읽힐 수 있다고 생각한다. 곧 70년대와 80년대 소설, 그리고 90년대 소설은 위의 항목 중 ①, ②, ③, ⑥을 공유하고, 90년대 여성소설은 ④ 항목이 두드러지게 드러난다는 차

로 나타나고 있다. 이러한 공통적인 성향은 나의 말이 사회나 역사, 정치적인 상황에서 그대로 드러내기가 어려운 상태에서, 특히 가부장제의 이데올로기적인 현실과 경제적, 사회적인 지위를 획득하지 못한 여성작가가 택하는 기술방식은 심리적인 서술에 기대는 것이며, 자연 그 시점은 1인칭의 내면적 고백에 의지할 수밖에 없다. 이는 사회·문화적인 글쓰기 책략으로 읽을 수 있다.

또한 자본주의화가 진행됨에 따라 '현모양처' 이데올로기는 '사랑받는 아내,' '귀엽고 의존적인 아내'의 여성성을 더욱 강조하면서 새로운 형태의 가부장적인 원리로 작용하고 있다. 특히, 순결이데올로기는 가부장제 이데올로기의 또 다른 부분으로 여성들에게만 강요되고 있는 순결이데올로기의 폭력성을 드러낸다. 「거울이 거울을 볼 때」의 사촌언니가 순결을 의심받고 결혼식 후 일주일 만에 스스로 목숨을 끊은 것은 순결이데올로기가 여성을 얼마나 억압하는가를 보여주는 단적인 예라 할 수 있다. 또한 박완서의 「그 살벌했던 날의 할미꽃」에서도 여자들은 순결을 잃을까봐 죽기를 자청할 정도로 불안해하며, 여성들에게만 강요되고 있는 순결 이데올로기의 폭력성이 드러난다. 왜 남성들에게는 강요되지 않는 처녀성이 여성들에게만 강요되는지, 또한 남성들만의 이기적인 잣대인 처녀성을 갖고 왜 여자를 깨끗한 여자, 불결한 여자로 판단을 하는지 묻기 이전에 순결이데올로기는 여성의 몸을 무의식적으로 검열하는 기호로 작용한다. 여성의 몸을 둘러싼 이러한 대상들은 여성서술자들을 내면적으로 타자화시킴으로써 자신의 욕망과는 다른 주체의 상을 갖게 한다.

이가 있을 뿐 성장소설 혹은 각성소설로 볼 수 있다.

2) 타자의 내면화와 익명적 주체화

부계의 성을 따라 '이름'이라는 기호로 호명되는 여성의 주체의 형성에 관한 것이 앞선 논의라면, 이 부분은 오히려 현대사회에서 그녀들 혹은 그들의 이름을 지우거나 다른 기호로 대체함으로써 주체가 형성되는 과정에 대한 기술이다. 둘 다 주체가 순응적으로 받아들이면 문제될 게 없지만 억압적으로 인식되면 균열을 일으킬 주체화 과정이라 할 수 있다. 또한 타자에 의한 주체 형성이라는 점에서도 유사하다. 다른 점을 찾자면, 전자가 가족주의의 습속에 의한 것인 반면, 후자는 사회 제도, 특히 '일상' 이데올로기에 의한 것이라는 점에서 차이가 난다. 라이히(W. Reich)에 의하면 성적 억압은 권위주의적 가부장제가 확립되고, 계급이 분화되기 시작하면서부터 생겨난 것이다. 유아기부터 시작되는 성적 억압은 사람들의 인성을 권위주의적 성격 구조로 바꾸어 놓고, 이를 통해 사회적 권위주의가 유지될 수 있다고 본다. 그러므로 성적 억압을 주도하는 것은 권위주의적인 가족제도이며, 그 결과 권위주의적 가족제도는 국가의 구조와 지배이데올로기를 생산하는 기초가 된다. 이러한 가족에서 기원하는 지배이데올로기는 현대사회의 구조와 인간관계에 이르기까지 넓게 퍼져 있다.

'이름'은 예로부터 언어기호의 은유적(상징적) 특성을 가장 잘 나타내주는 개념으로 사용되어 왔다. '상징'이란, 언어의 표상기능과 의미기능 사이에 괴리가 존재하지 않는 언어표현으로서, 주체와 대상 사이의 '초월적 합일(transcendental synthesis)'을 인식행위의 이상으로 여기는 수사학적 개념이다. 따라서 '이름'이 함축하고 있는 상징적 의미는 일단 이 '초월적 합일'의 정신에 근거를 두고 있다.[20]

---

20) 이상신, 「失名/實名, 失明·失命?」, 김상태편,『현대소설의 언어와 현실』, 국학자료원, 1997, 263면.

그런데 이름뿐만 아니라 특정한 기호(별명), 이미지, 그리고 대상들도 호출 기제로 작용한다. 여성소설에서 그 기호들은 언제나 남성과 여성에게 기대하는 미덕을 가리키거나 사회에서 그들에게 부여된 입장을 반영하는 의미를 띤다. 가부장적 가족 질서에서 타자화된 여성 인물의 정체성 형성은 이와는 또 다르게 주체성을 지우는 방식으로 나타난다.

1990년대에 활발한 창작 활동을 한 최윤은 「하나코는 없다」를 통해 여성의 문제를 아우르면서 더 나아가 현대의 일상성의 의미를 묻고 있다. 제목은 하나의 담론적 약호로서, '하나코'라는 인물의 의미소와 '없다'라는 부정적 의미소가 어떻게 관련되는가를 기대하도록 만든다. 없는 존재로서의 '하나코'의 의미를 찾기 위해 수수께끼를 던지는 듯한 미로형의 전개와 여행모티프는 한 존재를 찾아가는 데 있어서 유용한 형식이라고 할 수 있다.

> 하나코. 그것은 그들만의 암호였다. 한 여자를 지칭하기 위한 그들 사이의 암호.…한 여자가 있었다. 물론 그 여자에게도 이름이 있었다. 그 이름은 그들의 도시적 감성에는 그다지 매력적으로 다가오는 이름이 아니었다. 그렇다고 그 때문에 암호를 사용한 것은 아니다. 그리고 하나코 앞에서 그녀를 별명으로 부른 적도 없다. 그들끼리만 모였을 때, 지루하고 전망 없는 하루 저녁 술자리에서 그녀를 지칭하느라 우연히 튀어나온 농담조의 이 별명이 암호가 되었다. 그들은 암호 만들기를 좋아하는 삶의 그리 밝지 못한 단계를 지나고 있었다.(「하나코는 없다」, 14면)

주어진 이름(작품 말미에 가서야 '장진자'라고 밝혀지는)이 있음에도 불구하고 '하나코'라는 기호로 불리는 여자는 '그들'만의 칭호이기 때문에 여자의 '실체'는 존재하지 않는다. 다만, 전망 없는 하루 저녁 술자리를 달랠 때에 농담이나 가십거리 정도의 기호로 존재할 뿐이다. 그리고

'하나코'는 본래의 이름이 있음에도 불구하고 도시적 감성에 어울리지 않는 매력적인 이름이 아니라는 이유만으로 붙여진, 건강한 삶을 살지 못하는 이 시대의 남성들이 암호화시킨 은어다. '하나코'라는 은어는 곧 현대를 살아가는 남성적, 일상적 이데올로기적 집단어인 셈이다. '하나코'라는 이름 혹은 은유적 별명은 차이-호명기호이다. 즉 타자들과의 차이를 표시해주는 고유기호이며 동시에 타자들 속에서의 한 주체를 호명하는 혹은 타자들 속으로 밀어 넣는 관계기호이다.21) 여기서 차이에서 비롯되는 이름의 기호가 어떻게 관계의 메커니즘으로 작동하는가라는 질문은 '하나코'라는 이름은 왜 붙여진 것이며 그녀의 진정한 실체는 무엇인가라는 질문과 관련된다.

> 그래, 그녀는 코가 아주 예뻤다. 그녀의 용모가 그다지 눈에 띄지 않는 어떤 분위기를 전달하는 반면, 그녀의 코 하나는 정말 예뻤다. 정면에서 보건, 옆에서 보건 일품인 코를 가진 여자. 그래서 붙여진 별명, 하나코. 그러나 이 암호는 그들과 어울려 다니던 시절에 만들어진 것은 아니었다. 그리고 이 별명이 붙여지기 전에, 그녀를 생각하면서 맨 먼저 떠올리는 것이 그녀의 코는 분명 아니었다. 그녀의 별명이 하나코가 된 데는 숨기고 싶은 그들 모두의 실수가 있었다. 아무도 꼼꼼히 되돌아보고 싶지도 않으며, 더욱이 인정하기 싫은 취기 속에서 일어난, 많은 사실들을 숨기고 있었던 작은 실수. 이렇게 별명으로 불러야 마음이 편한 상대를 누구나 한 명쯤 숨겨 가지고 있다면 그들에게 그 대상은 하나코였다.(「하나코는 없다」, 15면)

들뢰즈와 가타리에게 있어 호칭이나 이름이 부여된다는 것은, 식별가능한 인물에게로 고착된 성적인 욕망의 흐름이 규제됨을 가리킨다.22)

---

21) 고길섶, 앞의 논문, 227면.
22) 문아영, 앞의 논문, 13면.

즉 기표가 흐름을 '채취'하며, 이로부터 파생되는 친족관계의 체계는 정적인 구조가 아니라, 계속되는 하나의 관계, 실천, 절차, 심지어는 하나의 전략인 것이다. 실체를 드러내지 않고 어떤 암호나 별명으로 불릴 때 마음이 편해진다는 것은 그만큼 현대 사회의 익명성, 특히 남성들의 익명성과 관계의 메마름에서 기인하는 듯 보인다. 그래서 그들 자신도 자신의 이름을 말할 때에는 "자신의 이름을 대고 어색하게, 과장을 섞어 한바탕 웃"게 되는 것이다. 그들 자신도 왜 "꼭 왜색이 도는 그런 별명을 그녀에게 붙였지? 코하나가 더 낫지 않아. 대개 누가 붙여 줬어, 그 별명? 알면 참 기분 나빠할 거야." 하고 생각하게 된다. 여성이라는 알 수 없는 타자에 그들 자신의 환상을 투사시킴으로써 남성들은 진정한 여성과 접촉할 기회를 잃어버리는 것이다. 아이러니컬하게도 여성들에게 가면을 만들어 주어 그들이 원하기만 한다면 언제라도 그들 자신의 정체를 숨길 수 있도록 한 것은 바로 남성들이다. 이로 인해 남성들이 자신의 정체성에 대해 가지는 확신도 의심스러운 것이 되어버린다.23)

그 메마름의 근원은 무엇일까. 그것은 사람과 사람, 더구나 부부간에 '말'이 소통되지 않고 독백이나 언쟁으로 치닫는 소통불가능성에서 비롯된다.

지구의 저쪽 편은 아마도 대낮, 그리고 그만큼이나 거리가 나버린 아내와의 삶. 4년이라는 시간이 무색할 정도의 가속도로, 처음에는 제법 진지한 대화도 있었다. 실존이니, 가치관이니, 공유니 하는 단어들을 섞은 고상한 공방전은 아주 빨리 적나라한 언쟁이 되었다. 시시껄렁한 물건 구입이나 중간부터 치약을 짠다든지, 또는 늘 조금은 연기가 풍기게 담배를 비벼 끄는 그의 습관 같은 사소한 일을 두고 생겨나는 말다툼이

---

23) 팸 모리스 저(강희원 역), 『문학과 페미니즘』, 문예출판사, 1997, 51면.

단번에 두 사람의 온 존재를 부정하고 뿌리에서부터 뒤흔든다.

모든 단어들이 어디론가 증발해 버린 것처럼, 서로가 굳건히 지키는 침묵이 트집이 된, 그들 사이의 마지막 불화는…완전한 침묵 전의 고함처럼, 격렬하고도 계속됐다. 그들이 아니었더라면 얼마든지 찾아질 수 있는 다른 원인들, 서로를 부정하기 위해 필수 불가결한 정기적인 말다툼. 그리고도 세상에 대한 연극은 계속된다. 부부 동반으로 친척을 방문하고, 모임에 참가하며, 극이 끝나면 다시 냉전에 들어가는 나날들.(「하나코는 없다」, 25면)

생김새에서만 하나코라는 이름이 붙여진 것은 아니다. 그들에게는 좀더 근본적인 문제가 내재하고 있는데, 그것은 '말'이 대화가 되지 못하고 언쟁으로 치닫게 만드는 지리한 일상성 때문이다. 그래서 말로 인해 상처받고 답답함을 느끼는 그들이 생각한 탈출구는 장진자라는 인물을 그들만의 기호로 암호화한 것이고, 갑갑함이 더하면 더할수록 그들은 "그녀에 대해 얘기하고 싶은 마음과, 그녀에 대해 얘기하는 것을 자제하고 싶은 두 가지의 상반된 욕구가 교묘하게 절충되면서 그런 별명"을 붙였던 것이다. 이러한 양가감정이 기호화된 한 여성을 만들어 낸 것이다.

'나'라는 존재가 있기는 한데 그건 내가 아니라 그저 도구적이고 개념이 없는 상태이다. 익명성의 공간에서 어제 그 이름으로 살았다면, 내일은 다시 다른 이름으로 살게 될 것이다. 이렇듯 나라는 존재는 한 개인인데 여러 기호로 되고 그리고 전혀 남들에게 마음 속 가까이 존재하는 이도 아니고 그저 그런 어중간한 상태로 남게 된다. 하나코라고 불리는 여성은 마치 인터넷상에서 부유하는 익명의 존재처럼 느껴진다. 소설의 시작 부분과 소설에서 인물들의 명칭(하나코라든지, 정확한 이름을 드러내지 않고 이니셜 등을 써서 익명성을 나타내려고 한 것 등)에서 현대사회에서의 인간의 존재 상실 혹은 인간관계의 벽 같은 것을 느낄 수 있다.

'하나코는 없다'라는 표제는 모든 남성들이 찾고 있는 것은 하나코 이지만, 실제로 그 남성들에게 하나코는 존재하지 않는다는 것을 의미한다. 남성들은 이미 하나코에 대한 많은 환상, 때에 따라서는 허상을 가지고 있었기 때문에 그들에게 하나코는 실재하는 존재로서 다가오지 않는다. 바흐찐에 따르면, 기호란 관념적 투쟁이 진행되고 모순된 사회적 모습이 대립해 있는 전쟁터이다. 이데올로기는 남성의 상징체계, 그리고 남성의 커뮤니케이션 체계 내에서 모델을 만들어내는 도구이다. 집단의 연대성과 단결은 타 집단과 경계를 지을 수 있는 독특한 공동의 규약을 요구하는데,24) '하나코'라는 기호는 여성이라는 타자를 지칭함으로써 남성 집단의 연대감을 표출시키는 이데올로기적 장치이다.

주체의 소외 현상은 작명법에서도 드러난다. 하나코라는 이름은 그들끼리만 모였을 때, 지루하고 전망없는 하루 저녁 술자리에서 그녀를 지칭하느라 우연히 튀어나온 농담조의 별명이 암호가 된 것이지, 그녀의 이름(본명은 장진자)은 따로 있다. 다른 등장 인물들 또한 J·P·Y 등으로 되어 있다. 그리고 하나코의 친구는 '하나코의 친구'로 명명될 뿐 이름이 없다. 왜 하나코의 친구에게는 호칭이 없을까. 소설 속 익명 친구들의 모임에서 하나코라는 호칭은 분명 애칭은 아닌 것으로 보인다. 그것은 일종의 비하하는 호칭 중 하나로 느껴진다. 결국 남성중심 사회에 열성적으로 참여한 여성에게는 '하나코'라는 비하하는 호칭이 돌아가고 열성적으로 참여하지 못한 여성에게는 '친구'라는 호칭만이 돌아가게 되는 것을 이 소설은 보여주고 있다. 이렇듯 문학 텍스트 속에서 여성혐오적인 이미지가 반복해서 나타나는 것도 성관계에 있어 지배적인 위치를 차지하려는 남성들의 요구에서 비롯된 것이다.25) 자

---

24) 마리나 야겔로 저(강주헌 역), 앞의 책, 81면.

신들의 필요에 의해서 만날 때, 하나코는 하나의 표현 수단에 불과하다. 곧 이 소설은 현대 사회에서 점점 자신의 이름 대신 애칭이나 별명 또는 직위로 불려져 가는 현대 대중사회를 살아가는 사람들의 메마른 모습을 대변한다. 다시 말해서 장진자라고 하는 여인을 '하나코'라고 부르는 암호 속으로 끼어 넣음으로써 비밀스러운 익명성을 느끼고 있다. 곧 근대적 남성들은 관계 외적인 것에 지탱되는 관계나 자기 외적인 것에 자아정체성을 안주시킴으로써 감정적·정서적으로 결핍되어 간다고 할 수 있다.

그러나 남자들은 조금은 불안해 보이고, 조금은 삶에 지쳐있는 반면에 하나코라는 여인은 그렇지 않다. 존재가 금방 사그라져 버릴 것 같은 이상한 기분을 자아내는 하나코는 그와 그들이 만들어 낸 표피적인 인물이지만, 장진자라는 여인은 친구와 함께 남성들의 힘을 빌리지 않고 친구와 값진 성공을 이루어낸다.

그 달의 잡지에는 두 명의 동양 여자를 담은 커다란 사진과 함께 인터뷰 기사가 실렸다. '동양의 매력을 의자에 담는 한 쌍의 한국인 디자이너, 귀국 전야의 인터뷰.' 이런 제목이 붙은 기사를 대동한 사진 속의 한 명은 하나코의 얼굴이었고 그 옆의 활짝 웃고 있는 얼굴은 지금은 이름조차 기억나지 않는, 하나뿐인 것 같던 그녀의 여자 친구였다. 거기에는 그들이 우연히 참여한 이탈리아 주최 국제 인테리어 디자이너 대회에서 시작해, 촉망받는 독창성을 지닌 한 쌍의 디자이너로 독립하기까지의 과정이 대담 형식으로 쓰여져 있었다. 바로 그들과 가까이 지내던 시절의 하나코, 하나부터 끝까지 생소할 뿐인, 그녀의 학창 시절의 약력도 소개되어 있었다. 언제, 어떻게 하나코는 그들도 모르는 사이 이렇게 살았던 걸까. 인터뷰 기사는 이 한 쌍의 여인들이 의자 디자인만 고집하는 전문성과, 신체적인 편안함과 감각적인 미를 동시에 겨냥하는 그들 디자인의

---

25) 팸 모리스 저(강희원 역), 앞의 책, 36면.

독특한 매력에 경의를 표했다. 나머지 부분은 그녀들이 고안한 의자 사진이 곁들여진 전문적인 내용으로, 이탈리아와 한국에 동시에 개점할 그녀들의 사업에 대한 구체적인 절차와 계획을 다루고 있었다. 이 두 여인에 대해 기사는 때로는 동업자, 때로는 동반자라고 했다.(「하나코는 없다」, 41면)

성공해서 돌아온 기사를 보고 남성들은 그 인물의 실체를 알지 못했음을 알게 된다. '하나코'를 기억하는 남성들의 놀라움과 부러움의 교차되는 감정은 "여성들에 대한 그들 자신의 틀에 박힌 사고로 인해 혼란스러워진 남성들은 진실된 빛 속에서 여성들을 해독하지 못"[26]했기 때문이다. 남성들에 비해 여성들은 오히려 기존의 제도들로부터 억압받아오면서 역설적으로 사적인 영역에서 여성들 간에 고유한 친밀성의 세계를 발전시켰을 뿐만 아니라 내재적 속성과 정서적인 친밀감을 고양시킴으로써 외적인 것에 소외되지 않는 모습을 지닐 수 있게 된 것이다.

요컨대, 「하나코는 없다」는 여성을 지칭하는 기호를 통해서 현대사회의 인간의 익명성에 관한 문제, 차단된 인간들의 관계에 대한 좀 더 근원적인 문제에 천착하고 있다. 하나코는 한 여성이기 이전에 소설 속에서 그들로 명명된 익명 집단이 지향하고 있는 하나의 성소이다. 또한 '여성'이란 이미지 속에 그들의 꿈과 두려움을 투사시킨 것이기도 하다. 다시 말하면, 이 소설은 하나코로 명명된 우리들 기억 속, 이상적인 성소를 들추어내고 있다. 그것은 일상의 지루함에 파묻힌 현대인들이 저마다 마음속에 품고 있는 '어떤 것'이며, 그 일상 속에서 여성들을 포함한 개인들은 타자의 시선과 내면화 과정을 통해 주체의 상을 만들게 된다.

---

26) 팸 모리스 저(강희원 역), 앞의 책, 50면.

2. 호명된 주체의 탈구 방식

1) 변신-과정을 통한 탈주와 새로운 주체 생성의 욕망

이름은 언제나 남성과 여성에게 기대하는 미덕을 가리키거나 사회에서 그들에게 부여된 입장을 반영하는 의미를 띤다. 따라서 사회에서 여성에게 부여한 위치를 반영하지 않는 이름을 스스로 부여함으로써 여성은 자신의 사회적 신분, 간단히 말해서 자신의 아이덴티티를 찾을 수 있다. 그러나 작품 속의 여성들은 스스로 부여한 자신들의 이름을 갖지 못했을 뿐만 아니라 그 결과 목소리도 낼 수 없는[27] 처지로 그려진다. 그 억압의 측면이 가장 직접적으로 내면화되는 부분이 '몸'이다. 왜냐하면, 육체는 주체성을 주조하고 억압의 체험을 각인하는 곳일 뿐만 아니라 동시에 그러한 여성성의 역할들을 자율적으로 선택함으로써 욕망을 현시하며 감성을 내장하는 곳이어서 근본적인 물질성[28]을 지니는 공간이기 때문이다. 여성인물들은 호명의 억압성을 인식하는 순간 "어느 날 새벽에 깨어나 보면 발이 뻣뻣하게 굳어 영영 걸어나갈 수 없는" 신체적 변화의 징후를 드러낸다. 또한,

염소들은 야생적입니다. 해안 벼랑 끝에 노숙을 시켜도 끄떡 없습니다. 그러나 비를 맞혀서는 안됩니다. 비 오는 날은 공포에 빠집니다. 모든 떠다니는 것들이 그렇듯이 염소는 젖는 것을 가장 두려워합니다. 산을 넘는 나비, 강을 건너는 갓털 씨앗들, 대양을 횡단하는 새떼, 삶의 지붕 위에 떠오르는 영혼들, 그리고 당신…생각해보세요. 젖은 숲을. 비에 젖은 어둔 숲을요. 당신은 너무 오랫동안 그것을 견뎌왔습니다.(「염소를

---

27) 마리아 야겔로 저(강주헌 역), 앞의 책, 22면.
28) 태혜숙·손자희, 「페미니즘/여성주체/문화공학」, ≪문학과학≫ 14호, 문화과학사, 1998년 여름호, 150면.

모는 여자」, 48-49면)

염소가 가장 두려워하는 것이 비에 젖는 일인 것처럼 여성인물에게도 젖는 일은 일종의 '공포'에 가까운 일이 된다. 그럼 '젖는'다는 의미는 무엇일까? 가벼운 것들, 영혼들을 '젖게' 만드는 일은 미소가 꿈꾸던 이상을 억압하고 일상에 '젖는' 것을 의미한다. 아파트 거실에 박혀 밖으로 나오지 못하는 퇴화된 주부의 발은 일상에 '젖게' 됨으로써 만들어진 것이다.

대개 여성소설의 서사의 뼈대를 이루는 일탈과 방황의 여정은 개인적인 정체성에 대한 추구와 가족 이름 사이에서 목소리를 되찾고자 하는 진정한 자아의 탐색이라는 의미29)를 띤다. 그 탐색과 모색의 한 방편이 들뢰즈적 의미에서 다른 것으로의 '되기(becoming)', 특히 야생성을 지닌 동물로의 변신 구조30)이다. 그렇다면 왜 그들은 그 사회에서 생산적이며 능동적인 존재로 자신들을 표현하는 대신에 상상적 세계에 눈을 돌리는 것일까.

인간은 언어를 배우면서부터 자신의 존재를 다른 형태로 대체시키는 변신에 대한 원형적 욕망에 눈뜨게 되고 또한 언어를 통하여 그런 변신 욕망을 실현한다.31) 김승희에 따르면, 여성소설에서 변신모티프

---

29) 오세은, 앞의 논문, 443쪽.

30) 남진우는 천운영의 소설을 분석하면서 최근 소설에서 동물 이미지가 빈번하게 등장하여 중요한 기능을 행사하는 것은 근래 우리 문학의 두드러진 현상 중의 하나라고 지적하면서, 최근으로 올수록 문명에 순치되지 않는 야생동물의 사나운 야성을 강조함으로써 그로테스크한 분위기를 조성하는 쪽으로 선회하고 있다고 기술한다. 이제 동물 이미지의 유행을 시대적 추세에 뭉뚱그려 이야기하기보다는 작가별 작품별로 동물 이미지가 가진 미묘한 편차에 대한 주의 깊은 독해가 요구되는 시점에 이르렀다는 저자의 의견에 동감한다. 남진우, 「늑대의 후예」, ≪문학동네≫, 2003년 여름호, 231면.

31) 김승희, 「분열된 자아를 응시하는 제3의 자아」, ≪문학과 비평≫, 1998 봄

는 현실을 벗어나려는 해방과 자유의 상징이 되며, 변신이란 본질적으로 난폭한 것으로, 이성에 정면으로 도전하는 탈주와 같은 것이다. 다른 의미에서, 다른 종으로의 변신을 꿈꾸는 이유는 자신과 같은 존재는 늘 '열등한' 범주에 소속되어 왔다는 일종의 잠재의식의 결과이다. 특히 동물-되기는 여성-되기, 아이-되기, 분자-되기 등 무수한 되기[32]를 향해 열려 있다.

> 몸 안에 짐승같이 꿈틀거리는 무엇인가를 느낄 때가 있어요. 그래서 작품이 조금 기괴하게 비칠지도 모르죠. 하지만 그 꿈틀거림이 창작의 원동력인 셈이에요.[33]

전경린 단편소설에는 동물의 원시성, 야성성, 그리고 동물-변신이 두드러지게 나타나는데, 그녀가 밝힌 것처럼 동물에 관련된 상상력은 작품의 구조와 창작의 원동력에 중요한 배경이 됨을 알 수 있다. 여성 인물들은 "가끔씩 돌연하게 주인을 할퀴고 카르릉 울며 달아나는 여우나 고양이 같은 못된 짐승"이고, "바깥을 염탐하지 않는, 자기 내부에 틀어박힌 자의 침묵과 존재와 일체가 되어버린" 염소이기도 하다. 곧

호, 295면.

32) 모든 되기들은 이미 분자적이다. 되기는 어떤 것이나 어떤 사람을 모방하거나 그에 동일시하는 것이 아니다. 그것은 또한 형식적인 관계들을 비례화하는 것도 아니다. 주체의 모방이나 형식의 비례성, 그 어느 것도 아니다. 되기란, 우리가 가지고 있는 형식, 우리의 존재인 주체, 우리가 소유하고 있는 기관이나 우리가 수행하는 기능들로부터 출발하여 입자들을 추출하는 것이다. 이 입자들 사이에서 우리는 우리가 현재 되고 있는 중인 것과 가장 가까운 운동과 휴지, 빠름과 느림의 관계를 확립하는데, 그것에 의해서 우리는 ~이 되어 간다. 이러한 의미에서 되기는 욕망의 과정이다.(들뢰즈·가타리 저(이진경·권혜연 외 역), 『천의 고원: 자본주의와 정신분열증』 2권, 연구공간 '너머' 자료실 제작, 2000, 47-8면)

33) 고두현, 「전경린-작가초상」, ≪문학동네≫, 1998년 여름호, 251면.

여성인물들은 "뼈에 살과 털이 생겨나 늑대로 되살아나며, 사막을 달리다 갑자기 여인으로 변한다"는 늑대 여인 '로바'의 화신들인 셈이다. 영혼의 성소인 '염소'와 동일시되기 위해 변신을 꾀하는 「염소를 모는 여자」의 미소와 「세 번째 묘지, 세 번째 계곡, 세 번째 폭포」의 서술자는 비록 미완성으로 남았지만 그 변신의 상상력에는 현실을 새롭게 보고자 하는 의도가 내재해 있다. 이 동물들은 차현숙 소설의 주요 구조인 '나비-변신'과는 다른 야생의 습속을 지니고 있다.

차현숙은 나비의 성장과 비상의 속성을 담은 '나비' 연작을 발표하면서 여성인물들의 변환성을 형상화하고 있다.

> 지상을 날고 있는 생물 가운데 가장 아름다운 게 뭔지 알아? 글쎄, 백조, 카나리아, 잠자리는 아닐테고…나비야. 날개를 가진 것 가운데 가장 아름다운 건 나비야. 그 중에서도 모르포 나비가 최고지.…황홀한 블루의 색…잃어버린 순수한 사랑의 감정을 찾고 싶다. 그래서 아름다운 영혼이 되어 푸른 나비를 찾으러 갈 것이다.(「블루 버터플라이」, 232면)

> 버스의 열린 창 틈으로 민들레 꽃씨가 날아왔다. 손바닥에 띄워 놓고 창 밖으로 훅 불었다. 날아가라. 여기는 버스 안이야. 네가 뿌릴 내릴 순 없어. 부드러운 햇살 속에 눈같이, 흰나비같이 날아가라.(「또 다른 날의 시작」, 187면)

> 너(장자)는 아마 전생에 나비였을 거라구. 천상의 꽃밭에 들어가 꿀을 따다 수문장한테 들켜 수문장의 날카로운 창 끝에 찔려 죽었다. 그래서 자꾸 나비의 꿈을 꾸는 거다.(「나비의 꿈」, 7면)

어원학적으로 볼 때 동물(animal)을 의미하는 그리스어 조온은 영혼이 있고 생명을 가진 존재자들을, 더 나아가 귀신들(demons), 신들(gods), 영혼이 있는 천체, 그리고 가장 규모가 크고 완전한 생명체인 영혼이 있는 우주 자체까지도 포함한다.34) 이러한 여성인물이 '푸른' 색깔이 주는 시원성과 순수한 사랑의 감정을 찾고 싶다는 것은 이상과 의무감으로 묶여진 현실에서 벗어나 진정한 '나'를 찾고 싶다는 의미이다. '감정'이 늘 이성의 저편에서 연약하고 가치 없는 것으로 눌려왔듯이, 여성의 삶 또한 그러했으리라는 것을 행간을 통해 알 수 있다. 또한 그것은 수문장의 창에 찔려 갇힌 본래성이 무의식적인 꿈을 통해 자꾸만 수면 위로 내미는 것의 표출이기도 하다. 이 여성들은 "밤을 꿰뚫는 눈과 산 너머의 소리를 듣는 귀와, 땅 밑의 냄새도 맡는 코와 창살 같은 발톱과 이를 가지고 있는" 늑대들의 분신으로, "두려움을 사랑하고 두려움을 벗으로 여기며, 칼날같이 좁은 두려움의 길을 걷"는 존재들이다.

이와 같이 동물 되기는 개인적 욕망과 제도적 허용의 한계치 사이에서 위태로운 선택지로 존재한다.35) 여성소설의 변신모티프는 식물보다는 동물로의 변신을 애호한다는 것, 야성성·운동성·적극성을 통해 자유를 획득하려는 것이 그런 동물성의 추구에 담겨 있다는 것, 그러나 그런 동물로의 변신을 꿈꾸지만 그 결과는 미완성이거나 실패인 경우가 많다는 사실 등을 통해 여성의 꿈과 현실, 이상과 실제를 동시에 문제 삼는다고 할 수 있다. 일반적으로 여성소설에서는 진정한 자아를 발견하거나 자신을 옥죄는 식민지적 현실로부터 탈출해 자신의 영토를 확보하려는 것이 바로 변신에의 욕망으로 나타나게 된다.36)

---

34) 고미숙 외, 앞의 책, 385면.
35) 남진우, 앞의 글, 233면.
36) 김미현, 「존재론적 변신과 동물성의 수사학」, 김상태 편, 『현대소설의 언어와 현실』, 국학자료원, 1997, 79-80면. 논자는 변신의 종류에는 그 변신 '방법' 상으로 분류할 때 직접적(가시적·실재적) 변신과 간접적 변신(비가시적·상 징적)에는 두 종류가 있다고 보았다. 직접적 변신에 전경린의 「세 번째 묘지, 세 번째 계곡, 세 번째 폭포」와 오수연의 「벌레」가 속하고, 간접적 변신에 김

그리고 여자가 누웠던 자리 곁 숲에는 속이 텅 빈 늑대 가죽 한 벌이 뒹굴고 있었습니다…여자는 달이 시키는 대로 하였습니다. 달빛을 한숨씩 마실수록 어떤 힘이 자신의 영혼을 치받쳐 높이 떠올리는 것을 느꼈습니다. 그 힘은 둥글고 몸 안을 환히 비추도록 투명한 것이었습니다. 아홉번째 달빛을 들이쉬자, 몸이 달처럼 치솟는 것 같았습니다. 그러자 자기 몸에서 거칠고 야생적인 그 울음이 치밀어올랐습니다.…그때였습니다. 물이 떨어지는 폭포의 상단에 네 발로 걷는 짐승들이 홀연 나타났습니다. 늑대였습니다. 여자는 늑대들의 냄새를 알아챘고, 그것이 자신의 냄새라는 것을 깨달았습니다.(「세 번째 묘지, 세 번째 계곡, 세 번째 폭포」, 246면)

전경린의 경우 「염소를 모는 여자」와 「세 번째 묘지, 세 번째 계곡, 세 번째 폭포」 등의 단편에서 변신의 욕망을 드러내고 있는데, 소설에 나타나는 동물의 이미지나 동물적 상징은 "단성적으로 재단하는 가치체계에 대한 거부와 그 속에서 억압되었던 인간 본연의 욕망 표현이고, 세계의 악마성과 굴욕당하는 인간적 위축상의 고발37)이기도 하다.

그 변신의 내용이 가시적, 실재적이든 비가시적이든, 그리고 성공이든 미완이나 실패로 끝났다고 하더라도 그것을 가능하게 해준 힘은 '환상(fantasy)'이다. 토도로프에게 환상은 단순한 핑계 이상으로 사회

승희의 「호랑이 젖꼭지」와 전경린의 「염소를 모는 여자」, 차현숙의 「나비학개론」, 은희경의 「먼지 속의 나비」와 「불임 파리」 등이 이에 속한다. 성공변신에 해당하는 경우는 없고, 미완성변신에 해당하는 경우가 김승희의 「호랑이 젖꼭지」, 전경린의 「세 번째 묘지, 세 번째 계곡, 세 번째 폭포」와 「염소를 모는 여자」, 은희경의 「먼지 속의 나비」 등이고, 실패변신에 속하는 경우가 차현숙의 「나비학개론」, 오수연의 「벌레」, 은희경의 「불임 파리」 등이다. (77-79면 참조) 이에 대한 자세한 논의는 별도의 지면을 필요로 한다.

37) Bernard Mc Elroy, Fiction of the Modern Grotesque(The Macmillan P.Ltd., 1989), 21-24면, 이수정, 「현대소설과 동물의 주제학」, ≪한국문학이론과 비평학회≫제17집, 2002.12, 58면에서 재인용.

적이고 개인적인 검열과 맞서 싸우는 전복적인 장치이다.38) 지배이데
올로기가 주체를 끊임없이 불러내어 그것에 동일화하려는 동일시의 경
제는 타자를 자기 이미지로 복제, 재생산, 증식, 투자하려는 자기애의
또 다른 얼굴로, 자기 나르시시즘적인 욕망은 다른 쪽 입장은 배제하
고 한 쪽 입장만을 고수하려는 문화적 획일성에 의해 통제되는 배타적
인 이원론에 기반한 것이다.39) 또한 미메스시가 자기동일성을 반복,
확대, 생산, 재생산하려는 가부장제의 동일시 경제를 지탱해주는 기제
라면 환상은 이런 동일화에 포섭되지 않는 또 다른 곳을 설정하려는
상상력이며, 환상서사는 보이지 않거나 말하지 않는 것을 가시화하거
나 단어와 의미 사이에 틈새를 벌려둠으로써 하위텍스트가 산출될 가
능성의 공간으로 기능한다.40)

> 어제 오후 차창 밖으로 보았던 나비가 생각났다. 악착같이 바람을 거
> 슬러서 위태로운 비행을 하던 작은 나비. 그때 나는 왜 그것이 방향을
> 거슬러가려 한다고 생각했을까. 가고자 하는 제 방향이 있으리라고는 생
> 각하지 않았던 걸까. 물론 처음에 착각한 대로 나비가 아니고 먼지였다
> 면 그냥 바람을 따라갔을 것이다. 그랬다면 나는 제대로 바른 방향을 가
> 고 있다고 생각했겠지. 바르다거나 거스른다거나 그런 방향은 다 그 나
> 비의 생각과는 상관없이 내가 멋대로 짐작한 것일 뿐인데도. 그리고 자
> 기가 원하는 방향으로 간다는 것은 살아있는 것과 죽은 것의 준열한 차
> 이인데도(「먼지 속의 나비」, 272면)

바람은 나비의 비행과 자유를 방해하면서 나비를 일정한 곳으로 방향

---

38) 임옥희, 「환상, 그 위반의 시학」, ≪여/성이론≫, 여성문화이론연구소, 2000,
   78면.
39) 임옥희, 위의 논문, 73면.
40) 임옥희, 위의 논문, 81면.

을 지정해주는 지배적인 담론의 상징이다. 날개가 찢기는 고통을 감내하면서 그 정향을 거스르려는 '나비'는 새로운 주체이기를 욕망하는 여성 주체들이다. 살아있음과 죽음의 어떤 숭고하고 준열한 차이와 극한을 인식하면서도 자기가 '원하는' 혹은 본성이 이끄는 방향으로 가고자 하는 의지는 새로운 주체를 생산하려는 욕망에 닿아 있다. 그런 의미에서도 환상은 기존질서의 안과 밖을 넘나들면서 타협과 전복이라는 유쾌한 공간으로 열려진 출구인 동시에 가족 구도와 젠더 이데올로기로 고착시키려는 욕망의 구조 자체를 전복하려고 꿈꾸는 위반과 공포의 시학41)이다.

그런데 변신 욕망은 주체의 변화인 동시에 사회적 삶의 알레고리라고 할 수 있다. "벌레가 되어버리는 듯한 나의 고통스러운 증상은 사회적 분위기와 약간의 연관이 있을지 모른다. 아니, 실제로 그럴 것이다. 우리 시대에는 많은 사람들이 갖가지의 형태로 벌레가 되어버린 불유쾌한 기억을 가지고 살아가고 있을 것"(김영현, 「벌레」, 105면·126면)이라는 목소리는 단지 80년대 정치적 폭압 아래서만 나올 수 있는 것이 아니다. 곧 단순하게 개인적인 주체로의 변화를 넘어 변신은 사회 구조의 현실을 담아내는 기제로 기능한다.

　　…텔레비전 화면에 〈세계는 지금〉이라는 제목이 나타나더니 얼마 후에 내레이터의 음성이 들려왔다.
　　—지난 발렌타인 데이에 미국 캘리포니아의 한 연구실에서 수컷 초파리와 암컷 초파리 사이에 치열한 몸싸움이 벌어졌습니다. 짝짓기를 하려고 날개짓을 하며 암컷에게 달려드는 수컷을 암컷이 계속해서 머리로 들이받았습니다. 나중에는 다리로 수컷의 머리를 걸어 차버리기까지 했습니다. 이 암컷은 수컷이 정액을 뿌려도 알을 낳지 않았다고 합니다.

---

41) 임옥희, 앞의 논문, 86면.

아내나 좋아했을 얘기였다. 나는 물끄러미 화면을 쳐다보았다.
　―그 이유는 돌연변이 유전자 때문으로 밝혀졌습니다. 연구팀은 이 실험으로 돌연변이 유전자가 신경 계통에 영향을 끼친다는 것을 확인했습니다. 그 유전자에는 〈불만〉이라는 이름이 붙여졌습니다.(은희경, 「불임파리」, ≪현대문학≫, 1997, 231면)

　은희경의 「불임파리」에서 아내는 인공수정까지 해보아도 끝내 임신하지 못한 무기력한 삶을 보이는 반면에, 남편은 그런 아내에게 별다른 불만이 없다. 한적한 도시로 이사와서도 부부는 큰 무리 없이 지내지만 아내의 방에서는 상자에 무언가를 봉인하는 의식들이 계속해서 행해진다. 끝내 아내는 '무덤들'로 둘러싸인 숲의 한 모텔에서 외도를 한 후 남편에 의해 정신요양원에 보내지게 된다. 그 무덤들은 아내의 몸속에서 죽어간 것들의 상징이자 '불만'의 결과의 표지로 보인다. 이 작품은 불임이 지속되는 한 부부와 돌연변이 초파리 쌍을 통해 정상적으로 보이는 현대의 부부들을 소설 말미에서처럼 서로 '불만'이라는 돌연변이 유전자를 가진 암수 초파리로 그리고 있다. 즉 개인에 대한 사회의 불만과 신경증이 극대화한 현실에서 변신은 환경에 의한 주체의 왜곡과 분열을 상징화하고 있다. 여기서 사회는 거대한 구조악의 표상이다. 개인은 다만 사회의 전도된 가치에 대응하여 변신이라는 전도된 방법으로 존재를 항변할 수밖에 없다. 그러나 개인의 분열과 그에 따른 소극적 항변은 사회의 모순을 가장 효과적으로 드러내는 통로이다. 이때, 변신의 일차적 기능은 사회의 부정적 가치 체계에 대한 검증이다.[42] 카프카의 「변신」에 나오는 그레고르 잠자가 거대 산업자본주의에 매몰된 개인의 소외로부터 자신을 보존하기 위해 최후의 수단으로 택한 벌레로의 변신은 이점을 잘 보여준다.

---

42) 朴大鎬, 「변신모티프의 사회성」, ≪문학과 비평≫, 1988년 봄호, 304면.

멀리 카프카와 30년대 이상의 '변신'이 불행과 타락이며 또한 인간의 소멸과 추악해 가는 과정43)이었다면, 90년대 여성소설의 변신의 징후는 호명에 저항한다는 능동적, 주체적 표지이다. 왜냐하면 동물-변신에의 구조는 결국 사람의 숙명적인 비극성에 대한 초월이며 어떤 의미에서 현실의 현실다운 규격성과 질서를 파괴하려는 열정이며 자유 추구와 탈출 추구의 사고이며 소외와 시련의 연금술44)이기 때문이다. 변신에의 욕망은 기존의 소설과 다른 방식으로 일상적인 자아 혹은 몸을 낯설게 함으로써, 그리고 자동화된 습관적인 인식을 탈피함으로써 새로운 관계의 위치, 자리를 모색하는 탈구 방식이다.

진정한 동물-되기는 언제나 "가족을 이룰 수 있는 오이디푸스적 동물"을 거부하면서 "가족, 직업, 부부관계와 같은 시민사회의 거대한 몰적인 힘들을 침식"하는 것으로부터 시작된다.45) '이미 구획되어 있는 틀을 뛰어넘는' 횡단적 사고이며, "여러 요소 사이에 존재하는 벽을 트는 의미를 갖고, 여러 요소들 사이에 존재하는 위계를 뛰어넘는"46)

---

43) 오생근, 「동물의 이미지를 통한 이상의 상상적 세계」, 『李箱 문학전집 4』(김윤식 편저), 문학사상사, 1995, 206면.

44) 김승희, 「분열된 자아를 응시하는 제3의 자아」, 《문학과 비평》, 1998 봄호, 298면.

45) 들뢰즈·가타리 저(이진경 외 역), 『천의 고원』, 2권, 6면.

46) 사회과학연구소, 앞의 책, 148면. 들뢰즈·가타리는 『소수집단의 문학을 위하여-카프카론』(조한경 역, 문학과지성사, 1997, 27-28면)에서 카프카의 「변신」의 의미를 다음처럼 들려준다.

"동물 변신은 원칙적으로 절대적 탈영토화이다. 카프카는 황량한 세계에 고개를 들이미는 그 절대적 탈영토화에 내기를 거는 것이다. 동물 변신, 그것은 정확하게 말하자면, 동작을 가능하게 하며, 모든 가능한 도피선을 긋게 해주며, 문턱을 넘어서게 해주며, 오직 그 자체로 의미 있는 연속적 응집성 속에 이르게 해준다. 동물 변신의 모든 형태, 모든 의미화, 기표·기의를 와해시켜서 비형태, 비영토화의 물결, 무의미의 기호에 자리를 내준다. 카프카의 동물들은 신화 또는 원형과 결코 관계하지 않는다. 카프카의 동물들은 오직 경사 탈주의 기도이다. "이질적인 것들을 더 풍부하게 수용하는 신체, 그리고 환경과의 능동적 접속이 가능한 신체, 언제든 '다른 것'으로 변이할 수 있는 신체"[47]로의 변환이 가능할 때, 이성/비이성, 정신/신체, 정상/비정상 등의 이분법을 넘어 계급적, 성적, 소수의 집단과 접속 가능한 들뢰즈의 '집단적 주체'를 구성할 수 있게 될 것이다.

2) 반/역동일시의 주체적 입장 취하기

가부장제 이데올로기가 어떤 특정한 여성에게 순응적으로 작용할 경우, 그 여성은 여성다움을 통해 자신의 존재를 확인하고, 정체성을 갖게 된다. 그리고 이 이데올로기적 주체 형성이 보다 효과적으로 진행되는 경우, 더욱 더 여성다운 여성이 되기 위해 노력할 것이다. 그러나 그와 반대로 여성서술자가 자신의 정체성에 대해 물음을 제기하게 되면 가부장적 호명 이데올로기가 여성 자신들을 억압하고 있다는 점을 알게 된다. 가부장제 이데올로기의 다른 방식인 '원피스 이데올로기,' '주부 이데올로기'는 공적인 공간으로의 참여를 막고 사적 공간으로 여성들의 범위를 축소시키는 결과를 낳으며, 종국에 가서는 여성을 '일상성'에 묶어두게 만드는 장치로 확대된다. 그 사적이며 일상적인 이데올로기적 장치로 기능하는 공간은 다름 아닌 '가정'이다. 여성에게 있어서 '집'은 현실의 닻을 내리고 있어야 할 부두와 같은 곳이다. 그 닻을 올려 떠나고 싶어질 때 내면의 갈등과 가족 사이의 반목

(傾斜)가 없는 밀도 높은 자유 영역과 조응한다."
47) 고미숙, 167면. 또한 들뢰즈는 동물-되기의 세 원리를 다음과 같이 정리한다. 1)동물-되기는 언제나 무리, 밴드, 군, 증식, 즉 다양성과 관련된다. 2)동물-되기는 무리, 다양성이 있는 곳이면 어디든지 있는 예외적 개체와 결연한다. 3)동물-되기는 여성-되기, 아동-되기, 더 나아가 분자-되기, 지각할 수 없게 되기에로까지 나아간다. 고미숙 외, 『들뢰즈와 문학-기계』, 378면.

은 깊어간다. 한번 정박하면 다시 출항할 수 없는 '가정'이라는, 혹은 '일상'이라는 굴레가 버티고 있기 때문이다.

이런 억압된 정체성에서 벗어나고 욕망의 분출을 꾀하기 위해 여성 서술자들이 선택하는 탈구의 방식은 무엇인가. 어떤 의미에서 여성의 사인성의 공간은, 제도화된 남성적 힘의 논리가 지배하는 세계 속으로 비집고 들어가는 미세한, 그러나 보다 본질적인 의미에서의 반성적 균열의 공간[48]을 제공한다. 전경린의 여성인물들이 택한 행동은 집을 떠나는 것, 결연한 걸음으로 염소를 몰고 출가하는 것이다. 그 결연함에 이르기까지는 우연성이라는 은유적 장치가 필요했으며, 욕망과 우연이 만나는 지점에서 균열이 생겨나기 시작한다. 그것은 작품 곳곳에서 보듯 '문제를 문제시하지 않는 것,' '문제를 뛰어넘는 방식이기도 하고 문제를 끌어안는 방식이기도 한' 가벼움과 도약의 방식이다.

> 나는 자주 가벼워진다. 직업을 가질 때도 결혼을 할 때도 아이를 낳을 때도 직장을 그만 둘 때도 나는 불현듯 가벼웠었다. 물 속에서 허우적거리기를 체념하고 물의 움직임에 나를 맡기듯, 나 자신을 고스란히 맡겨 보는 것. 그것은 문제를 뛰어넘는 방식이기도 하고 문제를 끌어안는 방식이기도 했다. 문제를 문제시하지 않는 방식, 만약 그런 순간들이 없이 내가 인생을 꽉 쥐고만 있었더라면 아마 내 생에는 아무 일도 일어나지 않았을 것이다.(「염소를 모는 여자」, 34면)

지배 이데올로기가 주체에게 그것의 이미지에 자유롭게 동의하는 동일시되는 주체를 원하지만, 이 소설들에서 여성인물들은 반동일시의 자세를 취하고 있다. 그러나 종종 작품 속에서 반동일시를 취하는 주

---

48) 박혜경, 「사인화된 세계 속에서의 여성의 자기 정체성 찾기」, 《문학동네》, 1995 가을호, 36면.

체는 지배적 담론의 재생산을 보장하는, 지배적 담론과 동일한 인식론적 그물망에 갇혀있을 수 있기 때문에 그 그물망에서 아직까지 자유롭지는 못하다. 즉, 정치조직을 통한 실천으로 기존의 주체형식을 변모시키려는 역(비)동일시의 국면이 아니라 단지 주체 호명에 대해 거부하는 태도를 보일 뿐이며 이러한 점은 여성소설들이 갖는 인식의 한계이자 사회의 구조적 차원에서 기인한다.

이런 모습은 배수아의 「내 그리운 빛나」에서도 드러난다. 더 이상 '눈 먼 소녀'들은 눈을 뜨기 위해 집으로 돌아가지 않는다.

"눈을 가지고, 이젠 돌아가렴."
모래 언덕 위 강가의 높은 집이 빛나의 눈에 마지막으로 보인다. 난 그렇지 않아. 이곳에 보이지 않는 계단이 있어.
한때는 어리디어린 사랑스러운 여자아이였던 빛나. 이 세상의 마지막은 어떤 모습인가 난 궁금했다. 금빛 모래와 죽음과도 같은 햇빛, 모두 잠들어 있는 사람들. 남자아이의 검고 마른 어깨, 조용히 흔들리는 나무배. 난 돌아가지 않는다.(「내 그리운 빛나」, 82면)

「세 번째 묘지, 세 번째 계곡, 세 번째 폭포」에는 늑대에서 여성으로 변신했다가 다시 본연의 주체인 늑대로 돌아가기를 종용하는 네 마리의 늑대들에게 작별을 고하며 생각하는 장면에서도 대항 주체로 나아가지 못하고 지배이데올로기로 재영토화하는 모습을 보인다.

여자가 지은 그 많은 가죽신은 결코 나쁜 꿈일 수가 없었습니다. 여자는 뼈가 녹는 듯한 고통을 느꼈습니다. 작별이 어려운 일이 될 줄은 미리 알지 못했습니다. 모든 것이 분명해 보였고, 세상에서 자신을 붙잡을 것은 아무 것도 없으리라 생각했습니다. 그러나 여자는 처음으로 아이들과 자신에게 묶여 있는 영혼의 탯줄을 보았습니다. 처음으로 스스로 엄지 손가락을 자른 남편의 고통과 격정을 보았습니다. 그 모든 것은 결코 나쁜 꿈으로 지워버릴 수는 없는 것들이었습니다. 작별을 생각하자 여자는 오히려 자신을 팔아 아무 가치도 없는, 나쁜 꿈과 같은 그 삶을 살고 싶은 욕망을 느꼈습니다. 그것은 자신의 무덤을 파는 듯 참혹하고 슬픈 마음이면서도 불 속의 불씨처럼 간절하고 따스한 마음이었습니다. 그러나 빠져나가는 손톱들을 바라보면 울음이 소리도 없이 목을 타고 올라왔습니다. 여자는 잠든 남편과 아이들 사이에 누워 밤마다 자신의 창자를 꺼내 씹듯이 고통스럽게 울었습니다.(「세 번째 묘지, 세 번째 계곡, 세 번째 폭포」, 249면)

버려야 하면서도 동시에 버릴 수 없이 간직해야 하는 이 양가감정이야말로 여성소설에서 자신의 운명에 직면한 여성서술자들의 마음을 가장 잘 표현한 것이 아닐까 한다. 본원적 욕망과 현실적 욕망 사이에서 갈등하는 여성의 모습은 완전하게 주체성을 획득하지 못한 상태라고 할 수 있다. 결국 제목인 '세 번째'라는 의미는 '늑대→여성→늑대'라는 주체의 형성 단계에서 '묘지, 계곡, 폭포'라는 고통의 공간을 넘어선 서술자가 결국 여성이라는 현실적인 장에서 늑대로 탈영토화하지 못하고 현실적 장에 재영토화되는 것으로 귀결된다.49) 그러나 작품 곳곳에서 보이는 서술자들의 도약이나 인식론적 단절은 페쇠가 지배이데올로기의 재생산을 넘어설 수 있는 대안으로 제시하는 역(비)동일시로 나아갈 수 있는 근거를 마련해 준다.

아버지는 내가 계속해서 춤을 출 수 있도록 무용학원 고전무용반에 등

---

49) 그런데 흥미로운 점은 이 작품이 『여자는 어디에서 오는가』라는 제목으로 다시 씌어지면서 현실적 욕망에 머물렀던 여성인물이 늑대로 변신하리라는 것으로 암시하면서 끝나는 점이다. '어른들을 위한 동화'라는 장르적 성격이 강하게 반영되어 환상적, 우화적으로 그려졌기 때문에 비동일시의 국면이 가능한 듯 보이는데, 단편소설과 동화소설의 장르적 비교도 고려될 만하다.

록을 시키셨다. 그 퇴기 같았던 무용 선생이 내게 가르친 것이 있다면 그것은 교태였다. 나는 오랫동안 아버지를 사랑했고 그리고 오랫동안 아버지를 혐오했다. 어느 날 나는 말한다. 아버지, 난 이제 기생처럼 춤추기 싫어요. 그 순간 어쩐지 나는 엄마로부터 태어난 것이 아니라 아버지의 배를 가르고 나온 것만 같이 아팠었다. 그로서 나와 아버지의 실제적인 관계는 끝이 났다. 아버지는 더 이상 낯선 출장지에서 프릴이 달린 원피스나 반짝이는 에나멜 구두를 사오지 않았다.(「새는 언제나 그곳에 있다」, 230면)

아버지가 강조했을 순결이나 여성다움을 거부하고 상징적인 관계를 끝냄으로써 프릴이 달린 원피스나 '나'의 발을 퇴화시키고 현실에 묶어둔 에나멜 구두는 더 이상 강요하는 기호가 아니게 된다. 이것은 「사막의 달」에서 주인공이 여덟 살 때 아버지의 지폐를 훔친 죄로 '마녀의 처형식이라도 보듯 빙 둘러서서 원을 그리며 나무 주위를 돌다가 실실 웃으며 떠났던 "아버지와 그의 대리자인 오빠, 그리고 그의 친구들"로부터의 속박을 벗어나는 일이며, 그때 "빳빳하게 풀 먹인 흰 원피스가 땀에 젖어 밀가루 냄새를 피웠다"는 대목은 뜨거운 햇빛과 땀으로 얼룩지고 구겨져 그 옷을 벗게 되고 나의 옷을 새롭게 입는다는 것을 의미한다. 그 새 옷은 때로 염소이거나 고양이, 늑대로의 탈바꿈만큼 전복적인 지점으로 나아간다.

사람의 생은 더디고 태만하기만 한데, 여자의 마음속엔 늘 순간에서 순간으로 비약하는 신비한 바람이 갇혀 꿈틀대고 있었습니다.(「세 번째 묘지, 세 번째 계곡, 세 번째 폭포」, 246면)

여자가 지향하는 그곳은 "바람처럼 자유로운 곳"이다. 이것은 흡사 '공기 속에 자신을 놓아야 한다는 것, 그리고 삶을 신뢰하며 순간의 등을 올라타고 달려야 한다는' 각성과 맥락을 같이 하는 것이다. 즉 꿈의 실현 혹은 진정한 사랑의 실현을 위해서는, 그것을 가로막는 상황으로부터 결연히 이탈하는 존재론적인 결단이 필요하다는 것50)을 의미한다. 초자아를 수용하는 것은 인간이 떠안아야 하는 원죄가 아니며, 주체는 억압을 내면화하지 않고도 생존할 수 있다. 좀더 정확히 말하자면 주체 속에서 분출하는 욕망에 따르는 바로 그 순간에만, 주체는 생명력을 지닌 인간으로 활기차게 살아갈 수 있다.51) 또한 파편적으로만 존재해 온 억압받는 주체들은 그들 자신의 집단 아이덴티티 의식에 도달해야만 한다. 호명된 '나'로부터 탈주하려는 욕망은 달리 말하면, "하나의 최종심급에 포획되지 않는 이질적인 것들의 분자적 흐름"52)을 따르는 것이다.

이러한 도약을 통해 '생의 우화적 이름을 가진' 미소, 그리고 유년시절 아들의 역할을 하며 그 역할을 감당하지 못해 자살했던 진이 억압의 과정을 훌쩍 뛰어넘을 수 있게 될 것이다. 또한, '미나리라고 불린, 그건 더 이상 입을 수 없는 너무 작은 스웨터 같아 오랫동안 불편했던' 서른 살에 이른 서술자가 생에 대해 알아가면서 자신의 욕망에

---

50) 방민호, 「꿈으로 피워올린 녹색 종이꽃의 세계」, 『바닷가 마지막집 해설』, 319면.
51) 서울사회과학연구소, 앞의 책, 143면.
52) 고미숙, 앞의 책, 39면.
들뢰즈와 가타리는 욕망하는 생산이 미시적인 수준에서 리비도가 투여되는 것이고, 사회적 생산이 거시적인 의식적 수준에서 리비도가 투여되는 것이라고 했을 때, 이런 리비도 투여의 수준에 대한 구별을 나타내기 위해 사용하는 용어가 분자적인 것과 몰적인 것이라는 범주쌍이다. 무의식적 욕망의 복수적, 분열적 성격을 통일적이고 총체적인 거시적 질서로 포섭되는 과정을 보여주기 위해 기체상태의 분자운동을 모델로 삼은 것이다. 여기서 몰(mole)이란 기체의 분자량을 나타내는 단위(1몰은 표준상태의 온도와 압력 하에서 22.4ℓ의 체적을 차지하는 기체의 양이다)로서, 기체 상태의 분자들을 표준적인 상태와 조건하에서 집계함으로써 얻어진다.

충실할 수 있는 진정한 주체에로 나아갈 수 있는 지점이기도 하다. 그곳은 내용이 형태를 벗어버리고, 표현이 표현을 가능하게 한 기표를 벗어 던지는 곳이다. 다시 말하면, 꿈의 실현 혹은 진정한 사랑의 실현을 위해서는, 그것을 가로막는 상황으로부터 결연히 이탈하는 존재론적인 결단이 필요하다는 것[53]을 의미한다.

3) 기존 언어규범의 탈피와 가능태로 남겨두기

여성소설에서 작중인물들은 '명백히 실업자'인 주부로부터 한 아이의 엄마의 위치로부터 "그저 나인 채로 끝까지 가보고 싶"어한다. 시간을 삼키는 것이 유일한 게임의 진실로부터 "기쁨 때문이 아니라 아픔 때문에 매이는 존재, 세상에서 가장 무거운 존재, 자식이라는 것에 대해, 아버지에 대해" 깃털처럼 가볍고 싶은 마음을 작품 곳곳에 반복적으로 그리고 있다. 결혼의 신성한 봉인은 찢겨지고 사랑 없이도, 믿음 없이도 살 수 있는 실체가 없는 것이 그 실체를 지배하는 현실은 어디에서 비롯되는 것일까.

> 나는 대학 캠퍼스에서 남편을 만났고, 스물다섯에 결혼을 했으며, 몇 해 뒤에 아이를 낳았다. 아이를 낳은 뒤에도 일을 계속했으나 우여곡절 끝에 결국은 직장을 그만 두었다. 아이 때문에 남편이 직장을 그만두는 경우는 없으니까. 직장은 내게 무엇이었을까. 직장을 그만두자 내게 공적인 부분이 사라졌다. 나는 사적으로만 존재하게 되었다. 누구도 이제 내 이름을 부르는 일은 없어진다. 간혹 은행에서 이름이 불려지기도 하고, 동사무소에 이름을 대기도 하지만 그건 그야말로 기호의 성질일 뿐이다. 어쨌든 이건 아주 흔한 이야기다. 이 모든 것은.(「새는 언제나 그곳에 있다」, 217면)

---

53) 방민호, 앞의 글, 319면.

'많은 여자애들'의 삶도 '나'의 삶의 모습과 크게 다르지 않다. 그건 '아주 흔한 이야기'이기 때문이다. 여자의 일생은 너무나 뻔하여 확연하게 드러나는 도식화된 서사물이 된다. 그런 여성 주체의 삶을 서사화할 경우 하나의 패턴을 이루는 서사물은 어떤 감동과 재미도 줄 수 없다. 부분도 아니고 모든 것이 복사본처럼 되어가는 여성들의 모습에서 갈등을 유발하거나 해결을 모색하는 서사적 역동성은 기대하기 어렵다. 한 여성은 다른 여성의 삶을 미리 봄으로써 자신의 미래를 선경험하게 된다. 기대가 없는 이러한 서사적 욕망은 공적인 영역으로부터 유폐되어 사적인 공간에 머무는 것에서 비롯된다. 간혹 불려지는 이름도 은행이나 동사무소에 기입된 "기호의 성질"로만 기능할 뿐이다. 그 속에서 '나'를 불러줄 실체의 말은 빠져 있다.

이러한 모습은 모두 여성이 존재의 말을 낼 수 없는 상황에서 비롯된다. 문학은 여성에 대한 남성의 정치적 지배를 정당화하는 방식으로 인식되고 실천됨으로써 그것 자체로 가부장제의 문화적 기구가 되어온 셈이다.[54] 여성의 타자성을 내면화하는 것은 대개 자아의 언어로 말할 수 없다는 것에서 비롯된다. "그렇게 날 몰라요? 그렇게도?" 함정이 많은 수수께끼처럼, 미로투성이의 말처럼 울리던 "하나코, 아니 스코베니아 회사 소속, 인테리어 디자이너, 장진자의 목소리"(「하나코는 없다」, 34면)는 자신의 말을 들어주지 않은 남성에 대한 원망의 목소리이다. 왜냐하면 그 목소리가 무엇을 욕망하는지, 그리고 그 목소리의 실체를 인지하기 못했기 때문이다. 이렇게 서로의 실체를 겉도는 타자의 말들은 대화가 소통되지 못하는 단절된 관계로부터 기인한다.

나는 알 수 있다. 내 남편도 나에게 어떤 진지한 대화나 토론의 쟁점

---

54) 황종연, 「여성소설과 전설의 우물」, ≪문학동네≫, 1995년 가을호, 43면.

들을 가지고 나에게 오지 않는다. 나의 말은 일상적인 언어로만 짜여져 있다. 대학 때 그것 자체가 좋아 즐겨 쓰던 관념어나 전문적인 용어들로 의사를 전달할 곳이 없다. 사용할 데가 없는 언어는 조금씩 잊혀져가면서 사멸된다. 이제 아이와 대화를 하면서 나의 언어는 유아적인 말이 되었다. 자아 맘마 먹자. 띠띠 빵빵…그뿐만 아니라 말투, 몸짓, 정서, 생각의 흐름까지도 자신이 아닌 아이와 남편과 오다가다 만나는 아파트 여자들의 그것들과 뒤섞여버린다.(「삼십삼 세」, 151면)

발화 행위는 들어줄 타자는 전제한다는 점에서 쌍방향적 의사소통 과정이다. 그 과정에서 나의 말은 타자의 말과 뒤섞이고 충돌하며 생산적인 이질언어의 대화 공간을 생성한다. 이때 둘 혹은 그 이상의 언어는 말하는 주체의 존재성을 획득한 언어로 그 존재감을 전달하는 매개체이다. 그런데 위에서 그려진 '나의 말'은 나의 존재감을 결여한 채 '일상적인 언어,' '유아적인 말,' 그리고 아파트 여자들의 말과 '뒤섞여버린 말'로만 조직된 언어이다. 진정한 목소리를 내고자 해도 그것을 사용할 사회적 공간, 공적인 공간은 없다. 그렇기 때문에 존재도 자신의 말도 점점 잊혀지면서 사멸되어가고 만다. 이러한 대화성의 차단은 말투, 몸짓, 정서, 그리고 가치관과 생각의 흐름을 고정된 것으로 절단해 존재감을 결여하게 만든다. 자신의 말을 낼 수 없는 여성 주체의 말은 존재감을 상실한 채 타자의 언어로만 채워진 타자의 언어이며, 자신의 신체를 빌어내는 것 이상이 아니라는 점에서 독백의 언어이다.

여성은 오직 남성에 의해서만 명명되어 왔을 뿐이며, 남성에 의해서만 규정되어 왔고, 남성에 의해서만 그들의 본질적인 존재가 논의되어 왔고, 그러한 일은 또 그녀들에 대한 어떤 암시적인 위협이나 혹은 '그 밖의 다른' 어떤 위협과 함께 행해져 왔다. 타자임을 체험하는 것은, 가끔 정신분열증적으로 갈기갈기 찢겨짐을 느끼는 것이 되므로,

어떤 본래적인 '나'는 남몰래일지라도 감히 말을 하지 못하게 된다.[55) 설령 자신의 존재감을 드러내는 말을 해도 남편의 반응은 왜곡되거나 자기의 관점으로만 해석될 뿐이다.

> 남편은 나의 자의식이 불안, 초조로 드러나게 되면 언제나 섹스로 연결한다. 그는 섹스로써 내가 여자이며, 또 한 남자의 아내, 엄마라는 것을 일깨워준다. 그에게는 우울하고 권태로운 아내에게 줄 수 있는 최고의 처방전이다. 나는 절망적인 목소리로 남편에게 말한다. 여보! 내가 원하는 것은 섹스가 아니라 대화야. 나에 대한, 나의 삶과 꿈에 대한 진지한 대화를 나누고 싶어! 샤워기 물소리에 묻혀가는 나의 말들…(차현숙, 「삼십삼 세」, 151면)

더욱이 섹스는 아내에게 존재감을 일깨워주는 것이 아니라 생물학적인 '여자'이며 '한 남자의 아내, 엄마'라는 위치만을 알려줄 뿐이다. '나'의 삶과 꿈에 대한 진정한 대화를 나누고 싶지만 그 바람은 샤워기에 묻혀 사장되는 말이 된다. 온전한 말이 없다는 것은 온전한 실체이기 어렵다는 것과 같다. 또한 기호화된 언표의 배치와 독백의 이데올로기는 여성들을 그에 맞게 고정시키고 규제한다.

한마디로 어떤 한 대상에 대한 명명행위는 조건에 맞는 위치와 역할을 부여하는 행위로써 그 뒤에 숨겨진 이면의 의미를 밝혀내기 어렵게 만든다. 이런 고정된 것에 대한 거부의 일환으로 여성인물들은 전혀 어떤 속성도 부여하지 않는 방법을 모색한다. 즉 작중인물이나 공간적 배경 등에 구체적인 언어 기호를 부여하지 않고 있는 상태 그대로 두는 것이 그것이다. 다시 말하면 고유명사로 표기되지 않은 상태로 대상을 놓아두는 것이다. 이것은 근본적 특징인 '대상에 이름을 붙

---

55) 조세핀 도노번 저(김익두·이월영 역), 앞의 책, 259면.

이지 않음으로써 하나의 가능태로 남겨 두기' 또는 '도식으로 설명될 수 있는 모든 것을 혐오'하는 것이다.

대상이 되기를 거부하는 것은, 여성을 대상으로 보려는 사람들로 하여금 그들의 존재를 주체로 인식하도록 밀고 나아간다. 어떤 다른 주체와 조우하려는, 대상이기를 거부하는 나는, 어떤 새로운 인식, 새로운 의식에 도달56)할 수 있으며, 이 새로운 인식은 언어의 '생산성' 혹은 '의미적 실천 영역'과 통하게 된다. 그러기 위해서 여성은 그들이 내면화해 온 타자성의 이데올로기를 버리거나 기존의 언어 규범에서 규정한 '독백적인' 기호들에서 탈피해야 한다. 즉, 어떤 대상에 고정된 이름을 부여하지 않고 이미지로 제시하거나 가능태로 남겨놓는 행위는 그 대상으로 하여 고정되거나 관습화된 의미를 벗어나 새로운 의미를 생산하도록 이끈다.

> 나는 조금씩 조금씩 떠올랐다가 몇 번 내동댕이쳐진 뒤, 승객을 버리고 의자도 버리고 스튜어디스도 버리고 낙하산도 창 밖으로 내던진 비행기처럼, 드디어 익명의 구름 속으로 붕 떠오른다. 아직 이름이 밝혀지지 않은, 이제 막 뭉치기 시작한 예감에 가득찬 한 덩이 구름 속으로, 거울이 없는 세계로, 기억도 없는 세계로, 의미도 없는 세계로 아득히…(「염소를 모는 여자」, 12면)

여성서술자는 한낮의 무료함과 일상으로부터 벗어나기 위한 도피처로 잠에 빠져든다. 여성소설에는 잠과 꿈에 관련된 모티프가 빈번하게 나온다. 여성소설에서 재현되는 꿈의 기제는 현실이 은폐하거나 억압하고 있는 이면의 진실을 들추어냄으로써 경계를 허물고 현실 바깥의 존

---

56) 조세핀 도노번 저(김익두·이월영 역), 앞의 책, 237면.

재들과 개방적 세계를 구축하고자 하는 여성서술자의 바람을 담아내는 소설적 형식이다. '익명의 구름' 속이나 '이름이 밝혀지지 않은' 곳은 규정되거나 규범화된 말이 아직 들어서지 않은 공간이다. 규범화된 곳은 프로이드적인 거울을 인식한 곳이며 아버지의 법에 따라 상징계의 언어를 습득한 곳이다. 상징계의 언어란 남성의 언어 질서가 새겨진 기표중심의 언어이다. 주체는 이 언어로부터 벗어나 '거울이 없는 세계, 기억도 없는 세계, 의미도 없는 세계'로 가 자신의 말을 자유롭게 내고 싶은 것이다. 그곳은 "누구에게도 감시받거나 검토당하지 않는 인생이 있을 뿐"인, "무엇을 할 것인가는 중요하지 않고, 그렇게 사는 것이 중요할 뿐, 그곳은 다만 내 생의 중립국이며 완충지대"(「염소를 모는 여자」, 9면)이다. 누군가에게 기호화되지 않은 곳에서 여성 주체들은 그들의 진정한 대화를 원하며, '이제 막 뭉치기 시작한 예감에 가득한 구름'에의 설렘은 그 가능성을 긍정적으로 보여준다. 그 가능성은 여성 주체가 무의식적으로 억압되었던 타자의 영역을 표현하고 존재의 의미를 추구함으로써 현실과 소통하며 타자로 억압해온 현실의 내용을 바꾸어갈 수 있게 할 것이다.

그들에게 씌어진 타자성을 거부할 용기를 가진 사람들, 거짓된 명명 즉 부권제적 사회의 독백적 이데올로기를 안팎으로 거부할 마음을 갖는 주체들이 새로운 존재의 현현에 기여할 수 있다. 그리고 그러한 상황에서 새로운 상징과 새로운 명명이 나오게 된다. 여성은 명명되기보다는 그 명명에 능동적으로 참여해야만 하므로, 그들은 '새로운 말들'을 표명해야 한다. 또한 그에 따라 새로운 이름들이 언젠가는 또다시 체험을 새로운 대상으로 구체화할 것이 아니겠는가 하는 물음을 제기해야 한다. 델리(Delly)는 "우리의 해방은 타자가 되기를 거부하고 대신 사람을 '타자'로 만들지 않고 '내가 존재함'을 주장"하는 것이며 그 새로운 의식이 근본적으로 대상화에 대한 거부라고 주장한다.

> 언제까지 벼랑 끝에 배를 붙이고 심연을 내려다보고 있을 수는 없다. 나아가기 위해서는 끊긴 길 앞에서 두 눈을 감고, 두 귀도 닫고 자신의 본질을 향해 어느 순간 훌쩍 뛰어내리지 않으면 안 된다. 그리고 뛰어내려본 사람은 알게 될 것이다. 있는 것과 없는 것 사이의 심연 속에 현실보다, 현실의 현실보다도 더 강한 구름의 다리가 있다는 것을. 자신의 숲을 향해 가는 구름처럼 가벼운 구름의 다리……(「염소를 모는 여자」, 75면)

'불임의 나무'로부터 '인생은 결국 자신의 몫'이고 선한 것도 아니고 악한 것도 아닌 '욕망'에 충실하는 것이 진정한 삶임을 깨닫는 과정에 이르기 위해 여성서술자들은 기존의 언어 규범으로부터 벗어나 이름을 부여하기 이전의 하나의 가능태로 스스로를 남겨 두고자 한다. 이처럼 여성소설들은 철저히 대상에서 멀어져 하나의 시각이 아닌 다양한 겹의 시간의 해석을 필요로 하는 경우가 많다. 단정적 진술을 회피하고 있는 것과 무관하지 않은 이 겹의 시각으로 인해 여성소설의 세계는 반성적 공간을 형성한다.57) 더 나아가 그들이 내재화한 타자의식에의 거부 과정은 생성이 존재할 수 있게 될 새로운 길을 제공해주는 동시에 새로운 가능성을 창조할 수 있게 할 것이다. 현실에 주어진 타자성에 머물지 않고 '자신의 숲'을 향해 나아가는 행위들은 결과적으로 사회에 대한 새롭고 풍부한 보상으로 나아갈 수도 있는 가능성을 제공할 것이다.

---

57) 정호웅, 「생명의 능동」, 『한국단편문학대계 61-오정희』 해설, 동아출판사, 1995.

소설의 호명 시학의 가능성

1. 주체 호명의 통시적 특성

지금까지 본 연구는 소설 속의 작중인물론과 언어학적 호명의 의미를 바탕으로 알튀세르와 페쇠의 이데올로기 호명과 담론 내에서의 주체 형성의 관점, 그리고 들뢰즈의 주체에 관한 이론 등을 비판적으로 수용하여 상징적 질서와 호명에 대해 반응하는 각 주체들의 제 양상을 검토해 보았다. 호명을 통한 주체화의 과정과 호명에 억압된 인물들이 취하는 탈구 방식을 검토한 본 연구를 정리하면 다음과 같다.

1장에서는 연구목적과 범주 및 연구대상을 설정하였고, 2장에서는 소설의 호명 연구를 위한 방법론을 검토하였다. 기존 서사학의 전통에서 작중인물은 플롯을 구성하는 하나의 요소로 간주되어 왔다. 그러나 작중인물이 사회적·문화적 표지를 담지할 뿐만 아니라 작중인물 그 이상의 의미를 띨 수 있다는 논의들이 나오면서 작중인물에 대한 적극적인 의미부여가 이루어졌다. 특히 주체 개념이 설정된 근대 이래로 작중인물의 담론 분석은 당대의 이데올로기와의 관련성을 살피는데 중심적인 위치로 부각된다. 알튀세르의 이데올로기 호명과 주체 형성의 테제는 무의식과 이데올로기 개념을 결부시킴으로써 이데올로기가 개인을 주체로 만들어내며, 개인은 그 이데올로기에 자발적으로 (무의식적으로) 동화된다는 중요한 통찰을 제공해 주었다. 그런데 알튀세르의 주체 개념은 지배 담론에 의해 만들어진 주체로 한정함으로써 주체 내부에서 균열하고 욕망하는 또 다른 주체의 가능성을 간과하고 만다. 그것의 보완으로 주체의 존재 방식을 세 형태로 말한 페쇠, 그리고 주체가 지닌 욕망의 틈에 주목한 들뢰즈와 가타리의 여러 개념들을 경유해서 새로운 주체 생산의 가능성을 살펴보았다.

3장에서는 작중인물론의 한계점과 호명에 의한 주체 형성, 그리고 새로운 주체 생산의 가능성을 기술한 2장의 이론적 논의를 바탕으로 70년대 소설을 살펴보았다. 이문구와 조세희의 소설에 나타난 호명에 의한 주체화는 주로 자본주의 이데올로기에 의해 주체가 왜소화되고, 여러 이데올로기의 혼종에 의한 양가성을 지닌 농민과 도시 소시민의 주체 형성, 그리고 가장 근본적으로 이데올로기에 타자화된 자연 생태의 모습으로 드러났다. 이러한 주체화에서 벗어나기 위한 탈구 방식은 부정성을 통한 자유의 극대화, 각 주체의 사랑의 역능을 통한 자유의 확대, 그리고 내용-형식의 소수문학적 문체와 윤리의식의 심화의 추구로 그려졌다. 부연하면, 1970년대의 소설은 자본주의가 점차 확대되는 과정에서 근대 이데올로기에 호명되는 왜소한 주체화를 그리고 있다. 즉, 자본가의 논리가 지배를 확고히 하고 기존의 사회구조를 재생산하기 위한 이데올로기적 장치라면, 그 장치의 궁극적 목적은 이윤의 극대화를 위해 자본주의하의 인간을 소외된 주체로 호명하는 것이라고 할 수 있다. 이러한 호명에 의해 개인은 그 사회 속에서 주체가 되고 지정된 자신의 자리, 즉 고정된 거주지를 자신이 차지하고 있다는 인지를 얻어내게 된다. 조세희의 연작과 이문구의 소설을 통해 도시와 농촌 양자에 공히 근대에 동일화될 것을 요구하는 이데올로기의 혼종된 양상을 살필 수 있었다. 혼종된 이데올로기에 호명된 주체들이 자신들의 위치로부터 탈구하려는 모습은 크게 지배담론에 대한 부정성에 의한 탈주의 모색, 윤리적인 각성을 통한 탈유토피아로의 지향, 그리고 기존 언어의 규범을 탈피하는 소수문학적인 성격을 보여주고 있다.

4장에서는 3장처럼 80년대 소설에 나타난 호명 양상과 탈구 방식을 살펴보았다. 먼저 80년대 대표적인 노동소설과 광주의 문제를 다룬 소설에서 분류의 담론이 호칭, 외양, 어조 등에서 지배 담론과 노동자 담론을 대립시키고 있음을 볼 수 있었다. 그리고 '광주'라는 민중운동을 통해 국가 권력의 살의성과 폭력성, 그리고 미국 제국주의 이데올로기를 통해 주체가 각성되어가는 양상을 살펴보았다. 이러한 억압되고 호명된 주체들의 탈구 방식은 내외부의 '적대'를 구축하고 투쟁의 전면화를 통한 새로운 주체의 형성, 그리고 민중적 연대의식을 통한 해방의 주체들의 모습으로 제시되었다. 다시 말하면, 1980년대의 소설들은 억압적 장치로 기능하는 거대한 주체인 국가의 묵인 아래 다양한 이데올로기적 국가장치들이 각 노동자와 대립하여 갈등하는 모습을 형상화하고 있다. 이러한 지배이데올로기는 노동자를 동일화시키려 했고, 노동자들은 그에 대해 파업을 감행하거나 자살, 분신의 형태로 저항하는 모습을 보여주었다. 그러나 이러한 노동자들의 탈구 방식은 지배 체제를 재생산하는 반동일시의 면모를 보여줌으로써 진정한 주체화의 지점으로까지는 나아가지 못한 한계를 지니고 있다. 또한 작품으로서 성취해야 할 이분법의 구도와 집단적 파토스의 열정 등 미적 기준의 측면에서 70년대에 비해 낮다는 점도 그 한계로 지적될 수 있겠다.

5장에서는 개별 텍스트뿐만 아니라 민중문학과도 연관되는 90년대 여성소설을 분석하였다. 1990년대 여성소설들은 여성서술자가 겪은 유년 시절의 호명 행위가 어떻게 삶에 영향을 미치는가를 섬세하게 보여주고 있다. 남성적 시각에서 규정된 '원피스 이데올로기'라고 할 수 있는 가부장제 이데올로기가 호명 과정에 작용하고 있음을 알 수 있었다. 또한 현대의 일상적 삶이 어떻게 주체의 성을 지워 가는가를 살펴봄으로써 익명성 혹은 일상의 이데올로기가 불러내는 주체의 모습을 볼 수 있었다. 그러한 억압성을 각성해 가는 여성서술자가 모색한 탈구의 방식은 동물-변신으로의 탈주, 가벼움과 도약의 방식을 통한 반/역동일시이다. 이러한 탈구의 모색을 통해 여성 주체들은 새로운 주체 찾기를 시도하고 있음을 알 수 있었다. 다시 말하면, 여아(女兒)의 호칭에 의한 주체화 과정이 어른이 된 후에도 기억되고 강박되는 점, 그리고 현대 자본주의 삶에서 은유를 통해 한 여성을 타자로 내면화시키는 과정이 나타났다. 이에 대한 탈구의 방식은 먼저 환상의 장치를 통한 여성 주체들의 동물-변신으로의 탈주, 그리고 반/역(비)동일시의 주체 생산과 기존 언어를 탈피하고 스스로 익명화되고 타자화됨으로써 진정한 자아를 찾는 모습을 볼 수 있다. 마지막으로 각 시대의 소설 분석이 있은 후에 6장에서는 주체와 담론의 정치학을 아우르는 호명 시학의 가능성을 살펴봄으로써 한국문학사의 또 다른 해석 방법을 제시하고자 하였다.

이 세 시기의 소설에 나타나는 공통점은 모두 근대 이데올로기의 은폐성과 자연화(자동화)를 문제 삼고 있다는 점이다. 이때 하나의 이데올로기만 나타나는 것이 아니라 국가나 기관의 국가장치를 비롯하여 교육, 문화, 대중매체 등의 이데올로기적 국가장치들과 혼종됨으로써 근대 이데올로기의 지배담론을 재생산하고 있다. 각 인물들은 이데올로기의 메커니즘에 동일시되거나 양가적인 태도를 지닌 주체로 형성되어 간다. 또한 주체화의 측면에서 처음에는 몰각적인 상태에서 점차 이데올로기를 억압적으로 인식함에 따라 각성해 가는 모습을 보임으로써 전체적으로 각성소설 내지 이니시에이션 소설 형식을 보여주고 있다는 점에서 공통적이다.

형식적인 측면에서 볼 때 세 시기의 소설은 기본적인 구조에서 나(我)와 비아(非我), 주체와 타자, 자본가와 노동자라는 이원론적 구도를 공통적으로 나타내고 있다. 이것은 작품의 이분법적 구조로 인해 한계로 지적되곤 하는 것인데, 이것은 작품 내적인 한계일 수도 있지만 그 작품들이 생산된 시대 전체의 한계이기도 하며, 더 나아가서는 근대라는 역사의 한 시기가 내재한 모순일 수도 있다.

그렇다면, 70년대 문학과 80년대 문학의 구조(넓게는 90년대 여성소설도 포함하여)가 거의 이분법적 대상의 갈등과 투쟁, 그리고 단절의 형식으로 점철되어 있는 것은 어떤 이유에서일까. 이에 대한 작은 실마리는 아마도 "우리가 이원론을 불러내는 것은 단지 다른 이원론을 거부하기 위해서일 뿐이다. 우리는 모든 모델을 거부하는 과정에 도달하기 위해서만 모델의 이원론을 사용할 뿐이다. 우리가 만들고 싶지 않았지만, 그것을 거쳐 가야만 했던 이원론들을 파괴할 두뇌적인 교정자가 필요하다. 우리의 적이, 하지만 전적으로 필요했던 적이자 끊임없이 대체해야 하는 기구인 그 모든 이원론을 통과함으로써 우리 모두가 찾고 있던 마술적인 공식, 즉 다원론=일원론이라는 공식에 도달하는 것"[1]에서 찾아야 하지 않을까 생각된다. 어쩌면 이분법적 형식은 근대의 모순을 극복하고자 하는 방편으로 가장 적실하게 채택된 방법일 것이다.

이제 그런 한계를 가능성으로 받아들이면서 근대를 극복하고자 했

---

[1] 질 들뢰즈·펠릭스 가타리 저(이진경 외 역), 앞의 책, 26면.

던 근대 극복의 징후와 파열지점을 찾아내는 것이 유효한 방향일 것이다. 이 문제는 21세기 초두의 문제로 부상하고 있는 탈식민주의 이론에서 이분법이 반복인가, 극복인가의 물음과도 연관된다. 다시 말하자면 지배 주체는 물론이고 저항 주체마저 '탈중심화'해야 한다는 스피박의 주장은 탈식민주의의 실제적 적용에 있어서 이론적 허구로 그칠 가능성이 크기 때문에, "'우리'에 대항하는 '그들'의 위치 설정은 분명히 이항 대립적 논리의 답습이지만, 이 과정이 생략된 저항 담론의 구성은 불가능"2)할 수밖에 없음을 인정해야 한다는 말이기도 하다.

한마디로 각 시대의 작품들의 공통점은 주체로서의 동일성과 일관성을 획득할 수 없었던 소설의 인물들이 각기 다른 방식으로 오히려 자신의 결핍을 그대로 노출시키고 있다는 점이다. 이렇게 노출된 결핍은 사회 자체를 바꿀 수는 없지만, 지배이데올로기의 가장 중요한 축인 사회적 총체성 자체에 흠집을 낼 수 있는 것으로 작용하고 있다.

세 시기의 소설들은 몇 가지 측면에서 다른 점을 드러내기도 한다. 첫째, 탈구의 방식에서 70년대 소설이 '부끄러움'이나 '윤리의식과 사랑' 그리고 죽음이나 자살의 방식 등 개인 주체의 차원에서 이루어졌다면, 80년대 소설에서는 '투쟁'과 '연대'를 통해 집단적인 주체로의 확대된 방식으로 이루어졌다는 점에서 차이가 난다. 이와 다르게 90년대 소설은 근대 이데올로기를 전면에 내세우지 않고 가부장제 및 가족주의의 비판을 통해 우회적으로 주체를 형성해 감을 볼 수 있었다.

둘째, 호명과정에서 4중의 체계, 즉 '주체로의 호명-주체에의 종속-보편적인 인지-절대적 보증의 체계'를 통한 주체화 과정을 전제할 때에, 1970년대 소설은 이러한 과정이 불분명하게 나타나고 있는 반면에 80년대 소설과 90년대 소설은 좀 더 명징하게 나타나고 있다. 주

---

2) 이경원, 앞의 글, 761-2면.

체형식의 부과과정의 모습이 '근로자' '무산계급,' 그리고 '원피스' 등의 호명어를 통해 진행되고 있으며, 그에 대한 탈구의 방식으로 반주체화의 과정, 즉 부과된 주체형식의 파괴 과정을 보여준다.

셋째, 1970년대와 80년대 소설들이 이미 축조된 대립적이고 혼종된 근대 이데올로기가 서로 대등한 위력을 지닌 채 쟁투를 벌여나가는 대응적인 유형인데 반해, 1990년대 여성소설은 주로 하나의 이데올로기 내에서 여성인물이 하나의 사건의 진행 속에서 의식의 변모를 겪고 이데올로기의 전이가 일어나 새로운 이데올로기로 변모되어 가는 유형을 띠었다. 또한 70-80년대 소설은 명확하게 서술자가 어느 한 편의 이데올로기를 명시적이든 암시적이든 긍정적으로 가치평가하면서 텍스트의 이데올로기를 형성해 나가는 반면에, 90년대 소설은 서술자와 인물을 동일시함으로써 통일적인 시각을 획득하고 있다.

마지막으로, 지배이데올로기의 호명과 저항의 측면에서 70년대 소설들은 주로 미학적이거나 가능태로 제시해 주는 경향이 큰 반면에 80년대 소설은 이데올로기간의 투쟁이 이전 시기보다는 직접적, 실천적 투쟁의 모습으로 제시되고 있다. 90년대 여성소설은 70년대의 방식과 비슷하면서도 좀 더 다양한 탈구의 방식을 모색하는 것으로 보인다.

70년대와 80년대 소설에서는 '명명'과 '호명'의 연관성이 90년대의 여성소설에 나타난 그것보다 구체적으로 드러나 있지 않다. 또한 70년대의 소설에서 주체 형성의 측면에서 동일시와 반동일시의 층위가 부각되고, 80년대가 반동일시의 국면이, 90년대 여성소설의 경우 반/역동일시의 국면이 보인다는 점은 전술한 바와 같다. 그런데 70-90년대 소설을 '동일시〈반동일시〈역동일시'라는 일종의 진화론적인 관점으로 볼 수도 있지만 논자의 원래 목적은 문학의 진화론적인 전개상을 살펴보려는 것은 아니었다. 이것은 의도된 결과 없이 각 시대의 호명 양상과 탈구 방식을 살피는 과정에서 추출된 결과이며, 미학적인 가치 평가도 그 주체 양상이 어떠한가에 따라 평가한 것이 아니라 텍스트 자체가 지니는 담론 전략과 미학적 측면에서 고려된 것이다. 만약 진화론적인 관점으로 읽힌다면, 그것은 독자에 의해 발견된 또 다른 무의식의 층위라고 보아진다.

다수성이 현재의 권력에 부합하는 성분의 집합이고, 소수성이 현재의 상태에 삶의 흐름을 고정하려는 권력에 반하는 성분을 표시하는 것으로 단순히 수적으로 적은 것을 지칭하는 것이 아니라 다수적인 것에서 벗어나 있어서 대개는 다수적인 것에 의해 억압되거나 무시되는 것을 말할 때, 그런 의미에서 농민, 노동자, 여성 주체들은 각 시대의 소수자라고 할 수 있다. 또한 이는 스피박이 지적한 지배 엘리트 계층에 속하지 않는 성적·계급적·인종적 타자의 집합체인 동시에 역사의 주변부에 위치한 피억압자의 총칭인 '하위계층the subaltern'으로 볼 수 있다. 결론적으로 이런 시대를 관통하는 유사성과 차이를 통해 각 시대의 문학을 평가할 때에, 문학이 삶의 방식을 변환시키는 문학이라고 전제하면, 1970년대와 80년대, 그리고 90년대 문학은 적극적인 의미에서 정치를 실험하고 실천한 '혁명적 문학'이자 민중의 삶을 변용시키고 변환시키는 '민중적 문학'이다. 동시에 어떤 사회에서 주류적이고 지배적인 것을 벗어나 다수적인 것에 의해 억압되거나 무시되는 삶을 형상화했다는 점에서 '소수문학'이라고 할 수 있을 것이다.

이러한 논의를 행하는 과정에서 본 연구는 몇 가지 한계점을 지닌다. 먼저 연구의 대상을 리얼리즘 소설로 한정함으로써 이데올로기가 명시적으로 드러나지 않는 동시대의 다른 계열의 작품에까지 논의를 확장시키지 못한 점을 지적할 수 있겠다. 또한 철학적 개념들을 충분히 소화하지 못하고 적용한 부분에서는 문맥이 모호한 곳이 있을 것이라 우려된다. 이 같은 사정은 본 연구가 삼은 분석방법으로 텍스트를 논의한 통시적인 선행 연구 업적이 거의 없는 것에서도 기인할 것이다. 그 적용에 있어 심도 있는 분석이 이루어졌는지 좀 더 세심한 검토가 있어야 할 터인데, 미진했던 부분들은 다양한 논의를 거쳐 보완하고 싶다.

2. 호명 시학의 가능성

앞서 살펴본 텍스트들에 드러난 반공이데올로기, 근대화 논리, 그리고 가부장적 이데올로기들은 불균질적이지만 통합적 기능과 억압적 기능을 동시해 수행하고 있음을 알 수 있다. 동시에 이데올로기는 알튀세르의 지적처럼 자신의 기원과 역사를 지워나가면서 스스로를 자연적인 것으로 만들며, 그러한 국면은 주체들의 담론을 통해 드러난다. 따라서 본 과정에서 수행한 소설의 호명과 탈구 양상에 대한 연구는 곧 자연화된 이데올로기 비판이라고도 할 수 있는 바, 그 '자연적인 것'으로 되어버린 이데올로기의 기원과 역사를 재검토하는 것이라고 할 수 있다.

이데올로기에의 호명과 탈구 방식을 통해 논자는 채트먼의 지적처럼 각 시대가 그 시대에 한정된 기준과 관심의 견지에서 인간성을 묘사하려는 경향을 감지할 수 있고, 역사적으로 특성의 이름을 알리는 것은 놀랄 정도로 문화적 결정의 원리를 따르고 있음을 알 수 있다. 또한 이데올로기는 의식이나 신념의 문제가 아니라 실제 개인들이 주체로 바뀌는 과정을 지칭하는 개념으로서, 개인은 자신의 처한 상황과 그 속에서의 힘 관계로부터 '구성되는' 존재이며 언어와 이데올로기를 통해 주체화된 개인은 계속해서 자리바꿈을 하면서 재구성된다는 것을 알 수 있다. 즉 어떠한 특성 명칭의 도입은 문화적·이데올로기적 결정의 원칙을 준수하고 있다는 반증이 된다. 이렇듯 이데올로기 개념의 지위와 유용성은 많은 문제점을 수반한다고 하더라도 억압받는 사람들의 상황과 그 억압을 제거하려고 취하는 행동 사이의 괴리가 계속 존재함으로써 우리를 당혹스럽게 하는 한, 그 개념은 유효한 것으로 남는다.3) 이런 만큼 주체의 문제도 사회구성체의 역사적 조건들에 따라 달리 파악해야 한다. 주체는 닫혀 있는 존재가 아니라 열려져 있는 존재, 곧 새롭게 생산되고 재구성될 수 있는 '과정 속의 주체'이기 때문이다.

각 작중인물들의 담론에는 여러 개의 이데올로기가 공서하고 있으며, 그 모습은 입장에 따라 양가적 태도를 보인다. 곧 각 개인들은 이데올로기가 호명하는 방식에 따라 동일시되거나 반동일화 혹은 비동일시의 경계 어느 지점에서 자신들의 위치를 차지한다는 것을 알 수 있다. 그 위치는 이데올로기와 담론으로 생성된 자리이며, 개인은 지배 담론에 포섭되는 주체화의 과정을 겪거나 혹은 억압적 상태를 벗어나기 위해 새로운 주체 생산을 찾기 위한 방법을 모색한다. 이것이 본 연구에서 살피고자 했던 호명과 탈구의 양상들이다. 이데올로기에 의해 주체화 되는 과정이 호명 작용과 관련된다면, 탈구 행위는 이데올로기에 호명된 주체가 억압적인 구조를 인식하고 깨뜨림으로써 새로운 주체 생산을 모색하면서 그 가능성을 찾고자 하는 욕망과 관련된다.

서사적 관점은 의식하지도 못하는 사이에 텍스트가 제시하는 여러 가치들에 공감하도록 만드는 가장 강렬한 수단 중의 하나이다. 이데올

---

3) 엘리자베스 라이트 편(박찬부 외 역), 『페미니즘과 정신분석학 사전』, 한신문화사, 1997, 272면.

로기가 주체를 호명할 때, '주체'가 이데올로기의 '호명'에 응하는 이유
는 무엇인가. 그것은 사회 내의 주체가 활동할 수 있는 토대이면서 이
데올로기가 필수적인 사회적 실천을 생산하고 이데올로기적 기구들에
의해 끊임없이 재생산되기 때문이다. 가령, 가족은 어떤 담론과 의미
관계에의 주체가 생산되는 가장 기본적이면서도 강력한 장이다. 이처
럼 '호명'이란 용어는 때로는 텍스트가 독자들을 위한 언어적 공간을
마련하는 과정을 지칭하는 데 사용된다. 그러한 공간을 가정하는 것은
곧 그것에 수반되는 관점과 태도들까지도 받아들이는 것을 의미4)하기
때문이다.

해체주의자 데리다가 어떤 진리나 진리 내용도 인정하지 않으며 차
이(의미의 연기 내지 지양)에 대한 분석을 지향한 것은 모든 텍스트를 다
의적으로 만들고 그 의미의 확정을 방해함으로써 거대권력이나 이분법
의 도식을 해체하려는 시도이다. 그런 차원에서 "의미의 의미란 끝없
이 다른 것에 포섭되는 과정, 하나의 기표가 다른 기표로 대체되는 무
제한의 과정이 아닐까? 기표의 힘이란 결국 무한하고도 순수한 다의
성이 아니겠는가? 기표에 의해 지칭된 의미는 다의성이라는 힘에 밀
려 쉴 틈도 없이-자기 자신의 경제 법칙에 따라-다시 다른 것을 의미
하는 기호가 되고, 이로써 의미의 실현은 연기되는 것"으로 말하지만,
이러한 기표의 힘이 순수한 다의성과 무한한 의미를 연기해 줄 것이라
는 낙관은 우리가 이데올로기를 담지한 언어를 사용하는 한 그렇게 용
이한 일은 아닌 듯하다. 오히려, 한 개인에 부여된 호명에 대한 기호,
작중인물에 부여된 기표로 해서 개인은 주체화의 과정에 놓이게 되고
다양성과 이질성들이 기표 아래로 억압되거나 수렴됨으로써 데리다가
말한 역방향으로 나아가는 듯 보인다. 다시 말하자면 호명의 기호나

---

4) 팸 모리스 저(강희원 역), 앞의 책, 58면.

기제는 오히려 데리다가 역설하는 의미의 연기, 지연, 연장을 구획하고 절단하는 기능을 수행한다. 왜냐하면 자유롭고 다의적인 존재를 하나의 코드로 지정함으로써 그 코드에 의한 의미로 한정되고, 그에 따라 호명된 주체는 코드화의 맥락 안에서만 해석되기 때문이다.

이러한 관점은 담론 생산자가 처한 상황과 현실에 따라 그들이 생산하는 담론의 양상이 달라짐을 의미한다. 이를테면 1970년대로부터 90년대에 이르는 주체들은 호명과 탈구의 경계에 서서 그들의 주체를 구성해 가며, 그 과정에서 그들이 대립하고 투쟁하는 담론들로부터 상이하게 이루어지고 있음을 알 수 있다. 이처럼 소설은 이데올로기의 억압적 담론이 있는 동시에 저항과 전복의 가능성 또한 공서하는 공간이다. 이는 구조주의적 언어관과 세계관 및 탈구조주의의 인식과도 결부된 것으로 볼 수 있다.

주체도 역사 없이 존재할 수 없고 따라서 구체적인 사회적 관계에서 구체적으로 존재하므로 특정한 사회구성체의 조건들에 의해서 위치 지워진다. 동일한 근대 자본주의 사회구성체라 할지라도, 주체 형성의 과정은 특정한 단계나 특정한 국면을 통해 좀 더 구체적으로 형성된다. 따라서 공시적 측면에서의 담론의 양상과 그의 물질적 실천을 살피는 것뿐만 아니라 통시적인 측면에서 역사와 현실의 조건에 따라 주체화와 반동일화, 비동일화의 국면들이 어떻게 드러나고 있는지 살펴보아야 한다. 그것이 곧 한국 문학의 이데올로기와 언어, 그리고 주체와 관련된 담론의 정치학을 살피는 일이 될 것이다.

인간 주체의 형성이 언어적 과정으로써만 이루어지는가 하는 것에 대해서는 더욱 숙고할 문제이다. 모든 개인이 이데올로기의 호명과 언어 작용에 의해 완전히 억압받고 지배받으며, 그것에 저항하는가에 회의적일 수 있기 때문이다. 그러나 본 연구에서 검토한 텍스트에서 이데올로기와 무관하게 주체를 형성한 경우는 찾기 어렵다. 이것은 달리 말하면 주체 형성은 자의든 타의든 언어에 의한 이데올로기와 호명의 그물망을 도외시하고는 온전하게 설명될 수 없다는 것을 의미한다. 이러한 입장은 호명 시학의 가능성을 고려할 수 있게 하는데, 그 이유는 '호명'의 의미는 앞서 살펴본 것에 의해서, 다음으로 '시학'의 측면에서 바라보면,

> 시학(詩學)이란, 문학의, 문학으로서의, 체계적 연구다. 시학은 〈문학이란 무엇인가?〉라는 문제를 다루며, 거기에서 파생되는, 언어 예술이란 무엇인가, 문학의 형식과 종류에는 어떤 것이 있는가, 하나의 문학의 장르나 경향의 본성은 무엇인가?, 어떤 특정한 시인의 〈예술〉 또는 〈언어〉의 체계는 무엇인가? 소설은 어떻게 씌어지는가, 문학 작품의 특수한 국면들은 무엇인가. 그 국면들은 어떻게 성립되는가, 문학 텍스트는 어떻게 〈비문학적〉 현상을 구체화하는가 하는 등의 문제5)

를 다루기 때문이다. 또한 시학이란 용어는 발레리(P. Valery)에 따르면 "언어가 그 실체인 동시에 수단인 예술 작품들의 창조에 관련된 모든 것"을 의미한다. 다르게 표현하면, 시학은 '문학 창조의 이론과 기술' 및 '문학 작품의 구성에 관련된 규칙·관례·규범의 총체'6)이다. 이 둘을 적용해 보면, 본 연구에서 기술하고자 하는 '호명 시학'은 '이데올로기의 구성과 그에 의한 주체 형성에 관련된 규칙·관례·규범의 총체 및 그것과 관련한 문학적 형상화 기술'로 정의될 수 있다. 더 나아가 이러한 입장은 한국 문학을 이해하는 데에 새로운 접근을 제공할 것으로 보인다. 더 넓게는 후기 자본주의 시대, '순수' 자본주의시대에

---

5) S.리몬-케넌 저(최상규 역), 앞의 책, 1992.
6) 유기환, 앞의 책, 148면.

살고 있는 우리의 삶에 작용하는 은폐된 힘들을 드러내는 것과 함께 외부 세계를 변화하고 확장시켜 가는 인간의 창조적·문화적 실천의 가능성의 모색7)과 관련된다.

소설을 읽는다는 것은 그 안에 은밀하게 잠복되어 있는 이데올로기를 공공연하게 드러냄으로써 텍스트가 함의하고 있는 이데올로기를 비판할 뿐만 아니라, 그 비판의 과정 속에서 자신의 이데올로기를 반성하고 새로운 이데올로기적 주체로 정립되어 가기 위한 과정이다. 지금 혹은 미래에도 이데올로기 호명에 의해 억압받는 주체들이 있다면 과거의 문학에서 그려진 가능성의 단층들을 현재에 투사함으로써 현재의 왜곡된 삶을 넘어서 새로운 삶으로 이행하는 조건으로 삼는다면 호명 시학의 관점은 유용할 것으로 보인다. 다시 말하자면 문학을 통해 망각으로가 아닌 기억으로서 새 삶의 가능성을 타진할 수 있을 것이다.

이데올로기적인 주체 형성은 그 구조에 위치 받은 개인들을 모두 포섭되는 주체로 불러낼 수는 없다. 왜냐하면 그 주체에는 내면의 틈으로 유출되는 또 다른 저항의 주체가 존재하기 때문이다. 이데올로기의 '호명'에 의해 응하지 않는, 즉 이데올로기의 호명의 좌초가 발생하기도 한다. 그리고 주체와 현실, 이데올로기와의 길항 작용을 얼마나 긴장감 있게 표현했는가에 따라 그 문학의 가치가 매겨질 것이다. 또한, 언어에 기입된 이데올로기의 문제와 주체 형성의 과정을 통시적으로 검토하는 일은 현대소설을 이해하는 새로운 접근이라고 할 수 있겠다. 앞으로 개별 작품들의 연구를 바탕으로 공시적·통시적으로 그 의미를 밝혀낸다면, 한국소설의 호명 시학의 정립도 가능해 질 것이다. 또한, 최근 작품 속의 담론과 이데올로기를 문제 삼는 일련의 철학적 경향과도 연계적인 상승효과를 얻을 수 있을 것으로 보인다. 본 연구

---

7) 여건종, 앞의 논문, 312면.

를 통해 최근에 이르러 침체된 문학과 이데올로기의 관계를 묻는 연구들을 다시금 돌아볼 수 있는 계기가 되었으면 하는 바람이다.

참고문헌

1. 기 본 자 료

〈1970년대 소설〉
이문구, 「해벽」, 창작과비평사, 1974.
______, 『관촌수필』(문학과지성사, 1977)에 수록된 연작 8편.
______, 『우리 동네』(민음사, 1981(2002 개정판 4쇄))에 수록된 연작 9편.
조세희, 『난장이가 쏘아올린 작은 공』(문학과지성사, 1978(1997 25쇄))에 수록된
        12편.

〈1980년대 소설〉
김영현, 「벌레」, 『내딛는 첫발은』, 문학과비평, 1988.
방현석, 『내일을 여는 집』(창작과비평사, 1991(2001 5쇄))에 수록된 5편.
윤정모, 「밤길」, 『80년대 대표소설』, 현암사, 1989.
정화진, 「쇳물처럼」, 『내딛는 첫발은』, 문학과비평, 1988.
정도상, 「십오방 이야기」, 『내딛는 첫발은』, 문학과비평, 1988.
홍희담, 「깃발」, 『80년대 대표소설』, 현암사, 1989.

〈1990년대 소설〉
박완서, 「그 살벌했던 날의 할미꽃」, 『그 살벌했던 날의 할미꽃』, 이레, 1997.
배수아, 「바람인형」, 『바람인형』, 문학과지성사, 1996.
______, 「아름다운 빛나」, 『바람인형』, 문학과지성사, 1996.
오정희, 「새」, 문학과지성사, 1996.
은희경, 「불임 파리」, 《현대문학》, 1997, 4월호.
전경린, 「염소를 모는 여자」, 『염소를 모는 여자』, 문학동네, 1996.
______, 「새는 언제나 그곳에 있다」, 『염소를 모는 여자』, 문학동네, 1996.

_____, 「평범한 물방울 무늬 원피스에 관한 이야기」, 『바닷가 마지막 집』, 생각의 나무, 1998.

_____, 「거울이 거울을 볼 때」, 『바닷가 마지막 집』, 생각의 나무, 1998.

_____, 「환과 멸」, 『바닷가 마지막 집』, 생각의 나무, 1998.

_____, 「세 번째 묘지·세 번째 폭포·세 번째 계곡」, ≪현대문학≫, 1997, 4.

차현숙, 「나비의 꿈, 1995」, 『나비, 봄을 만나다』, 문학동네, 1997.

_____, 「나비, 봄을 만나다」, 『나비, 봄을 만나다』, 문학동네, 1997.

_____, 「나비학개론」, 『나비, 봄을 만나다』, 문학동네, 1997.

_____, 「삼십삼 세」, 『나비, 봄을 만나다』, 문학동네, 1997.

최 윤, 「하나코는 없다」, 『1994 이상문학상 수상작품집』, 문학사상사, 1994.

2. 국내 논저

⟨논문⟩

강내희, 「언어와 변혁-변혁의 언어 모델 비판과 주체의 '역동일시'」, ≪문화과학≫, 문화과학사, 1992년 겨울호.

경규진, 「반응중심 문학교육의 방법 연구」, 서울대학교 대학원 박사논문, 1993.

고길섶, 「이름-주체, 욕망, 성, 권력」, ≪문화과학≫, 문화과학사, 1994년 여름호.

_____, 「담론의 정치학-언어와 이데올로기 그리고 주체의 실천」, ≪문화과학≫, 문화과학사, 1994년 봄호.

고두현, 「전경린-작가초상」, 『문학동네』, 1998. 여름호.

김도근·신병헌, 「이데올로기와 주체 형성-조직문화론 비판을 위하여」, ≪문화과학≫ 3호, 문화과학사, 1993년 봄호.

김동환, 「소설의 다성성과 소설교육」, 「소설교육에 있어서 언어의 문제」, 『소설교육론』(우한용 외), 평민사, 1993.

김미현, 「존재론적 변신과 동물성의 수사학」, 김상태 편, 『현대소설의 언어와 현실』, 국학자료원, 1997.

김병욱, 「『자랏골의 비가』의 크로노토프와 담론」, ≪한국문학이론과 비평 13≫, 한국문학이론과 비평학회, 2001.

김병익, 「80년대 문학의 천착」, 『역사, 현실, 그리고 문학』, 지양사, 1985.

김상욱, 「소설 담론의 이데올로기 분석 방법 연구」, 서울대학교 대학원 박사논문,
      1995.
______, 「소설 담론 분석의 방법론 재고」, ≪현대소설연구≫ 11집, 현대소설학회,
      1999. 12.
김슬옹, 「왜 한글 이름인가?」, 『말·글·삶』, 문경출판사, 2002.
김승희, 「분열된 자아를 응시하는 제3의 자아」, ≪문학과 비평≫, 1998년 봄호.
김재용, 「비장함에 새겨진 거인의 발자국」, 『내일을 여는 집』(창작과비평사, 1991
      (2001 5쇄)) 해설.
김우창, 「근대화 속의 농촌-이문구의 농촌소설」, 『우리 동네』 해설, 민음사, 2002.
김인호, 「최인훈 소설에 나타난 주체성 연구」, 동국대학교 대학원 박사논문, 1999.
김정숙, 「텍스트 새롭게 읽기-「난장이가 쏘아올린 작은 공」론」, ≪문예시학≫, 1999.
______, 「한국 현대소설의 생태비평적 연구」, 충남대학교 대학원 석사논문, 1999.
______, 「일상, 우연성 그리고 자아 찾기-「염소를 모는 여자」론」, ≪문예시학≫,
      2000.
______, 「소설 속의 호명된 주체와 탈구 방식」, ≪어문학≫76집, 2002. 2.
______, 「소설의 호명연구를 위한 방법론 검토」, ≪어문연구≫42집, 2003. 8.
______, 「호명과 탈주의 경계에 선 여성인물 연구」, ≪한국문학이론과 비평≫, 2003.
      10.
김정란, 「비평정신과 여성시」, ≪문예중앙≫, 1999년 가을호.
______, 「비참의 경험을 넘어서는 단성생식」, 『21세기 문학이란 무엇인가』, 1998년
      발표문.
김필호, 「질 들뢰즈와 펠릭스 가타리의 욕망이론에 대한 연구」, 서울대학교 대학원 사
      회학과 석사논문, 1996.
김화선, 「韓國 近代 兒童文學의 形成過程 硏究」, 충남대학교 대학원 박사논문, 2002. 2.
남진우, 「늑대의 후예」, ≪문학동네≫, 2003년 여름호.
문아영, 「언어와 주체의 문제에 관한 연구」, 서울대학교 대학원 사회학과 석사논문,
      1997.
문재원, 「동일성 담론으로 본 1970년대 소설연구」, 부산대학교 대학원 박사논문,
      2003. 2.
박대호, 「소설의 세계관 이해와 그 문학교육적 적용 연구」, 서울대학교 대학원 박사논
      문, 1988.

______, 「변신모티프의 사회성」, ≪문학과 비평≫, 1988년 봄호.

박수연, 「김수영 시 연구」, 충남대학교 대학원 박사논문, 1999.

박혜경, 「사인화된 세계 속에서의 여성의 자기 정체성 찾기」, ≪문학동네≫, 1995년 가을호.

박훈하, 「1950년대 소설담론의 주체형식 연구」, 부산대학교 대학원 박사논문, 1997.

______, 「소설비평담론의 반성과 새로운 모색」, ≪현대소설연구≫ 13집, 현대소설학회, 2000. 12.

방민호, 「꿈으로 피워올린 녹색 종이꽃의 세계」, 『바닷가 마지막집 해설』, 생각의 나무, 1998.

서관모, 「이데올로기의 문제설정: 알튀세르와 발리바르」, ≪진보평론≫ 2호, 1999(겨울).

서강목, 「프레드릭 제임슨의 비평이론 연구」, ≪이론≫, 1993.

여건종, 「알튀세-이데올로기와 무의식」, 겨울비평이론학교 강의 논문, 2001.

오생근, 「동물의 이미지를 통한 이상의 상상적 세계」, 『李箱 문학전집 4』(김윤식 편저), 문학사상사, 1995.

오세은, 「여성 가족사 소설의 '命名法과 權力 移動'」, ≪시학과 언어학≫1호, 2001.

우찬체, 「분노와 사랑의 뫼비우스 幻想曲, 혹은 분배의 經齊詩學」, ≪작가세계≫, 1990년 여름호.

우한용, 「리얼리즘 小說의 文學敎育的 解釋」, ≪국어국문학≫114집, 1994.

______, 「채만식 소설의 담론 특성 연구」, 서울대학교 대학원 박사논문, 1992.

윤여탁, 「노동문학의 임무와 노동시의 역할」, ≪문학과 비평≫, 문학과비평사, 1989년 여름.

이경원, 「저항인가, 유희인가?: 탈식민주의의 반성과 전망」, ≪문학과 사회≫, 1998년 여름.

이경호, 「서정의 공간과 다성의 공간」, ≪작가세계≫, 1990년 여름호.

이동하, 「어두운 시대의 꿈」, ≪작가세계≫, 1990년 겨울호.

이득재, 「바흐찐의 유물론적 언어이론」, ≪문화과학≫2호, 1992년 겨울호.

이상신, 「失名/實名, 失明·失命?」, 김상태 편, 『현대소설의 언어와 현실』, 국학자료원, 1997.

이성욱, 「노란 피부, 흰 가면 혹은 '아미리가 학동'?」, ≪문화과학≫17호, 문화과학사, 1999년 봄호.

이수정, 「현대소설과 동물의 주제학」, ≪한국문학이론과 비평학회≫제17집, 2002. 12.

이재현, 「노동문학과 보고문학」, ≪문학과 비평≫, 문학과비평사, 1989년 여름호.

김종엽, 「80년대 통일논의에 대한 언술분석(discursive analysis)의 한 시도: M. Pecheux의 방법을 중심으로」, 서울대학교 대학원 사회학과 석사논문, 1988.

이주영, 「이데올로기-문화-주체이론에 대한 비판적 일고찰-L. Althusser와 J. Lacan을 중심으로」, 성균관대학교 대학원 신문방송학과 석사논문, 1999.

이진경, 「라깡: 도둑맞은 편지, 도둑맞은 무의식」, 『탈현대사상의 궤적』, 새길, 1995.

이화경, 「이상문학에 나타난 주체와 욕망 연구」, 전북대학교 대학원 박사논문, 2000. 8.

임규찬, 「분단을 넘어서」, 『민족문학사 강좌-하』, 창작과비평사, 1995.

______, 「민족문학론의 자기갱신과 민족문학의 가능성」, 『21세기 문학이란 무엇인가』, 1998. 발표문.

임옥희, 「환상, 그 위반의 시학」, ≪여/성이론≫, 여성문화이론연구소, 2000.

정호웅, 「생명의 능동」, 『한국단편문학대계 61-오정희』 해설, 동아출판사, 1995.

채호석, 「노동문학-민족문학의 현 단계와 과제(2)」, 『민족문학사 강좌-하』, 창작과비평사, 1995.

최문규, 「문학과 사회의 차이성에 대한 모색」, ≪문학동네≫, 1997년 가을호.

최현무, 「미하일 바흐찐과 후기구조주의」, 김욱동 편, 『바흐찐과 대화주의』, 나남, 1990.

최인자, 「한국현대소설 담론 생산 방법 연구」, 서울대학교 대학원 박사논문, 1997.

하정일, 「한국 문학비평 50년-이식을 넘어 탈식민으로」, ≪국어국문학≫, 국어국문학회, 2002.

______, 「민중의 발견과 민족문학의 새로운 도약」, 『민족문학사 강좌-하』, 창작과비평사, 1995.

한수영, 「말을 찾아서」, ≪문학동네≫, 2000년 가을호.

태혜숙·손자희, 「페미니즘/여성주체/문화공학」, ≪문학과학≫ 14호, 문화과학사, 1998년 여름호.

황종연, 「여성소설과 전설의 우물」, ≪문학동네≫, 1995년 가을호.

사콜스키, 론.(저), 이호창(역), 「'규율적 권력,' 노동과정, 노동주체의 구성」, ≪문화과학≫, 1994.

벨시, 캐서린.저(정형철 역), 「주체·이데올로기·언어」, ≪문학과 비평≫, 문학과비평사, 1989년 여름호.

〈저 서〉
고미숙, 『한국의 근대성, 그 기원을 찾아서-민족·섹슈얼리티·병리학』, 책세상, 2002.
고미숙 외, 『들뢰즈와 문학-기계』, 소명출판, 2002.
권명아, 『가족이야기는 어떻게 만들어지는가』, 책세상, 2000.
서울사회과학연구소, 『탈주의 공간을 위하여』, 푸른숲, 1997.
여홍상 엮음, 『바흐친과 문화 이론』, 문학과지성사, 1995.
유기환, 『노동소설, 혁명의 요람인가 예술의 무덤인가』, 책세상, 2003.
윤소영, 『알튀세르의 현재성』, 공감, 1996.
윤효녕 외, 『주체개념의 비판』, 서울대학교 출판부, 1996.
이소영·정정호 공편, 『페미니즘과 포스트모더니즘』, 한신문화사, 1992.
이진경, 『노마디즘』, 휴머니즘, 2003.
이진경 외 저, 『탈현대사상의 궤적』, 새길, 1995.
최현주, 『한국 현대 성장소설의 세계』, 박이정, 2002.

3. 국외 논저

네그리, 안토니오 저(윤수종 역), 『야만적 별종』, 푸른숲, 1999.
아사다 아키라 저(문아영 역), 『逃走論』, 민음사, 1999.
루이 알튀세르 저(이진수 역), 『레닌과 철학』, 백의, 1997.
__________ (김진엽 역), 『자본론을 읽는다』, 두레, 1991.
__________ (김동수 역), 『아미엥에서의 주장』, 솔, 1998.
바디우, 알랭 저(박정태 역), 『들뢰즈-존재의 함성』, 이학사, 2001.
우스펜스키, 보리스 저(김경수 역), 『소설구성의 시학』, 현대소설사, 1992.
토도로프, 츠베탕 저(최현무 역), 『바흐찐:문학사회학과 대화이론』, 까치, 1987.
__________(유제호 역), 『산문의 시학』, 예림기획, 2003.
채트먼, 시모어 저(최상규 역), 『원화와 작화』, 예림기획, 1998.
도노번, 조세핀 저(김익두·이월영 역), 『페미니즘 이론』, 문예출판사, 1995.
컬러, 조너던 저(이은경·임옥희 역), 『문학이론』, 동문선, 1999.

들뢰즈, 질 저(이정우 역), 『의미의 논리』, 한길사, 1999.

들뢰즈, 질·펠릭스 가타리 공저(이진경 외 역), 『천의 고원』 1·2, 연구공간 '너머', 2000.

__________(조한경 역), 『소수집단의 문학을 위하여-카프카론』, 문학과지성사, 1997.

칠더즈, 조셉·게리 헨치 저(황종연 역), 『현대문학·문화비평 용어사전』, 문학동네, 1998.

크리스테바, 줄리아 외 저(김열규 외 역), 『페미니즘과 문학』, 문예출판사, 1988.

제임슨, 프레드릭 저(여홍상·김영희 역), 『변증법적 문학이론의 전개』, 창작과비평사, 1992.

라이트, 엘리자베스 편(박찬부 외 역), 『페미니즘과 정신분석학 사전』, 한신문화사, 1997.

툴란, 마이클 J. 저(김병욱·오연희 공역), 『서사론』, 형설출판사, 1993.

야겔로, 마리나 저(강주헌 역), 『언어와 여성』, 여성사, 1994.

맥도넬, 다이안 저, 임상훈 역, 『담론이란 무엇인가』, 한울, 1992.

푸코, 미셸 저(이정우 역), 『지식의 고고학』, 민음사, 1992.

__________(오생근 역), 『감시와 처벌』, 나남출판, 1997.

바흐찐, 미하일·볼로쉬노프 저(송기한 역), 『마르크스주의와 언어철학』, 흔겨레, 1988.

웰렉, 르네·오스틴 웨렌 공저(김승철 역), 『문학의 이론』, 을유문화사, 1982.

Golden, Leon 저·O.B.Hardison, Jr 해설(최상규 역), 『아리스토텔레스의 詩學』, 예림기획, 1997.

케넌, 리몬 저(최상규 역), 『소설의 시학』, 문학과지성사, 1992.

파울러, 로저 저(김정신 역), 『言語學과 小說』, 문학과지성사, 1985.

모리스, 팸 저(강희원 역), 『문학과 페미니즘』, 문예출판사, 1997.

지마, 페터 V. 저(허창훈·김태환 역), 『이데올로기와 이론』, 문학과지성사, 1996.

부르디외, 피에르 저(하태환 역), 『예술의 규칙』, 동문선, 1999.

지젝, 슬라보예 저(이수련 역), 『이데올로기라는 숭고한 대상』, 인간사랑, 2002.

이글튼, 테리 저(김명환 외 공역), 『문학이론입문』, 창작사, 1986.

데꽁브, 베쌍 저(박성창 역), 『동일자와 타자』 인간사랑, 1993.

와트, 이언 저(전철민 역), 『小說의 發生』, 열린책들, 1988.

Jameson, F. *The Political Unconscious: Narrative as a Socially Symbolic*

Act, Ithaca University Press, 1981.

Lacan, J., *Ecrits* : A Selection, trans. by A. S.heridan, Norton, 1977.

Ragussis, Michael., *Acts of Naming*, Oxford Univ., 1986.

Pecheux, Michel., *Language, Semantics and Ideology*, Macmillan Press, 1982.

Patton, Paul(ed.), *Deleuze: A Critical Reader*, Blackwell Publishers Ltd, 1996.

Docherty, Thomas., *Reading(Absent) Character*, Clarendon Press, Oxford, 1983.

저·자·소·개

김정숙

충남대학교 국어국문학과를 졸업하고 동 대학원에서 「한국 현대소설의 호명시학」
(2004)으로 박사학위를 받았다. 현재 청주대학교 국어국문학과에 재직하고 있으
며, 저서로 『경계와 소통, 탈식민의 문학』(공저), 주요 논문으로 「「옛우물」의 신
화적 상상력」, 「『삼대』의 대화적 담론과 근대성 연구」, 「근대소설의 형성에 관한
일연구」 등이 있다.

한국현대소설과 주체의 호명

인   쇄   2006년 7월 14일
발   행   2006년 7월 20일

지 은 이   김정숙
펴 낸 이   이대현
책임편집   이태곤
편   집   권분옥 · 박소정 · 이소희
제   작   안현진
표   지   OM디자인 장재호
펴 낸 곳   도서출판 **역락** / 서울 성동구 성수2가 3동 301-80
                    (주)지시코 별관 3층(우133-835)
전   화   3409-2058(대표) 3409-2060(편집부) FAX 3409-2059
이 메 일   yk3888@kornet.net / youkrack@hanmail.net
홈페이지   www.youkrack.com
등   록   1999년 4월 19일 제303-2002-000014호

정가 13,000원

ISBN   89-5556-464-3-93810

* 잘못된 책은 교환해 드립니다.